김종휘 판타지 장편 소설

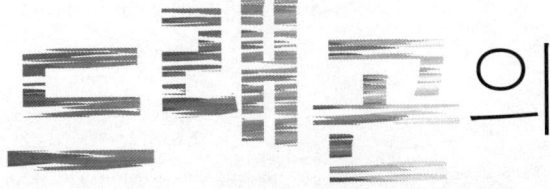

A wizard of dragon

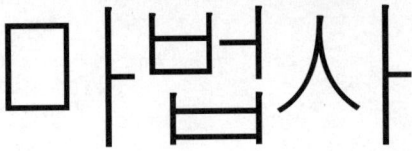

7

드래곤의 마법사 7

김종휘 판타지 장편 소설

초판 1쇄 찍은 날 § 2002년 3월 28일
초판 1쇄 펴낸 날 § 2002년 4월 10일

지은이 § 김종휘
펴낸이 § 서경석

편집장 § 문혜영
편집책임 § 박영주
편집 § 장상수 · 김희정 · 권민정 · 이종민
마케팅 § 정필 · 강양원 · 김규진 · 안진원

펴낸곳 § 도서출판 청어람
등록번호 § 제1081-1-89호
등록일자 § 1999. 5. 31
어람번호 § 제1-0226호

주소 § 경기도 부천시 원미구 심곡1동 350-1 남성B/D 3F (우) 420-011
전화 § 032-656-4452 팩스 § 032-656-4453
E-mail § eoram99@chollian.net

값 7,500원

ISBN 89-5505-151-4 (SET)
ISBN 89-5505-336-3 04810

김종휘 판타지 장편 소설

드래곤의

A wizard of dragon

마법사

도서출판

청어람

CONTENTS

프롤로그

"휴우!"

사라토 산맥의 드래곤 레어, 루드웨어는 간신히 그녀의 마수에서 벗어나 오크들의 둥지에 숨어 안도의 한숨을 내뱉고 있었다.

부부 싸움에서 자신이 흰 손수건을 들어 항복하게 된 후 두 사람은 화해할 수 있었지만 문제는 그 다음부터였다.

해츨링을 간절히 원하는 그녀의 소원을 들어주기 위해 노력은 했지만 이상하게도 두 사람 사이에선 해츨링이 태어나지 않고 있었기 때문이다.

그 일이 있은 후부터 10년이 지났음에도 아무런 소식이 없었기에 로노와르의 극성은 더욱더 심해지고, 루드웨어로선 십 년 동안 레어 밖을 빠져나온 날이 거의 없을 정도로 갑갑한 나날을 보낼 수밖에 없었다.

"야이, 오크새끼들아! 빨리 밥 가져오라고!!"

"꾸룩꾸룩."

불쌍한 사라토 산맥의 오크들은 로노와르의 불임 때문에 신경이 날카로워진 두 사람 사이에서 동네북마냥 희생을 당하였다. 그동안 오크들은 살아남기 위해 필사적으로 사라토 산맥 탈출 작전을 감행한 것이 수백 번이었지만, 매번 루드웨어의 10서클에 이르는 마법에 의해 환상에 사로잡혀 다시 사라토 산맥으로 끌려올 수밖에 없었다.

이런 일이 반복되자 그들은 이런 생활에 순응됐는지 건방진 인간이 시키는 대로 하는 순한 오크가 될 수밖에 없었다.

루드웨어의 다그침에 아리따운 항아리 몸매를 가진 여자 오크들이 머리 위에 인간이 먹을 수 있는 음식을 가지고 들어왔고, 얼마 지나지 않아 루드웨어의 앞에는 수북이 음식이 쌓였다.

"젠장!"

루드웨어는 레어에서 화났던 일을 먹는 것으로 풀 요량인지 식사 예절은 완전히 무시하고 두 손을 들어 그들이 가져온 음식을 마구잡이로 입에 처넣기 시작했고, 오크들은 저것이 과연 인간의 식욕일까 하는 탄성만을 내지를 수밖에 없었다.

루드웨어가 폭식증에 시달리고 있을 때 품에 있던 마법 통신 구슬이 울렸고, 그는 짜증이 난다는 표정을 지으며 통신 구슬의 시동어를 말하고는 음식을 먹으면서 자신에게 온 통신을 받았다.

"뭐야?"

"총회주님, 검사 결과가 나왔습니다!"

"검사 결과가?"

루드웨어는 시간이 지나도 해츨링이 안 생기자 자신의 신체에 무슨 문제가 있을 것이라고 판단하여 칠인회 마법 연구부에게 검사를 맡겼는데 드디어 그 결과가 나온 것이다.

"기다려! 당장 갈 테니까!"

"예."

루드웨어는 통신 구슬을 향해 소리치고는 재빨리 언령을 외쳐서는 칠인회의 마법 연구부로 직행을 했다. 보통 사람이라면 반드시 출발지를 거쳐야 되지만 엄청난 마나를 소유하고 있는 루드웨어에게 그러한 것은 전혀 문제가 되지 않았다.

마법 연구부의 회의실에선 마법사가 이미 몇 개의 차트를 만들어 발표를 준비하고 있었고, 그 주변에는 1회주를 제외한 나머지 여섯 명의 회주가 이번에 나온 조사 결과를 듣기 위해 자리를 잡고 앉아 있었다.

루드웨어가 도착하자 연구실에 있던 모든 사람들은 공손히 고개를 숙이며 총회주에게 인사를 했고, 그는 가볍게 인사를 받은 후 지정된 자리에 앉았다.

마법 연구부의 부장 마법사는 총회주가 도착해서 자리에 앉아 잠시 헛기침을 몇 번 한 후 앞으로 나가서 드디어 발표를 시작했다.

"이번 제387차 마법 연구는 총회주님의 신체에 대한 연구였습니다. 인간으론 최초로 10서클의 마법을 마스터하고 천신의 힘마저 일부 흡수한 총회주님의 몸은 이제 인간이라고 보기가 거의 불가능하다고 할 수 있습니다."

. 그렇게 말한 부장은 인체도를 한 장 꺼내서 등 뒤의 칠판에 붙이고는 자세한 설명을 시작했다.

"지금까지 대륙에 나온 소드 오버러 마스터나 메이지 마스터들은 체내의 엄청난 마나를 유지하기 위해 신체를 재구성하는 환골탈태이란 현상을 겪게 된다는 것을 우리들은 알고 있습니다. 이러한 신체의 재조합은 마나를 효과적으로 몸 안에 응축할 수 있게 하기 위함이죠. 즉, 메이지 마스터의 경우에는 심장 부분이, 소드 오버러의 경우에는 단전 부분에 큰 변화를 가지게 됩니다. 이것은 마법사와 검사의 마나가 다른 성질을 가지고 있기 때문에 변화를 보이게 되는 것이지요. 하지만 이 두 경우에 마나 응축을 위해 신체를 재구성하게 된 결과 그 몸의 신체는 불균형적으로 변하게 됩니다. 즉, 신체가 마나를 받아들이는 데 너무 치우친 나머지 신체 장기들의 균형이 조금씩 무너지게 되는 것이죠. 이런 이유로 소드 오버러와 메이지 마스터의 경우 모두 200살이 넘어선 후에는 갑작스런 돌연사를 겪게 됩니다. 다만 그랜드 소드 마스터나 그랜드 메이지 마스터의 경지에 이르게 되면 체내에 있는 마나를 밖으로 어느 정도 방출한 후 자연 마나를 빌어 쓰는 경지에 이르게 되기 때문에 수명은 약 400살까지 유지할 수 있습니다. 심장은 몸 전체에 피를 돌리게 하는 역할을 하는 곳이니만큼 그 동적 성질이 크기 때문에 메이지의 경우에는 그랜드로 오르는 것이 극히 어렵지만, 소드의 경우에는 짧게는 백 년, 길게는 이백 년에 한 번씩 나오는 것이 바로 이러한 이유 때문입니다."

"젠장! 사설은 그만 하고 내 몸의 문제를 설명해 달라고! 내 몸의 문제를!!"

마법 연구부장이 다 알고 있는 사실을 계속 설명하자 루드웨어는 짜증이 나는지 소리쳤다. 그 말에 그의 얼굴은 조금 빨개졌지만 헛기침을 몇 번하고는 안정을 되찾았다. 역시 연륜이 있는 마법사였던 것이다.

"예, 그럼 서론은 이 정도로 하고 본론으로 들어가기로 하죠. 천신 레이뮤님의 대리자이신 총회주 루드웨어님의 몸은 조금 전에 설명했던 인간의 경우와는 조금 다른 면을 가지고 있습니다. 광대한 마나를 가지고 있는 총회주님의 마나는 이미 그랜드의 경지를 넘어선 신급에 이르러 있습니다. 이 경우 인간의 신체는 광대한 마나를 견디지 못하고 분열하게 되어 있는데, 대리자의 몸을 가지신 총회주님의 경우에는 불사의 몸인지라 분열되는 신체는 다시 원상태로 돌아오고 그것은 다시 분열되는 괴현상을 겪게 되는 것이죠."

"음."

루드웨어는 자신의 몸이 그런 현상을 겪는다는 것은 눈치 채지 못하고 있었다. 물론 하루에 한 번씩 목욕을 해도 때가 많이 나오는 것이 조금은 이상했지만 말이다.

"이런 이유로 원래의 신체인 인간의 몸일 때는 노화된 세포와 새로 만들어진 세포가 교체되는 주기가 넓지만 신체의 변화를 겪는 마법, 즉 폴리모프의 경우에는 마나로 인해 주기가 짧아지는 것입니다. 이러한 현상이 반복되면서 체내에 있는 정자는 제대로 성장이 되기 전에 파괴가 되어버리는 것이지요."

부장의 설명을 들으며 왜 자신이 드래곤으로 폴리모프했을 때 아이를 얻지 못하는지 알게 된 루드웨어는 암담하기 그지없었다.

아무리 대마법사라고는 해도 자신의 체내 상태를 알아보는 마법은 없기 때문이다.

"방법은?"

"방법이라면… 일단 몸 안에 있는 엄청난 마나의 활동을 안정적으로 만들어두어야 합니다. 즉, 드래곤 하트와 같은 결정으로 만들어야 하는 것이지요. 하지만 애석하게도 현재 대륙에선 인간의 몸 안에 있는 마나라면 모를까 신급에 이르는 마나를 안정시킬 수 있는 방법은 전무하다고 할 수 있습니다. 제 예상에는 마법 발전의 시간을 추산해 보면… 적어도 오천 년 안에 이러한 방법은 만들어지지 않을 것이라 생각됩니다."

"뭐! 오천 년?!"

루드웨어는 부장의 말을 들으며 암담한 생각이 들 수밖에 없었다. 자신의 몸 안에서 날뛰는 마나를 정리하기 위해선 오천 년을 기다려야 하는데, 그동안에 로노와르의 바가지를 도대체 어떻게 견디란 말인가!

"이것은 마도의 번성기였던 마도 제국에서도 불가능했던 일이라 생각됩니다. 지금 대륙의 마법 문명은 그때보다 거의 천 년가량은 뒤처져 있으니… 많은 시간이 필요하리라 생각됩니다."

루드웨어의 서슬 퍼런 눈매에 질려 버린 부장은 간신히 떨리는 몸을 진정하고는 이야기를 시작했다.

"끄아악!!"

모든 이야기가 끝나자 루드웨어는 실의에 찬 남자의 얼굴로 고개를 숙이고는 두 손으로 자신의 머리를 잡고 절규할 수밖에 없었다.

'무슨 방법이 없을까? 제발 더 이상 로노와르에게 시달리는 것은 싫단 말이야! 오성신의 누구라도 좋으니까 제발 이 난국을 넘기게 좀 해 달라구!'

루드웨어는 이 절망 어린 상황에 믿지도 않는 오성신에게 매달리며 자신을 구원해 달라고 빌고 있었는데, 그 순간 무슨 생각이 떠올랐다.

"잠깐! 오성신?"

대륙의 종교는 실존하는 신으로 만들어져 있다. 즉, 오성신은 단순한 신화가 아닌 실제로 존재하는 인물들이기에 루드웨어는 대륙의 창조 이전부터 존재한 신인 그들을 만나보기로 결정했다.

"수고했다. 그럼 나중에 보자고!"

하나의 희망이 생긴 루드웨어는 자신의 모습을 보며 흠칫하고 있던 칠인회의 간부들에게 손을 흔들곤 재빨리 텔레포트를 사용해서 마법 연구부에서 사라졌다. 그가 사라지자 회주를 비롯한 모든 마법사들은 안도의 한숨을 내쉴 수 있었다.

"다행이군. 난 이 결과를 듣고 총회주께서 발광은 하지 않으실까 걱정했는데 말이야."

라디안이 식은땀으로 흠뻑 젖은 이마를 소매로 닦으며 말하자 나머지 마법사들도 모두 고개를 끄덕이며 수긍했다.

"그런데 무슨 생각이 나셨던 거지? 갑자기 오성신을 외치고는 가셨잖아?"

"음… 오성신을 직접 만나시려는 것 아닐까요?"

"오성신을 직접 만난다… 음… 교황조차 직접 만나는 것은 불가능하다고는 하지만 뭐, 총회주라면 가능할지도 모르지."

그의 말에 나머지 마법사들도 루드웨어라면 능히 오성신이 아니라 창조주까지 만날 수 있을 것이라고 생각하며 고개를 끄덕였다.

한편 신계의 다섯 대빵인 오성신을 만나기 위해 루드웨어가 향한 곳은 대륙에서 가장 높다고 하는 대륙 서부 알페서스 산맥의 최고봉 에리안스트 봉이었다. 순식간에 알페서스 산맥으로 텔레포트한 루드웨어는 극악의 이동 마법인 디멘전 패스를 사용한 후 겨우 에리안스트 봉에 안착할 수 있었다.

"끄억!! 헉!!"

하지만 고산이니만큼 공기가 모자랐으니 평범한 대지에서 고산으로 한순간에 이동한 루드웨어는 잠시 숨이 막혀옴과 동시에 어지럼증을 느끼며 쓰러져 있다가 시간이 좀 흐른 후에 간신히 적응할 수 있었다.

"젠장… 헉헉… 머리도 띵하고 귀도 멍멍하고… 숨도 막혀오고… 죽겠네……."

기압 차를 고려하지 않고 한번에 등산을 한 가짜 등산가의 당연한 결과라고 할 수 있었다. 뭐, 보통 사람이라면 몸을 움직이지도 못했을 테지만 불사의 몸을 가진 루드웨어인지라 어느 정도 시간이 지나자 말도 할 수 있을 정도로 몸은 안정이 됐다. 그 후 드디어 뱃가죽에 힘을 주고는 계획했던 바를 실행했다.

"야, 오성신아!! 신계 좌표 좀 가르쳐 주라!!"

엄청난 마나를 돋운 루드웨어는 온 힘을 다해 하늘을 향해 소리쳤으니 그 소리는 엄청난 파장을 타고 대륙 전체를 뒤흔들기 시작했다.

그날 서부산맥에서 오성신에게 소리치는 루드웨어의 목소리가 대륙 동부 끝의 작은 나라인 고리아에 있는 사람의 귀까지 멍멍하게 할 정도였다니, 그 목소리가 얼마나 컸던가를 능히 짐작할 수 있게 하는 것이었다.

루드웨어는 하늘을 향해 똑같은 말을 계속 되풀이하며 소리를 지르니 천지간의 거의 모든 생물들은 고성 방가로 인하여 거의 한 달 동안 귀가 멍멍해져 귀머거리 신세를 면치 못했고, 임산부의 경우에는 유산을, 노인의 경우에는 심장 마비를 일으켜 죽는 일도 대륙 전체에 걸쳐 일어나게 되었다.

칠인회의 마법 연구부에까지 들려온 그의 목소리에 그곳에 있던 라디안을 비롯한 회주들은 어떻게 사람이 저렇게 어이없는 생각을 할 수 있을까 하며 식은땀을 흘릴 뿐이었다.

방음 마법도 통하지 않는 루드웨어의 고성 방가가 계속되자 지상으로 내려와 있는 신계의 삼급 신들은 긴급 신계 통신을 사용하여 오성신에게 그 사실을 알렸다.

"대체 이게 무슨 일이란 말인가?"

태양신 아리시아는 갑자기 급증하는 지상의 통신물 때문에 골이 다 아플 지경이었다. 지상에 내려가 있는 삼급 신을 비롯한 모든 파견원들이 모두 똑같은 내용으로 통신을 보내니 신계의 통신은 넘쳐 나는 통신물로 인해 순식간에 마비가 되어버렸다.

"누군가 지상에서 엄청난 마나를 사용하여 고성 방가를 하고 있다고 합니다."

"젠장! 아무리 고성 방가라고 해도 대륙 전체에 울릴 리가 없잖아!"

"그것이… 그 고성 방가를 하는 이가 천신 레이뮤님의 대리자라는 루드웨어란 마법사이기 때문에 말입니다."

"뭐? 루드웨어?"

신계가 지상계하고 엄청 떨어져 있다고는 하지만, 중요한 정보는 계속 들어오고 있었기 때문에 태양신 아리시아도 루드웨어란 녀석은 알고 있었다.

"도대체 왜 대륙을 울릴 정도로 고성 방가를 하는 거야?"

"그게… 루드웨어란 자가 하는 말이…….."

"말해 봐."

태양신 아리시아가 짜증을 내며 말하자 통신 담당의 천사는 그 내용이 적힌 종이를 들어서는 읽어 내려갔다.

"지금 루드웨어란 자가 대륙 최고봉인 에리안스트 봉에서 외치는 말은 '야! 오성신아, 신계 좌표 좀 가르쳐 주라' 입니다."

"엥? 신계 좌표를 가르쳐 달라고 한다고?"

"예. 과거에는 모르겠지만 오천 년 전부터 지상계의 인물을 신계로 올리지 말라는 법률이 있었기 때문에 좌표를 가르쳐 주지 않고 있습니 다만, 신계 정보부의 조사 결과에 따르면 루드웨어란 자는 좌표를 가르 쳐 주지 않으면 적어도 한 달 이상은 똑같은 자리에서 저렇게 소리를 지를 것이란 보고가 들어와 있습니다."

"젠장! 뇌신에게 번개라도 쳐서 떨어뜨리라고 해!"

"그것이… 루드웨어란 자는 신급의 힘을 가지고 있기 때문에 신이 현신해서 내려가지 않는 이상 루드웨어란 자를 쓰러뜨린다는 것은 불 가능하다고밖에 말씀드릴 수 없습니다."

도저히 이 고성 방가의 범죄자 루드웨어를 좀처럼 처리할 수 있는 방법이 없자 태양신 아리사는 답답하기 그지없었다. 그때 그의 옆으로 성스러운 기운을 뿜는 여인이 하늘거리는 날개옷을 휘날리며 아리시아 를 향해 천천히 걸어와서는 말했다.

"그러지 말고 좌표를 가르쳐 주지 그래요?"

그녀는 다름 아닌 질서의 여신 아이네스였다. 같은 오성신의 일원인 아이네스의 말에 아리사아는 놀란 얼굴을 하며 말했다.

"안 될 말이오. 어찌 인간들에게 신계의 좌표를 가르쳐 줄 수 있겠 습니까. 그렇게 하다간 신계의 권위가 떨어질 위험이 있습니다."

"하지만 들어본 바에 의하면 루드웨어란 자는 천신 레이뮤님의 대리 자로, 신급의 힘을 가지고 있다 들었습니다. 신계의 배분으로 친다면 루드웨어는 인간이라고는 하지만 저희 오성신들과 같은 배분이라 할 수 있지 않습니까?"

아이네스의 말을 들은 그는 그 말이 틀리지 않는지라 한참 고심하는 표정을 지었다. 보고에 의하면 좌표를 말해 주지 않는 경우 저 고성은 계속 이어질 것이 분명했기에 이러다간 대륙의 모든 인간과 동물들이 소음에 의한 스트레스로 인해 전멸할 수도 있는지라 어쩔 수 없다는 듯이 고개를 끄덕이며 그녀의 말에 수긍할 수밖에 없었다.

"어쩔 수 없군요. 그럼 루드웨어란 자에게 좌표를 가르쳐 주도록 하지요."

이렇게 해서 신계는 오천 년 전에 만들어놓은 법을 어쩔 수 없이 깨며 지상계의 인간인 루드웨어에게 신계 좌표를 가르쳐 줄 수밖에 없었다.

1장 창조주를 만난 루드웨어

에리안스트 봉에서 한참을 소리치던 루드웨어에게 신의 목소리가 들린 것은 그로부터 약 3시간 정도 후였다.

슬슬 목이 잠겨오기 시작할 쯤에 찾아온 신언인지라 루드웨어로서는 반갑지 않을 수 없었다.

[이젠 적당히 좀 소리 지르지 그러나.]

"좌표만 가르쳐 주면 그만 하죠."

[…….]

배 째라는 식으로 이야기하는 루드웨어의 말을 들으며 신은 잠시 등줄기에 식은땀을 흘리며 침묵할 수밖에 없었지만, 이미 결정된 일이었던 만큼 그에게 신계 좌표를 가르쳐 주었다.

[신계 좌표는 #$%$@#라네.]

"야호! 성공이다!"

그 자신도 성공에 대해선 약간 회의적이었기에 기쁘지 않을 수 없었다. 한참을 공기도 척박한 공간에서 날뛰던 루드웨어는 잠시 호흡 곤란을 겪었지만 이내 정신을 차리고는 신이 가르쳐 준 좌표대로 디멘젼 패스의 주문을 외웠다.

"디멘젼 패스!"

드디어 오천 년 만에 처음으로 신계에 발을 들이는 인간이 탄생하는 순간이었다. 디멘젼 패스의 시동어를 외친 루드웨어의 몸은 검은 안개와 함께 서서히 에리안스트 봉에서 사라져 가기 시작했다.

잠깐의 시간이 흐른 후 어느 공간인지 모르는 대지에 검은 안개가 형성되어지면서 한 인영이 드러나기 시작했다. 그는 신계 좌표에 따라 디멘젼 패스를 사용한 루드웨어였다.

봄날의 따뜻한 햇살이 가득한 대지는 여기저기 푸른색의 영롱한 빛깔을 내는 나뭇잎들이 이슬을 머금은 채 빛을 반사시키고 있었고, 오색 만발한 꽃이 양탄자처럼 대지에 가득 피어 멋을 뽐내고 있었다.

루드웨어는 디멘젼 패스로 신계에 도착한 후 그 아름다운 대지의 모습에 탄성을 내지를 수밖에 없었는데, 그런 그를 향해 하늘에서 십여 명의 순백의 날개를 단 천사들이 하강해 오고 있었다.

"천신 레이뮤님의 대리자시여, 신계로 오신 것을 환영합니다."

미소를 지으며 루드웨어의 신계 방문을 환영하는 말을 하는 천사들은 손에 들고 있던 꽃 목걸이를 그에게 걸어주었다. 루드웨어는 천국에 온 것 같은 환상에 사로잡혀 연신 히죽거릴 수밖에 없었다.

그렇게 히죽거리는 순간 하늘에서 페가수스 여덟 마리가 끄는 팔두마차가 천천히 그의 앞으로 내려왔고 안전하게 착륙한 마차의 문이 천천히 열렸다.

마차 안에선 부드러운 미소를 가득 담고 있는 미모의 여인이 하늘거리는 옷을 맘껏 뽐내며 내려섰다.

길게 늘어져 있는 금발과 쭉쭉빵빵한 몸매, 맑고 투명한 푸른색의 눈동자는 제국의 신전에서 보았던 여신의 모습과 똑같았기 때문에 루드웨어는 그녀가 질서의 여신 아이네스라는 것을 알 수 있었다.

"천신 레이뮨님의 대리자여, 신계에 오신 것을 환영합니다."

"질서의 여신 아이네스님의 환영을 받으니 영광입니다."

전에 내려온 천사와는 직급이 다른 고급 여신인지라 루드웨어는 정중하게 인사를 했고, 그의 모습에 아이네스는 다시 한 번 성스러운 미소를 지으며 말했다.

"자, 마차에 오르세요. 당신을 만나기 위해 오성신의 나머지 분들이 기다리고 있답니다."

"예."

아이네스의 말에 루드웨어가 정중하게 대답을 하고는 마차에 올라타자 페가수스는 부드럽게 하늘로 날아올랐다.

순백의 투명한 비단으로 치장되어 있는 마차 안은 화려하기 그지없었다.

또 한곳에는 간단한 음료로 천 년은 넘은 듯한 표시가 쓰여진 와인이 비치되어 있었다.

마차의 창은 눈부신 햇살을 막기 위해 약간의 흑색의 염료가 섞여 있는 창이었기에 하늘 높이 올라갔음에도 햇살은 마차 안을 은은하게만 비추고 있을 뿐이었다.

루드웨어는 자신의 앞에 있는 질서의 여신 아이네스를 곁눈질로 쳐다보았다. 정말 여신이란 말이 이상하지 않을 정도로 아름다운 미모였지만, 루드웨어는 자신의 아내인 로노와르가 조금 더 이쁘다고 생각했다.

'로노와르가 여기에 있었으면 아이네스가 '언니' 했겠군.'

누가 팔불출 아니랄까 봐 아내를 여신보다 더 높이 평가하는 루드웨어였다. 아무튼 그가 이런저런 생각을 하는 동안 팔두마차는 신계의 중심부에 다다르고 있었다.

신계의 중심부 네브란 신도(神都), 그곳은 백색의 도시라고 해도 과언이 아니었다.

마도 제국 이전의 잊혀진 문명인 아틀란티스의 건축물은 가끔 바다에 사는 블루 드래곤에 의해 발견되어지고 있었는데, 네브란 신도는 그런 아틀란티스의 건축 양식을 따르고 있었다.

고전틱한 도시는 모두 값비싼 순백의 대리석으로 만들어져 있었기에 역시 세상에서 가장 돈 많은 갑부는 신일 수밖에 없다는 확증을 여실히 드러내 주고 있었다.

네브란 신도에 도착한 팔두마차가 신도에서도 가장 거대한 건물의 귀빈 주차장에 안착하자 루드웨어는 천천히 마차 안에서 내려섰다.

"우와!"

밖으로 나서자마자 눈조차 제대로 뜰 수 없는 순백의 광선이 일대를 환하게 비추고 있었기에 그로선 탄성을 내지를 수밖에 없었다.

마법사의 순수한 지식욕을 발휘하여 신도의 대리석을 잠시 살펴본 루드웨어는 놀랍게도 수십 개의 마법이 대리석에 인첸터되어 있는 것을 발견할 수 있었다.

인간의 힘으로 작업을 한다면 족히 수만 년은 걸릴 듯한 것을 보며 마법사로서 그는 흥분을 주체할 수가 없었다. 그런 그를 보며 아이네스는 살짝 미소를 짓더니 말했다.

"마법사의 탐구욕은 천천히 시간을 내어 충족시키시고 먼저 오성신의 나머지 분들을 만나도록 하지요."

"아, 그렇군요. 하하하!"

아이네스의 말에 멋쩍은 듯 뒤통수를 긁던 루드웨어는 천천히 아이네스를 따라갔다.

아이네스와 함께 들어가는 신도에서 가장 큰 건물의 이름은 '창조주의 쉼터'라고 불리는 조금은 유치한 이름을 가진 건물이었다. 하지만 유치한 이름과는 달리 안에 있는 장식이나 모습은 대륙의 어느 곳에서도 볼 수 없을 만큼 아름답기 그지없었다.

제국의 황궁을 사람들은 세상에서 제일 아름다운 궁전이라고 말하고 있었지만, 이곳에 비한다면 한마디로 조족지혈에 지나지 않을 정도였다.

천천히 주변을 구경하며 건물 안의 복도를 지나던 루드웨어는 군데군데 철통같이 경비를 서고 있는 신계의 기사들을 볼 수 있었다.

그들은 모두 금빛의 오리하르콘으로 만들어진 고대 시대의 스케일 아머를 입고 있었는데, 그들 하나하나의 몸에서 느껴지는 기운이 상당한 것이 마계에서 치면 고위 마족과 비등하다고 할 정도였다.

스케일 아머를 입은 신계의 기사들은 질서의 여신 아이네스가 복도를 지나자 정중하게 고개를 숙이며 인사했다. 현자를 태운 당나귀마냥 루드웨어는 자신이 인사를 받는 듯한 착각을 일으키며 한껏 미소를 지은 채 그녀의 뒤를 쫄랑쫄랑 쫓아갔다.

그렇게 걸어가길 30여 분, 루드웨어로서는 쓸데없이 건물을 크게 만든 창조주를 욕하며 지쳐 버린 어깨를 늘어뜨리고는 아이네스를 쫓아갈 수밖에 없었는데, 다행히 그의 참을성이 완전히 사라지기 전에 목적지에 도착할 수 있었다.

그녀가 목적지 안으로 문을 열고 들어가자 이십여 미터는 될 듯한 거대한 회의용 탁자를 사이에 두고 흰옷을 입은 자들이 자빠져 자고 있었는데, 그 모습을 본 아이네스가 가볍게 헛기침을 하며 말했다.

"흠흠… 여러분, 천신 레이뮤님의 대리자인 루드웨어님께서 오셨습니다."

"응?"

"아! 왔어?"

그 말에 간신히 눈을 뜬 네 명의 신들은 입가에 흘린 침을 닦으며 졸린 눈을 그 손으로 또 비비고는 변명하듯 말했다.

"아홈… 어제 일이 너무 밀려서리 잠을 못 자서……. 그런데 아이네스, 왜 이렇게 늦은 거야?"

"루드웨어님을 생각해서 이곳까지 걸어왔기 때문에 조금 시간이 지체되었습니다."

"엥? 걸어와? 공간 이동 홀이 있잖아?"

"루드웨어님께서 이 건물을 구경하고 싶으신 것 같기에 천천히 구경하면서 왔답니다."

그 말에 다른 신들은 모두 고개를 끄덕이며 수긍했지만, 당사자인 루드웨어는 절대 수긍할 수가 없었다.

'젠장! 부탁하지도 않은 일을 왜 하는 거야? 아구~ 삭신이 다 쑤시네~'

루드웨어는 이런 생각을 하며 네 명의 성신들에게 공손히 인사를 하고는 말했다.

"지상계의 루드웨어라고 합니다."

"오! 루드웨어님, 잘 오셨습니다."

제일 처음 인사의 말을 한 사람은 중년 남자의 모습을 한 신이었다. 그 역시 신전의 석상에서 본 적이 있는지라 루드웨어는 태양신 아리시아라는 것을 알 수 있었다.

아리시아는 얼굴에 어울리지 않는 백발의 머리를 가졌고, 키는 약 185㎝ 정도의 건장한 남자였다. 그의 옆에는 검은 머리에 붉은색 눈을 가진 열일곱 살 정도로 보이는 미소녀가 서 있었는데, 루드웨어는 그녀가 전쟁의 여신 히루안이란 걸 짐작할 수 있었다.

반대쪽의 의자에는 30대의 인자한 미소를 머금는 미모의 중년 여성이 갈색의 머리를 위로 올려 아름다운 목선을 드러내며 어깨가 드러나는 이브닝 드레스를 입고 있었다. 그녀는 대지모신 안트라네였다. 또한 그녀의 옆에는 네 가지 색으로 머리를 염색한 15살 정도의 불량 청소년이 이상하게 생긴 것을 귀에 꽂고는 연신 몸을 흔들며 입으로 무엇인가를 중얼거리고 있었다.

녀석이 신이라는 것이 조금 이상하긴 했지만, 마지막 남은 오성신은 계절의 신 프라이도스밖에 없었기에 그가 프라이도스라는 것을 알 수 있었다.

네 명의 신과 인사를 하며 통성명을 한 루드웨어는 자리에 앉았고, 태양신 아리시아는 두 손을 탁자 위에 얹어놓고는 깍지를 끼며 말했다.

"천신 레이뮤님의 대리자께서 신계로 오시려고 한 이유는 무엇입니까? 우리로선 그것이 궁금하지 않을 수 없군요."

초장부터 단도직입적으로 아리시아가 자신에게 용건을 물어오자 그로선 조금 당황될 수밖에 없었다.

아무리 그래도 무정자증 때문에 올라왔다고 어떻게 말할 수 있겠는가?

　하지만 이왕 올라왔으니 말 안 할 수는 없었기에 칠인회의 마법 연구부에서 있었던 결과를 오성신에게 말했고, 모든 이야기를 다 들은 오성신들은 황당하지 않을 수 없었다.

　대륙을 다스린다고도 할 수 있는 오성신에게 와서 하는 말이 자신의 무정자증을 고칠 수 있는 방법을 가르쳐 달라는 것이니 어찌 황당하지 않을 수 있겠는가?

　하지만 가르쳐 주지 않으면 난동을 피울 것이라는 정보도 있고 해서 아리시아로선 그의 문제를 해결할 수 있는 방도를 찾아보려고 했지만, 솔직히 루드웨어의 문제는 창조 이후 처음으로 거론되는 일이었기에 오성신으로서도 도저히 방법이 생각이 나지 않았다.

　"마나를 안정시킬 수 있는 방법은 많지만 신급에 이르는 마나를 감당할 수 있는 방법은 없는 것 같군요."

　한참을 생각한 후에 대답한 것은 질서의 여신 아이네스였다. 전혀 거짓말을 하지 않을 것 같은 아이네스의 말에 루드웨어는 크게 실망하지 않을 수 없었다.

　이렇게 그냥 돌아간다면 앞으로도 수천 년 동안은 더 로노와르에게 바가지를 긁히며 살아가야 할 운명이었다. 이 방법을 만들어낼 수 있는 칠인회도 오천 년을 지속한다는 보장이 없었기 때문이다. 세상의 어떠한 조직도 오천 년을 버틸 수 있는 조직은 없었다. 시대는 시간이 지남에 따라 점점 변해가기 때문에 칠인회도 그 시간이면 그 용도를 다해 사라질 것임은 분명하기 때문이다.

　그때 한쪽에서 흥얼거리며 춤을 추던 계절의 신 프라이도스가 루드웨어에게 마지막 희망의 말을 던졌다.

"이 세계는 모르겠지만 전혀 다른 차원계라면 방법이 있을 수도 있겠지요."

"예?"

마치 랩이라도 하는 듯이 흥얼거리는 말인지라 어느 정도 이야기는 알아들을 수 있었지만, 루드웨어는 되물을 수밖에 없었다.

"인간이 사는 세상이란 이곳만이 있는 것은 아닙니다. 창조주가 만드신 세상에선 저희와 같은 또 다른 신이 있고 또 다른 인간계가 있으니까요."

"오! 그렇다면 다른 세상에선 저의 문제를 해결할 방법이 있을 수 있다는 얘깁니까?"

"장담은 못하지만 없다고도 말할 수 없지요."

프라이도스는 비행 청소년 주제에 건실한 마법사인 루드웨어에게 희망의 말을 안겨주었다. 역시 사람이 아무리 못났다 하더라도 쓸모없지는 않다는 진리가 증명되는 순간이었다.

"그렇다면 다른 세상으로 갈 수 있는 방법을 가르쳐 주십시오."

프라이도스의 말을 들은 루드웨어는 오성신에게 다른 차원계로 갈 수 있는 방법을 가르쳐 달라고 부탁했지만, 오성신은 모두 고개를 젓고 있었다.

"오성신의 힘이라면 다른 차원계로 넘어갈 수 있지 않습니까?"

대륙을 지배하는 오성신이라면 충분히 가능하다고 생각한 루드웨어가 물어보자 그들은 고개를 끄덕이며 루드웨어의 의문에 답해주었다.

"예, 오성신의 힘이라면 충분히 다른 차원계로 넘어가는 것은 어렵지 않지만 문제는 수많은 세상 중에서 과연 어떤 곳에 루드웨어님이 원하는 것이 있는지 알지 못한다는 겁니다. 무턱대고 아무 곳이나 날아간다고 해결되는 것은 아니니까요. 제가 알기로는 대륙에서도 두 번 정도 다른 차원계의 인물이 왔던 것으로 알고 있는데 말입니다."

그 말을 들은 루드웨어는 잠시 생각에 잠겼다. 대륙에 전혀 다른 차원계의 사람들이 찾아온 것은 그 역시 잘 아는 사실이다.

바로 차원도사 천우와 이계에서 온 준호, 이 두 사람은 대륙에선 전혀 알지 못하는 문명을 가지고 들어온 인물이었지만 두 사람 모두 자신이 원하는 그런 것은 가지고 있지 못했다.

천우는 네크로멘서와 같은 힘을, 준호는 발전된 문명을 바탕으로 하는 힘을 가진 세계에서 왔기에 자신의 몸을 안정시킬 그런 지식을 가진 존재는 아니었던 것이다.

"그렇군요."

그제야 루드웨어는 어느 정도 오성신이 말하는 것을 이해할 수 있었지만, 이렇게 포기하고 싶지는 않았다. 이들이 알고 있는 차원계에 가서라도 찾아보고 싶은 것이 루드웨어의 심정이었다.

"방법이 없겠습니까?"

고민하던 루드웨어가 다시 오성신에게 물어보자 그들은 모여서 무엇인가를 한참 얘기하다가 결정을 했고, 태양신 아리시아가 루드웨어의 앞으로 다가오더니 잠시 헛기침을 몇 번 하고는 말했다.

"솔직히 우리의 힘으론 역부족입니다. 하지만 저희들의 윗분이라면 당신을 원하는 세상으로 보내주실 수 있으리라 생각되는군요."

"예? 오성신의 윗분이요? 그렇다면……."

"생각하시는 대로입니다. 창조주시라면 당신을 원하는 차원계로 보내드릴 수 있으리라 생각이 드는군요."

"아!"

이 세상을 창조하고 모든 신들과 생명체들을 만든 최고의 마이스터인 창조주를 만나게 해준다는 말에 루드웨어는 크게 놀라지 않을 수 없었다.

지금까지 창조주를 만난 인간은 단 한 사람도 없었기 때문이다.

"저, 정말 창조주를 만나뵐 수 있는 겁니까?"

루드웨어의 떨리는 말에 아리시아는 고개를 끄덕이며 말했다.

"물론 보통 사람들이라면 불가능하겠지만, 천신 레이뮤님의 대리자인 루드웨어님이라면 지금 서열로는 저희 오성신과 같은 직급을 가졌다고 할 수 있으니 충분히 만나뵐 수 있으리라 생각합니다."

"우왕!!"

그 말에 루드웨어는 크게 감동하여 아리시아의 다리를 붙잡고는 통곡을 하며 소리치기 시작했다.

"으허허헝… 감사해용! 빨리 창조주를 뵙게 해주세용! 우헝헝~!"

갑작스럽게 돌변한 루드웨어의 모습에 아리시아를 비롯한 나머지 오성신들은 식은땀을 흘리지 않을 수 없었다.

창조주의 쉼터, 신계의 최고 권위를 가진 오성신의 집무실로 사용되는 이 건물에는 하나의 거대한 원형 방이 존재하고 있었다.

그곳에는 장장 20미터에 이르는 거대한 오리하르콘 조각상이 자리를 잡고 있었는데, 단순한 도금이 아닌 순도 100%의 오리하르콘 금속으로 만들어져 있는 조각상이었기에 팔면 대륙에서 가장 크다는 로아냐드 제국도 살 수 있는 엄청나게 비싼 것이었다.

창조주의 쉼터에 자리 잡고 있는 이 조각상의 주인공은 다름 아닌 창조주, 역시 대륙을 취미로 만든 만큼 남는 재력이 엄청난 재벌이라 할 수 있었다.

루드웨어는 오성신의 안내를 받으며 이 오리하르콘 조각상이 있는 방으로 올 수 있었고, 금빛으로 찬란하게 빛나는 조각상을 본 그는 황홀감에 사로잡힐 수밖에 없었다. 탐욕의 생물인 드래곤이 본다면 팔 한짝이라도 뜯어가고 싶은 욕망에 발광이라도 했을 듯한 엄청난 물건이었기 때문이다.

평상시의 루드웨어라면 암암리에 손가락 하나라도 잘라 품속에 숨겼을 테지만, 오리하르콘 한 조각으로 오천 년 동안 로노와르에게 바가지를 긁힐 수는 없는지라 넘치는 물욕을 꾹꾹 누르며 참을 수밖에 없었다.

그러다 보니 등에는 연신 식은땀이 흘러내리며 온몸은 시뻘겋게 변해가고 있었으니, 그의 곁에서 같이 걸어가고 있는 오성신 중 두 명의 여신은 흠칫하며 루드웨어가 자신들의 몸에 흑심을 품고 있는 것이 아닐까 의심하기까지 했다.

물론 여신은 세 명인데 왜 두 명만 흠칫했을까 하는 물음에는, 노처녀인 전쟁의 여신 히루안은 아리시아나 프라이도스 같은 남자만 보다가 잘생긴 초록 머리의 루드웨어를 보니 마음이 혹했기 때문이다.

물론 오성신의 권위가 있다 보니 그런 것은 겉으로 표출하지 못하고 있었지만, 시뻘게지는 그의 모습을 보며 자신을 덥석 안아주지 않을까 하는 환상에 사로잡히고 있었던 것이다. 외로운 여신 히루안의 망상인 것이다.

이런저런 망상으로 가득 찬 오성신들은 원형의 방 중앙 조각상의 근처에서 잠시 멈추어 서더니 조각상을 중심으로 다섯 방향으로 걸어갔다.

"자, 이제부터 창조신께 가는 유일한 통로를 열겠습니다. 우리가 힘을 개방하여 문을 열면 루드웨어님은 곧바로 통로로 들어가시기 바랍니다. 애석하게도 이 통로를 열 수 있는 시간은 저희로서도 5초 정도밖에 되지를 않으니까요."

아이네스의 말을 들은 루드웨어는 놀라지 않을 수 없었다. 신 중의 최강이라는 천신 레이뮤가 크레이져를 봉인하며 사라졌다고는 하지만, 그 뒤를 이어 대륙을 담당하는 오성신의 힘은 각 개인의 힘으로도 루드웨어의 상위에 있다고 할 수 있었다.

그럼에도 불구하고 창조신에게로 가는 문을 열기 위해 오성신이 모두 힘을 합쳐야 하며, 그런 힘으로도 차원계의 문을 5초 정도밖에 유지할 수 없다는 것에 과연 이런 입구를 만든 창조주의 힘은 어느 정도일까라는 생각에 루드웨어는 궁금하지 않을 수 없었다.

조각상의 다섯 방위에 선 오성신은 조각상을 향해 두 손을 뻗고 천천히 주문을 외우기 시작했다.

오성신은 이미 언령의 단계를 지난 권능의 단계의 힘을 가진 존재이기 때문에 그들의 말 한마디 한마디가 엄청난 힘을 가졌다고 할 수 있는데, 그런 그들이 주문을 외울 정도면 이 힘은 대륙을 세상에서 완전히 소멸시키고도 남을 힘이라고 할 수 있었다.

조각상을 중심으로 힘을 개방하고 있는 오성신들을 중심으로 조각상은 오망성의 공간 안에서 그 엄청난 힘을 받아들이기 시작했고, 눈부신 황금빛과 함께 강렬한 섬광을 발하기 시작했다.

이 엄청난 힘을 직접 느낀 루드웨어는 다리가 후들거릴 정도로 충격을 받았다. 솔직히 궁극의 마신 크레이져를 무찌른 이후 과연 신의 힘은 어느 정도일까란 생각을 하면서 자신도 오성신에 못지 않은 힘을 가진 존재라 생각하던 루드웨어였다. 하지만 직접 오성신의 힘을 알게 되자 그 생각은 삽시간에 무너져 내렸다.

"크리에이틱 게이트!!"

드디어 오망성을 그리며 힘을 개방하던 오성신들은 자신들의 모든 힘을 내쏟은 마법의 시동어를 동시에 외쳤고, 오리하르콘 조각상은 엄청난 황금의 광채를 내뿜기 시작하더니 서서히 그 중심부에 순백의 빛을 내뿜는 게이트를 만들어내기 시작했다.

"루드웨어님! 지금입니다!!"

조각상의 중심부에서 게이트가 열리자 아이네스는 루드웨어를 향해 소리쳤고, 그 순간을 놓치지 않은 그는 플라이 마법을 사용하여 게이트를 향해 빠른 속도로 날아갔다.

"오성신들, 고마워!"

마지막 감사의 인사를 날린 루드웨어가 여지없이 조각상의 게이트로 사라져 갔고, 그 극한의 힘이 점점 사라져 가는 게이트는 서서히 좁아지더니 얼마 후 완전히 사라져 버렸다.

"헉!"

"큭!"

모든 힘을 소진한 오성신들은 더 이상 일어설 힘도 없다는 듯이 그 자리에서 주저앉아 버렸지만, 자신들이 연 게이트가 성공한 탓인지 그들의 얼굴에는 만족감이 흐르고 있었다.

"다행이에요. 짧은 시간이긴 했지만 크리에이틱 게이트를 열었으니 말이에요."

아이네스의 말에 아리시아도 고개를 끄덕이며 동감을 표시하고는 말했다.

"천신 레이뮤님만이 열 수 있었던 크리에이틱 게이트였으니까요. 그나저나 루드웨어 녀석, 창조주께 별 실수는 하지 않았으면 좋겠군요."

"……."

아리시아의 말에 다른 네 명의 오성신들도 고개를 끄덕이며 수긍할 수밖에 없었다. 누가 뭐래도 그는 자신들이 다스리는 세상에서 가장 괴짜의 인물임에는 틀림이 없기 때문이다.

한편 오성신의 힘으로 열려진 크리에이틱 게이트로 몸을 날린 루드웨어는 수많은 색깔의 빛이 소용돌이치는 통로로 빨려 들어가며 황홀함에 취해 있었다.

텔레포테이션 게이트와 비슷한 공간이긴 했지만, 게이트의 통로가 영롱한 푸른색의 빛을 내고 있다면 이 통로는 눈부실 정도로 화려한 색깔의 빛을 뿌려대고 있는지라 이 하나만으로도 세상의 어느 미술품보다 더욱 찬란하게 느껴졌던 것이다.

하지만 이러한 감상은 그리 오래가지 않았다. 수많은 색깔의 빛을 내던 통로를 빠져나가는 시간은 지상계로 치면 십 초도 되지 않는 짧은 순간이었기 때문이다.

통로를 지난 루드웨어는 다시 순백의 빛이 작렬하는 반대쪽의 게이트를 본 순간에 벌써 이공간의 몸을 들여놓고 있었다.

"뭐야, 이건?"

오성신이 살고 있는 성도의 경우는 순백의 아름다운 건물들이 들어서 있었기에 과연 신이 살고 있는 곳이란 생각이 들었는데, 창조주가 살고 있는 공간은 그런 것과는 전혀 달랐다.

사방은 칠흑 같은 어두움으로 가득 차 있었고, 루드웨어가 밟고 있는 것은 땅이 아니라 공간이었기 때문이다. 마치 레비테이션을 사용하여 공중에 몸을 띄우고 있는 것 같은 상황이었다.

루드웨어는 도대체 어디로 가야 창조주를 만날 수 있을 것인가 고민하지 않을 수 없었다.

"젠장!! 어이, 창조신 형!! 모습 좀 드러내 봐요!! 창조신 형!!"

겁대가리도 없이 창조신을 형이라 부르며 같은 배분으로 만들어 버린 루드웨어는 공간에 갇혀 창조신을 소리쳐 부르기 시작했지만 좀처럼 창조신의 모습은 보이지 않았다.

라이트 마법을 사용하려고 해도 무슨 이유에서인지 그의 몸 안에 있는 마나는 공간으로 방출됨과 동시에 완전히 소멸되어 버려 마법은 형성되지 않았기에 그는 어떠한 마법도 사용하지 못하고 공중에 떠 있을 수밖에 없었다.

"젠장······!"

움직이지도 못하는 루드웨어로선 그곳에 머물러 창조신을 기다릴 수밖에 없다고 생각하며 조용히 눈을 감고는 휴식을 취했다. 하지만 명상을 취해 마나를 모으려 해도 이 공간엔 마나 자체가 없기에 그로선 정말 아무 할 일도 없이 떠 있는 모습 그대로 있을 수밖에 없었다. 그리고 루드웨어는 그때부터 수많은 세월을 아무것도 없는 공간에서 생활해야 하는 인고의 시간을 맞이하게 되었다.

처음 한 달, 루드웨어는 무슨 수를 써서라도 이곳을 빠져나가야 한다는 생각으로 자신의 몸 안에 있는 엄청난 마나를 쓰며 이곳을 빠져나가려고 했지만 실패로 끝나고 말았다.

그리고 한 달의 시간이 지났을 때 그의 몸속에 있던 마나는 과도한 사용으로 완전히 바닥나 버렸고, 그는 이제 불사의 몸을 제외한다면 보통 인간의 몸으로 살아갈 수밖에 없게 되었다.

그리고 두 달째, 루드웨어는 미친 사람처럼 날뛸 수밖에 없었다. 사람이란 것은 사회적 동물, 그런 존재를 한 달 넘게 어둠의 공간, 그것도 아무것도 없는 공간에 가두면 제대로 정신을 유지할 수 있는 이는 아무도 없을 것이다.

그나마 정신적으로 극한에 이른 10서클의 마도사인 루드웨어였기에 처음 한 달 동안을 견딘 것이었는데, 이제는 그런 극한의 정신도 모두 사라져 점차 무너져 가기 시작해 미친 사람처럼 발광할 수밖에 없었다.

하지만 이러한 발광도 오래가지 않았다. 모든 생활에 적응해 나가는 것이 살아 있는 생명체인 것처럼, 루드웨어는 천천히 천천히 이 무(無)의 공간에 익숙해져 가기 시작했고 일 년의 시간이 지났을 때 그의 몸은 완전한 공간의 일부가 되었다.

그리고 시간은 수백 년, 수천 년, 수억 년을 지나 도저히 상상할 수도 없는 영겁의 시간으로 흘러갔고, 루드웨어는 그 시간만큼 조금씩 인간의 형태를 벗어나며 완전한 무(無)의 형태로 변해가기 시작했다.

"그런 건가? 쳇!"

이미 인간으로서의 모든 형체가 사라져 버린 루드웨어는 그제야 창조주가 왜 자신을 이런 무의 공간에서 영겁의 시간 동안 내버려 뒀는지 알 수 있었다.

아무것도 없는 공간… 루드웨어는 그것의 일부가 됨으로써 드디어 자유롭게 변할 수 있었던 것이다.

스스로 그 공간이 되어 움직일 수 있는 몸이 된 그는 창조주를 찾기 위해 움직이기 시작했다. 영겁의 시간이 흐른 후였지만, 이상하게도 그는 처음 이곳에 들어왔을 때의 정신을 그대로 유지하고 있었다.

분명 수많은 시간을 이곳에서 보내면서 그의 정신은 몇 번이고 붕괴가 되었음에도 어떻게 공간과 하나가 된 후로 그런 정신이 살아 있는지 이해를 하지 못했는데, 그때 자신의 몸을 울리듯 누군가의 목소리가 들려왔다.

[그것은 내가 네 녀석의 정신을 처음 왔을 때와 같게 복구시켰으니까 그렇지.]

"우악! 깜짝 놀랐네."

갑작스런 목소리에 루드웨어는 깜짝 놀라지 않을 수 없었다. 물론 놀라는 것도 신체가 있을 때야 나타나는 것이지 몸이 사라진 지금은 감정에 아무런 변화는 없었지만, 그냥 예전엔 그랬겠지 하는 식으로 대답하는 것에 지나지 않았다.

[호오! 무와 동화했음에도 감정을 느낀단 말인가? 대단하군.]

그자 역시 이런 이치를 알고 있는지 루드웨어의 말을 들으며 대단해 하더니 천천히 그의 앞으로 몸을 드러내기 시작했다. 이 아무것도 없는 무의 공간에서 조금씩 뭉쳐져 가는 그의 모습을 보며 이채롭지 않을 수 없었다. 어느 정도 시간이 지나자 완벽한 형체를 가지게 된 그의 모습은 놀랍게도 초록색 머리의 젊은 마법사, 바로 루드웨어 자신의 모습이었다.

"어떤가, 자신의 모습을 직접 보는 것이?"

그는 공간에 동화된 루드웨어에게 물었지만, 그 모습에도 루드웨어는 별 감흥이 없었다. 정체를 알 수 없는 자가 자신의 모습으로 변해 있었지만, 원론적으로 말한다면 그것은 껍데기가 같은 것일 뿐이지 루드웨어 자신의 모습이라고는 말할 수 없기 때문이다.

"멋있군요. 그나저나 당신은 누구시죠?"

루드웨어는 그의 질문에 대충 대답을 한 후 물었다.

"허허, 오성신의 안내를 받고 왔는데도 아직 나의 정체를 모르겠단 말인가?"

"음… 그렇군요. 당신이 창조주였군요."

"그렇다네."

"그나저나 이 상태 좀 어떻게 해줄 수 없겠어요? 뭔가 허전한 것 같아 견딜 수가 없단 말이에요."

공간에 동화되어 있는 루드웨어는 마치 나신인 것 같다는 생각에 창조주를 보며 말했지만, 그는 고개를 저으며 말했다.

"그것은 불가능하다네. 내가 자네를 이 무의 공간에서 영겁의 시간 동안 내버려 두고 공간 자체에 동화되게 한 것은 나와의 대화를 가능하게 하기 위함이었는데, 만약 다시 형체를 찾는다면 또 영겁의 세월이 지나야만 의사 소통이 가능해지기 때문이네. 나야 시간을 넘어가면 된다고 하지만 자네는 또다시 그런 고통을 겪어야 하는데 할 수 있겠는가?"

창조주의 말에 루드웨어는 없는 고개마저 찾아서 젓고 싶은 심정이었다. 처음 이곳에 들어왔을 때 겪은 그 고독함과 고통을 또다시 겪으라고 한다면 차라리 로노와르에게 일만 년 동안 바가지 긁히며 사는 것이 나을 것 같았기 때문이다.

"그나저나 당신이 창조주라면 제가 원하고 있는 것을 알고 계시겠군요?"

"음, 마나의 포화에 의한 세포 파괴가 불사신이란 신체의 상충 작용으로 인한 만성 무정자증을 고치는 것을 말한다면 다른 행성계를 찾을 필요도 없이 내가 약간만 손을 써도 고칠 수 있지."

"정말이요! 그럼 고쳐 주세요!"

하지만 루드웨어의 모습으로 변한 창조주는 얄밉게도 고개를 젓고 말았으니 그로선 원망의 말을 뱉을 수밖에 없었다.

"에이! 뭐예요! 창조주가 쪼잔하게!"

루드웨어는 그 특유의 인신공격을 가하고 있었지만 창조주는 역시 창조주인지라 그의 인신공격에 오히려 미소를 지으며 반격을 했다.

"셀 수 없는 시간을 이런 곳에서 살다 보니 조금 쪼잔해지긴 하더군."

"……."

"하하하하하, 농담일세. 창조주라고 농담도 하지 말란 법이 있던가."

"……."

창조주 같지 않은 창조주의 썰렁한 농담에 루드웨어는 무의 공간에 동화된 몸이 조금 써늘하게 느껴질 수밖에 없었다.

"하하하하, 정말 오랜만에 이곳으로 재밌는 녀석이 들어온 것 같군. 이곳으로 오는 일급 신들은 너무 무뚝뚝해서 재미가 없었는데 말이야. 그렇게 꿍하니 있지 말게나. 자네에게 몸 고칠 기회를 주지 않으려는 것은 아니니까."

"예? 고칠 수 있게 해주신다고요?"

"그렇지. 하지만 이건 기회라네, 기회."

"기회요?"

"그래. 내가 자네에게 맡기는 일을 잘 처리한다면 만성 무정자증을 고쳐 주도록 하지."

역시 세상에 공짜는 없다는 진리가 성립되는 순간이었다. 하지만 무정자증을 고치기 위해선 마누라라도 팔아야 하는 그의 심정… 역시 마누라는 조금 어렵겠군. 아무튼 집이라도 팔아야 하는 루드웨어로선 창조주의 말을 거역할 수가 없었다.

"어쩔 수 없겠군요. 알겠습니다."

"오, 탁월한 선택이네. 자, 나를 따라오게나."

"예."

창조주는 루드웨어로 변한 모습으로 어디론가 날아가기 시작했고, 루드웨어는 창조주를 따라 수억 광년의 거리를 헤치며 앞으로 나갔다.

한참을 날아가던 루드웨어에게 하나의 거대한 신전이 눈에 보이기 시작했다. 원형의 투명한 틀에 갇혀져 있는 신전의 앞에는 창조주 하우스라고 고대어로 쓰여져 있었기 때문에 그곳이 창조주의 집이라는 것을 알 수 있었다.

창조주 하우스에 도착한 루드웨어는 투명한 틀을 빠져나가며 안으로 들어갔는데, 그 순간 놀랍게도 이곳에 오기 전 자신의 모습으로 서서히 형성되어 가더니 얼마 지나지 않아 완벽한 인간의 형체가 만들어졌다.

"오! 내 몸이 돌아왔당~!"

자신의 몸이 돌아오자 루드웨어는 크게 기쁘지 않을 수 없었다.

"이곳은 나의 영역이네. 무에 동화된 자네의 모습이 잠깐 원모습으로 바뀐 것이네. 물론 이곳을 나간다면 다시 무에 동화된 모습으로 변하게 되는 것이지."

창조주는 좋아하는 루드웨어에게 그렇게 말하고는 천천히 건물 안으로 들어갔고, 루드웨어는 오랜만에 찾은 자신의 몸 여기저기를 꾹꾹 손가락으로 눌러보며 즐거운 마음으로 창조주를 따라 들어갔다.

한참을 창조주를 따라 루드웨어는 붉은 바닥의 십자 모양의 방으로 들어갔는데, 그곳엔 침대에서 검은색의 곱슬 머리에 이마 한가운데 큰 점이 있는 남자가 유리병 안의 액체를 호스를 통해 오른쪽 팔로 주입을 받고 있었다. 얼굴이 푸르스름한 것을 보아 상당한 중병을 앓고 있는 듯했다.

눈을 게슴츠레 뜨고 있던 그는 창조주가 들어오자 몸을 일으키려 했지만 기력이 많이 상했는지 이내 쓰러지고 말았다.

"큭… 창조주님, 죄송합니다."

"아닐세. 몸이 그 모양이니 어찌하겠는가? 요양이나 하고 있게."

"예. 그런데 옆에 계신 분은?"

"아, 소개를 하도록 하지. 알파 1028차원계를 자네도 알고 있겠지?"

그 말에 누워 있던 이는 한참을 생각하다 고통스러운 표정을 지으며 말했다.

"아, 알파 1028차원계라면 레이뮤 형님이 관리하는 차원계가 아닙니까?"

"그렇지. 물론 레이뮤는 작은 다툼으로 사라지긴 했지만 말이야."

"그렇다고 들었습니다. 같은 차원계의 어둠의 일급 신과 싸우다 죽었다고 들었는데… 아쉽군요. 레이뮤 형님은 재밌는 사람이었는데 말이에요."

"글쎄… 아무튼 이 청년은 그 차원계에서 레이뮤의 대리자일세."

그 말에 그는 루드웨어를 보며 무엇이 생각났다는 듯이 말했다.

"그렇군요. 이 친구가 저의 차원계를 도울 친구입니까?"

"그렇다네."

"음… 다른 사람이면 모르겠지만 레이뮤 형의 대리자라면 충분히 가능하겠군요. 아무튼 창조주님, 이렇게 신경 써주시니 감사할 뿐입니다."

"별말을 다 하네."

간단히 그와 인사를 나눈 창조주는 다시 방을 나갔고, 루드웨어는 파리한 얼굴색을 보이고 있는 그를 곁눈질로 살짝 훔쳐보고는 방을 나왔다.

병실과 같은 곳을 나온 창조주가 다음에 도착한 방은 거대한 원형의 유리 구슬이 있는 방이었다.

창조주는 그 원형 구슬의 근처에 있는 의자를 보며 루드웨어에게 앉으라고 권유하고는 자신도 자리에 앉았다.

"그나저나 방금 그분은 누구십니까? 또 차원계를 돕다니요? 그건 또 무슨 말이지요?"

루드웨어는 자리에 앉자마자 방금 전에 있었던 일에 대해서 창조주를 보며 물었다.

"음… 방금 만났던 친구는 알파 1067차원계를 담당하고 있는 일급 신인 고타마 싯다르타라는 친구일세."

"그런데 일급 신이 되시는 분이 왜?"

"그것이 근처에 있는 다른 일급 신인 지저스 크라이스트란 신과 조금 말다툼이 있어 싸움이 일어났는데, 옛날에는 한참 힘을 쓰던 친구가 요즘 들어 사람들의 신앙이 줄어드니 체력이 달려 큰 부상을 입고 말았지."

"……."

루드웨어는 일급 신끼리 다투다가 저 모양이 되었다는 말에 황당하지 않을 수 없었다.

"아무튼 일급 신인 싯다르타가 저 모양이 되다 보니 알파 1067차원계의 치안은 다른 차원계에서 건너온 녀석들의 난입으로 지금은 꼴이 말이 아니게 돼버렸지."

"음, 그렇담 제가 그곳으로 파견되어서 다른 차원계에서 온 녀석들을 다시 이 무의 공간으로 잡아오란 말씀이시군요."

"그렇다네."

루드웨어는 창조주의 말을 들으며 한참을 생각에 잠길 수밖에 없었다. 하지만 고민해 봤자 선택할 것은 단 하나밖에 없었기 때문에 어쩔 수 없이 창조주의 부탁을 들어주기로 했다.

"예. 한번 해보도록 하지요. 그런데 1067차원계란 어떤 곳입니까?"

"자네, 혈비도 무랑이란 자를 알고 있지 않은가?"

"예. 그에게서 약간의 무공이란 것을 배웠습니다만."

"바로 그것이네. 혈비도 무랑은 바로 알파 1067차원계에서 온 사람이지."

"아! 그가 다른 차원계에서 온 사람이었습니까?"

루드웨어는 창조주의 말에 놀라는 표정을 지으며 물을 수밖에 없었다. 그는 지금까지 혈비도 무랑이 대륙의 먼 동쪽의 또 다른 대륙에서 온 자라고 믿고 있었기 때문이다.

그도 그럴 것이 루드웨어가 살고 있는 대륙에선 혈비도 무랑이란 자와 같은 단어를 쓰고 있는 또 다른 대륙의 인물들이 백 년에 한 번씩은 흘러 들어오고 있었기 때문이다.

"싯다르타와 레이뮤는 어느 정도 안면이 있던 일급 신이었기에 내가 그들의 우정을 생각해서 똑같은 언어와 인종을 가진 대륙을 만들어주었었지."

"그렇군요."

그제야 루드웨어는 왜 혈비도 무랑이 먼 대륙에 있는 언어를 사용했는지 알 수 있었다.

"아무튼 그곳에는 마법이란 것이 없는 대신 무공이란 것이 존재하기 때문에 자네가 살고 있는 대륙에 비해서 검술 같은 경우는 두세 배 정도 수준이 높은 곳이라고 할 수 있네."

"음, 그렇다면 일을 처리하기가 상당히 어렵겠군요."

"자네의 마법이라면 충분히 그곳에서 생활하는 것도 어렵지 않을 것이라 생각하네만, 만약의 경우를 위해서 그곳에 도착하면 몇 가지 무공을 익힐 수 있는 안배를 해줄 테니 걱정하지 말게나."

"그렇게 해주신다면 좀 일하기가 편하겠군요."

창조주가 무공을 익힐 수 있는 안배를 해준다는 말에 루드웨어는 조금 걱정을 상쇄시킬 수 있었다.

"그곳에 가 있는 다른 차원계의 인물들은 모두 다섯 명이네. 하지만 그 하나하나가 색다른 능력을 가지고 있는지라 상대하기 어려울 것이네. 아참! 이것을 잊었지? 자네가 살고 있는 대륙에선 자네의 몸이 불사의 몸일지 모르겠지만 차원계가 달라지면 절대 불사의 몸이 될 수 없다는 것을 알아두도록 하게."

"예."

말은 그렇게 했지만 불사의 몸이 사라진다는 것에 루드웨어로선 자신의 큰 장점이 하나 사라진다고 생각할 수밖에 없었다. 대륙에서 그가 검의 달인과 싸울 때는 마법을 쓰기보다 죽지 않는 몸을 이용한 검술을 사용하여 싸우던 때가 많았기 때문이다.

창조주가 원형 구슬을 보며 손가락을 가볍게 튕기자 한 남자의 영상이 나타났고, 그는 그 사람에 대해서 설명하기 시작했다.

"이자는 루빈스키라는 이름을 가진 인물이네. 특기는 변체환용으로 자신의 손에 죽은 이들의 몸은 물론 무공과 능력, 심지어는 기억까지 사용할 수 있는 인물이네. 자네는 이자가 어떤 모습으로 변할지 모르니 조심하게. 남녀노소는 물론 동물로까지 변할 수 있으니 말일세."

"예."

변체환용의 특기를 가지고 있는 루빈스키. 루드웨어로선 첫 번째부터 상당히 까다로운 자를 만나겠다고 생각했다. 동물로까지 변할 정도라면 그로선 루빈스키를 찾아내기가 상당히 어려울 것이기 때문이다.

"하지만 루빈스키가 변했을 땐 한 가지 특이점이 드러나는데, 바로 눈빛이네. 자네가 가지고 있는 마법 중의 하나인 신안(神眼)의 능력으로 보면 아마 옅지만 보라색의 눈빛이 보일 것일세."

"아! 그렇다면 다행이군요."

창조주가 다시 한 번 손가락을 튕기자 또 다른 영상이 나타났는데, 그자는 15살 정도의 갈색 머리 꼬마의 모습이었다.

"이자는 라르도라 하는 자일세. 특기는 검술로, 자네의 세상에서는 그랜드 소드 마스터를 넘어서는 실력을 가지고 있다고 말할 수 있지. 그가 있는 차원계에서 약 500년 전에 출현했던 무적검성 양운이란 자가 라르도란 자가 아닐까 추정하고 있지만, 자세한 사항은 나도 잘 모르겠네. 워낙 차원계가 많다 보니 그것을 관리하는 것이 장난이 아니거든."

"음."

그랜드 소드 마스터를 넘어서는 실력이라면 검술 하나만으로 신급에 이른 자라는 뜻이었다.

다시 손가락을 튕기자 이번에는 인간형이 아닌 다른 모습이 드러났는데, 녀석은 마치 황소와 같은 모습을 하고 있었기에 미노타우르스와 비슷하다고 할 수 있었다.

"이자는 부울스라는 자로 특기는 엄청난 괴력이지. 이자가 차원계로 들어간 것이 거의 천 년 정도 되니 경신술이나 경공술 같은 것을 익혔을 것은 분명해. 그 스피드 또한 경이로울 것일세. 이자를 상대할 때는 약간의 거리를 두는 것을 잊지 말도록 하게. 녀석의 손에 한번 잡혔다가는 일급 신이라 해도 갈비뼈 하나 부러지는 것은 각오해야 하니까 말일세."

"음……."

부울스에 이어 나타난 다음 사람은 검은 머리에 엄청난 미모의 늘씬한 여성이었기에 루드웨어는 침을 흘리며 보지 않을 수 없었다. 또한 중요한 부분을 살짝 가린 천이 검은 망사로 되어 있어 살짝 드러나 보였기 때문이다. 그 모습에 창조주는 잠시 헛기침을 하고는 영상 구슬에 조작을 가해 중요한 부분은 모자이크 처리를 했고, 그제야 루드웨어는 정신을 차릴 수 있었다.

"이 여자는 레리스라고 하네. 한때는 다른 차원계에서 미의 여신으로 임명된 여인이지만, 그 색기가 너무 강하여 어쩔 수 없이 미의 여신의 자리에서 쫓겨날 수밖에 없었지. 아무튼 그 일 때문에 상당한 불만을 품고는 다른 차원계로 숨어들었네. 특기는 현혹술로 그녀가 마음만 먹는다면 어떠한 남자라도 자신의 것으로 만들어 버릴 수 있지. 만약 자네가 이 여인의 현혹술에 걸린다면 평생을 그녀의 종이 되어 살아야 할걸세."

지금까지 나왔던 어떠한 자보다 강적이었다. 여자에 약한 루드웨어로선 영상 구슬에 나온 저 여인이 자신에게 현혹술을 펼치지 않더라도 종이 될 수밖에 없다는 생각을 하고 있었기 때문이다.

　하지만 그녀에게도 약점은 존재하고 있었다.

　"물론 약점이 없는 것은 아니지. 저 여인이 원래 있던 차원계의 신들은 저 현혹술을 벗어나기 위해 한 가지 기술을 만들었는데, 그것이 바로 역경(逆鏡)이란 것이네. 이 기술을 사용한다면 그녀의 현혹술은 도리어 그 반대의 효과를 불러들일 수 있게 되니 자네는 이곳으로 가기 전에 역경의 기술을 배워두도록 하게."

　"예."

　루드웨어는 알겠다는 듯이 대답을 한 후 다음번 영상을 기다렸는데, 창조주가 자신의 얼굴을 보며 조금 망설이는 듯한 모습을 취하자 의아한 얼굴로 물었다.

　"왜 그러십니까?"

　"그것이… 다음번에 나올 인물은 자네가 익히 알고 있는 인물일 것이라 그러네."

　"예? 제가 알고 있는 인물이라뇨?"

　"어차피 알아야 할 것이니 보여주도록 하지."

　그렇게 말한 창조주는 다시 손가락을 튕기며 다음 남자의 영상을 나타나게 했는데, 그 모습을 확인한 루드웨어는 크게 놀라며 자리에서 벌떡 일어날 수밖에 없었다.

　"유리마!!"

　그렇다. 창조주가 보여주고 있는 유리 구슬의 영상에 나와 있는 인물은 그가 마계에서 사귄 유일한 친구이자 절대로 잊을 수 없는 단 한 명의 친구인 암흑 신관 유리마였던 것이다.

물론 유리 구슬에 보이는 영상은 그때와는 완전히 달라져 있었다.

암흑 신관인 유리마가 그때는 조금 음침한 면이 있었다고 한다면, 지금은 상당히 밝은 표정을 짓고 있었기 때문이다.

하지만 루드웨어로선 그때보다 더 안 좋은 기분을 느낄 수밖에 없었는데, 영상으로 보이는 그의 눈에선 무엇인가 알 수 없는 기운이 느껴지고 있었기 때문이다.

"자네의 차원계에서 온 유리마라고 하네. 능력과 지략 면에서 꽤 뛰어난 인물이었는지라 녀석의 기억만을 지운 채 스카우트를 했는데, 무슨 이유로 중간에 정신 분열이 일어나 예상치 못한 일을 벌이고 말았지."

"예상치 못한 일이요?"

"유리마가 바로 네 명의 다른 차원계 인물들의 주동자라네. 과거에는 암흑 신관으로서의 힘과 약간의 검술을 가지고 있었네만, 이곳에 들어오면서 다른 능력을 부여한 것이 화근이 됐지."

창조주의 다른 능력이란 말에 루드웨어로선 궁금함을 감추지 못하고 물어볼 수밖에 없었다.

"다른 힘이라면?"

"모든 것을 통찰하는 눈. 바로 영안(靈眼)이라네. 이 영안을 가진 이는 창조주인 나 외에 어떠한 일급 신도 가지고 있지 않고 있네. 생물체에게 영안을 부여하면 어떤 결과를 가져올까 시험도 해볼 겸 선택받은 차원계의 인물 중에서 가장 정신적으로 안정되어 있는 유리마를 선택한 것인데, 아무래도 영안 자체가 지워 버린 기억마저 볼 수 있게 하는 효과를 가져온 것 같더군."

"그럼?"

"지금 유리마의 상태는 과거와 현재의 기억이 뒤죽박죽 섞여 있네. 내가 직접 나선다면 모를까 영안을 가지고 있는 유리마는 일급 신이 나선다 해도 그 힘을 영안으로 파악해서 약점을 간파해 버리지. 도저히 틈이 없다고나 할까? 자네를 가장 적임자라고 생각하는 이유도 이 영안 때문이라네. 유리마의 과거의 기억 중 가장 인상이 깊었던 인물이 바로 자네이기 때문이지."

"음……."

루드웨어는 유리마가 다른 차원계에서 살아 있다는 것에 안도감을 느낄 수 있었지만, 자신이 그를 잡아와야 하기 때문에 그 안도감은 불안감으로 변해가고 있었다.

영안은 둘째 치고라도 다른 차원계에서 편히 살고 있는 유리마를 잡아들인다는 것은 영 마음에 내키지 않았기 때문이다.

"자네의 생각도 모르는 것은 아니네만 이들을 차원계에서 끌어내야할 이유가 있네."

"이유라면?"

"왜 자네의 세계에서 일급 신이 지상계로 내려가지 않는지 알고 있는가?"

"……."

모르는 것을 물어보는 창조주였다. 뭐, 대충은 일급 신 정도의 인물이 지상계로 내려간다면 그 힘의 여파에 지상계 붕괴가 일어난다는 것은 알고 있지만, 그 원리에 대해선 모르고 있기 때문이다.

"신은 불사의 존재라네. 그에 반해 지상계는 순환의 법칙을 따르고 있지. 한 생명체가 마나의 결집으로 태어나고 자라나고 또 시간이 흘러 지상계의 마나로 환원되는 순환의 법칙. 하지만 불사의 존재인 신은 그런 순환의 법칙이 존재하지 않는 이들이라 지상계로 강림하면 엄청난 양의 마나를 흡입하게 되지. 한번 흡입하면 다시는 그것을 다시 되돌려줄 수가 없고 말일세. 즉, 순환의 법칙이 깨져 버리는 것이지. 마나가 없는 지상계는 죽음의 땅과 같이 생명이 태어날 수 없게 되네. 그런 이유로 일급 신 정도의 인물은 전 차원계에서 어느 정도 문명이 완성된 후에 절대로 지상계로 강림하지 못하게 하고 있지.”

“음…….”

“자, 그럼 문제는 바로 이들이야. 자네의 지상계야 대리자의 법칙에 의거한 불사의 존재라고 해도 그 힘은 그렇게 크지 않고, 거의 대부분 대리자들이 순환의 법칙에 의해 스스로 자연으로 환원되는 경우가 많았기에 문제가 되지 않지만, 이들 다섯은 우리들 신급의 존재가 처리하지 않는다면 불사의 존재로 살아갈 자들이네. 또한 이들이 흡입하는 마나의 양은 다섯을 모두 합치면 거의 일급 신급에 해당할 정도의 양이라 이렇게 계속 가다간 지상계는 어쩔 수 없이 죽음의 땅으로 변할 수밖에 없는 것이지. 들어온 정보에 의하면 알파 1067차원계는 벌써 네 곳에 죽음의 땅이 형성되었네. 어떤가, 이래도 그들을 내버려 둘 셈인가?”

“…….”

루드웨어로선 결정할 수밖에 없었다. 아무리 친하고 생명마저 달라면 줄 수 있는 친구이지만 그런 친구 때문에 한 차원계를 소멸시킬 수는 없기 때문이었다.

“알겠습니다. 제가 가도록 하지요.”

루드웨어가 힘없이 고개를 끄덕이며 수긍하자 창조주는 미소를 짓고 그의 어깨를 두드리며 말했다.

"너무 걱정은 하지 말게. 이들 다섯의 경우에 반드시 죽일 필요는 없고 이곳으로 돌려보내기만 해도 상관은 없으니까 말일세."

"예? 정말입니까?"

"이들을 돌려보내라는 건 엄청나게 강한 마나 흡입으로 인해 차원계의 소멸을 막기 위한 것이지 벌을 주기 위함이 아니네. 어차피 이들은 모든 차원계에서 벗어난 자유 생명체이니……."

"자유 생명체요?"

루드웨어가 되묻자 창조주는 자유 생명체에 대해서 설명하기 시작했다.

"자유 생명체는 이 알파 차원계의 어떠한 하위 차원계에도 속해 있지 않은 생명체를 말하네. 그들의 힘은 나 창조주가 가지고 있는 이 무의 공간이 바탕이라고 할 수 있지. 그렇기 때문에 그들은 하위 차원계의 큰 문제를 해결하는 것이 일일 뿐이네."

"잠깐만요. 그럼 도대체 저들이 저 차원계로 내려간 이유는 뭐지요? 자유 생명체라면 도망갈 이유 같은 것은 없잖아요."

루드웨어의 그 말에 창조주는 조금 망설이는 듯한 표정을 짓더니 할 수 없다는 듯이 한숨을 내쉬며 말했다.

"휴! 어쩔 수 없군. 자네 알파계에 속한 차원계의 숫자가 모두 몇 개인 줄 알고 있는가?"

"몇 개인데요?"

"총 12만 7,454개라네."

"헉?!"

"그러다 보니 나로서는 도저히 일에서 손을 놓을 수가 없었기에 이미 만들어져 있는 차원계에서 몇 명을 추려 몇 가지 힘을 보태준 후에 나 대신 처리하게 했는데……."

"처리하게 했는데요?"

"…녀석들이… 지구라는 차원계에 갔다가… 노사 분규라는 것을 배워 오더니… 자기들도 정기 휴가와 함께 추가 노동 수당을 달라고 하잖아……."

"그런데요?"

"안 된다고 했더니… 그냥 나가 버리더라구……."

"……!"

한마디로 창조주는 악덕 사업주였던 것이다. 사원들을 그렇게 부려 먹었으니 어찌 노사 분규가 일어나지 않겠는가? 창조주의 말에 루드웨어는 한숨을 내쉴 수밖에 없었다.

"그러니 창조주님 말씀은 녀석들을 처리하라는 것이 아니라 잘 다독여서 복귀시키라는 말씀이시군요."

"응. 아무래도 내가 다른 차원계에서 사람을 몇 명 더 불러온 후에 녀석들한테 휴가와 추가 노동 수당을 주는 것이 더 나을 것 같더라고. 그래서 말이야… 녀석들한테 처우를 개선해 줄 테니까 무의 공간으로 와달라고 좀 해줘. 물론 그 차원계에서 넘 편하게 살았으면 땡깡 부릴 수도 있겠지만 말이야. 음… 처우 개선 사항으로 첫째, 만 년 노동 후에 천 년가량의 정기 휴가. 둘째, 가중한 노동이라 판단됐을 경우에는 백 년 간 특별 휴가. 셋째, 추가적으로 일을 처리했을 경우에는 그 일의 경중에 따라 점수를 받고 총 1,000점이 모였을 땐 항성계 하나를 보너스로 지급한다. 어때? 이 정도면 충분하겠지?"

"…그렇겠네요."

이렇게 해서 루드웨어는 창조주에게서 알파 1067차원계에서 다섯 명의 자유 생명체를 설득해 무의 공간으로 되돌려보내는 임무를 맡게 되었다.

뭐, 차원계의 질서를 무너뜨린 그들을 사살하라는 명령이 아니었기에 그나마 다행이라고 생각했지만. 만약 사살이란 명령이 내려졌다면 루드웨어로서도 상당히 상대하기 까다로운 녀석들이었기 때문이다.

알파 1067차원계로 내려가기 전에 루드웨어는 녀석들을 상대할 수 있는 기술을 훈련받기 위해 무의 공간에 있는 창조주 공인 훈련소를 찾아가게 되었다.

창조주 공인 훈련소에서는 앞으로 생길 새로운 차원계를 맡기 위해 십여 명의 일급 신들이 열심히 훈련을 하고 있었는데, 그에 따른 조교와 교관들의 숫자는 거의 백여 명에 이르는 것을 보면 일급 신이 되기 위해선 상당한 교육을 받아야 됨을 알 수 있었다.

놀기 좋아하는 루드웨어로선 일급 신이 되고 싶은 마음이 사라질 수밖에 없는 순간이었다. 다행히 루드웨어는 다섯 명의 자유 생명체만을 상대해야 하기 때문에 그가 배울 교육의 숫자는 그렇게 많지 않았다.

첫째, 신안 강화 훈련으로 그가 상대할 루빈스키의 변체환용에 대비한 것이다. 둘째, 레리스란 여자의 현혹술을 상대하기 위한 역경의 기술을 배우는 교육. 셋째, 알파 1067차원계의 역사 및 언어, 몇 가지 기초 제반 사항을 익히는 교육. 넷째, 그곳에서 사용할 수 있는 검술과 경공, 경신, 보법들을 배우는 교육. 다섯째, 차원계 여행의 충격에서 견딜 수 있도록 몸을 단련시키는 교육.

이 다섯 가지 예상 교육으로 백 년이 넘게 걸리긴 했지만 일단은 무의 공간에선 창조주가 마음대로 시간을 멈추거나 할 수 있기 때문에 별문제는 없으리라 생각되었다.

뭐, 시간을 되돌리면 되지 않겠느냐는 물음도 한 적이 있었는데, 애석하게도 창조주로도 시간을 되돌리는 것은 불가능하다고 한다.

단지 흘러가는 시간을 영겁의 시간만큼 늘이는 것은 가능하다고 하니… 창조주라고 해도 만능은 아니었던 모양이다.

한편 루드웨어가 창조주의 세계로 날아간 시점에 칠인회에선 난리가 나버렸다.

바로 문제의 원인은 다원소 드래곤 로노와르였다. 한시라도 빨리 해츨링을 만들어야 함에도 이놈의 남편이 거의 이 년 이상이나 레어로 들어올 생각을 안 하니 로노와르로선 단단히 화가 날 수밖에 없었던 것이다.

그런 성질을 가지고 제일 먼저 찾아간 곳이 칠인회였으니 어찌 칠인회가 멀쩡할 수 있단 말인가? 난데없이 찾아든 다원소 드래곤의 브레스로 인해 업무는 거의 마비 상태에 달해 있었기에 라디안은 총회주 부인을 상대로 한 최고의 경계령인 테프콘 3을 발령하여 칠인회는 현재 비상 체제로 돌입해 있었다.

[우오오오!!]

강력한 다원소 드래곤의 소멸의 브레스가 일대를 작렬하자 거대한 산도 한순간에 소멸이 돼버리고 있었으니 역시 로노와르를 상대할 수 있는 유일한 인물은 루드웨어밖에 없다는 것을 실감하고 있는 라디안이었다.

"회주 부인, 진정하십시오! 제발 진정하시고 제 말 좀 들어주십시오!!"

라디안은 그녀의 브레스를 피하여 간절한 외침을 내뱉고 있었지만, 무식한 로노와르에게 그런 것은 필요없었다.

[필요없어! 당장 루드웨어를 내놓으란 말이야!! 우오오오오!!]

대책 안 서는 순간이었다. 라디안으로서도 칠인회가 모두 부서지기 전에 루드웨어를 내놓고는 싶었지만 신계로 사라진 후에 소식이 완전히 끊겨 있는지라 그로서도 어디 있는지 파악할 수 없었던 것이다.

하지만 이러한 발광도 언젠가는 끝이 있는 법이니 난동 일주일 만에 어느 정도 지친 로노와르는 브레스 뿜는 것을 멈추고는 그 자리에서 주저앉아 버렸다.

라디안으로선 로노와르가 멈추자 크게 안도의 한숨을 내쉴 수밖에 없었다. 하지만 곧 이어 또 하나의 문제가 발생했다.

[으아아앙!! 루드웨어를 빨리 내놓으란 말이야~ 으아아앙~!!]

갑자기 난동을 벌이다가 멈춘 로노와르가 자리에 앉더니 울음을 터뜨리기 시작한 것이다. 뭐, 보통의 드래곤이라면 모를까 에이션트 몇 배에 달하는 덩치의 그녀가 울자 그 소리는 천지를 개벽할 듯하는 것은 물론이요, 터져 나오는 눈물로 일대는 큰 홍수로 시달릴 수밖에 없었으니, 한마디로 뭘 하든 다른 이에게 피해를 주지 않는 것이 없는 로노와르였다.

이렇게 내버려 두었다간 난데없이 수해를 맞을 것 같자 라디안은 급히 그녀의 앞으로 플라이 마법을 사용하여 날아가면서 소리쳤다.

"로노와르님, 루드웨어님이 가신 곳을 말씀드리겠습니다!"

[으어엉~ 흑흑~ 어디 갔는데?]

간신히 울음을 멈춘 로노와르가 묻자 라디안은 손가락을 하늘로 올렸는데, 그 손가락이 뜻하는 것을 알고 있는 로노와르였는지라 다음 말을 들어보지 않고 대성통곡을 하기 시작했다.

[으어어엉~ 나를 두고 벌써 하늘로 가다니… 크흐흐흐흑… 천 살도 안 돼서 과부가 될 줄이야~ 흑흑…….]

"저… 돌아가신 것이 아니라 신계로 가셨는데요."

로노와르의 대책없는 행동에 라디안은 식은땀을 주르륵 흘리며 말했고, 그제야 그녀의 대성통곡은 멈출 수가 있었다.

[응? 신계?]

"예."

[음… 알았어!]

루드웨어아 신계로 갔다는 말에 알겠다는 대답을 한 로노와르는 칠 인회를 벗어나 하늘 높이 치솟아 올라가기 시작했는데, 어느 정도 시간이 지나자 호흡 곤란을 겪으면서 땅으로 추락할 수밖에 없었다.

하늘에 있다는 신계는 정말 올라가기 힘든 곳이었기 때문이다.

[어떡하지? 신계로 올라갈 수 있는 방법이 없을까?]

로노와르는 한참을 신계로 올라갈 수 있는 방법을 찾기 시작했다. 그때 한 드래곤의 멀뚱한 얼굴이 생각난 그녀는 자리에 벌떡 일어나서는 유레카를 외치고 어디론가 빠르게 날아가기 시작했다.

드래곤들의 사회에서 널리 알려진 이야기가 하나 있는데, 그것은 바로 겁도 없이 오크가 드래곤의 힘을 얻었다는 것이다.

그 힘을 얻은 후 오크의 습성을 버리고 드래곤 같은 삶을 사는 그 오크를 따돌리는 드래곤들은 없었다.

신마전쟁 때 천신 레이뮤를 도와 큰 활약을 한 고오크의 일족, 그는 바로 콜리드였다.

준호를 다시 자신의 세상으로 돌려보낸 후 콜리드는 숙적 실레이드와 함께 언제나와 똑같은 생활을 하고 있었다.

서로를 못 잡아먹어 안달이 난 두 사람은 또다시 농부들의 눈에 피눈물을 흘리게 하는 혈전을 벌이고 있었으니, 이번 해의 작물 역시 그리 좋지 않을 것이라는 것이 세인들의 평이었다.

"빌어먹을 오크 녀석, 다리통을 짤라 바비큐를 해먹겠다."

"가소로운 녀석, 네 녀석의 껍데기를 뜯어 담뱃갑 은박지로 만들어주지."

"죽어라!"

"너나 죽어라!"

유치한 말싸움으로 시작하여 본격적인 싸움으로 번지는 것이 거의 매일 반복되는 패턴인지라 두 사람은 서로에 대해서 악담을 하며 잠시 전초전을 갖고는 드디어 본격적인 싸움에 들어갔다.

그랜드 소드 마스터 급에 이르는 콜리드는 자신의 손에 들린 두 개의 검을 휘두르며 무지막지한 검기를 날리고 있었고, 마나에 대해선 타의 추종을 불허하는 양을 가지고 있는 실레이드는 무지막지한 마법을 난사하는지라 주변은 검기와 마법에 의해서 박살이 나고 있었는데, 그때 갑작스럽게 두 사람의 사이로 엄청난 기운이 밀려오기 시작했다.

"헉!"

"피해라! 소멸의 브레스다!!"

두 사람은 갑자기 자신들 사이로 밀려오는 그 기운을 알아채고는 급하게 뒤로 물러섰고, 소멸의 브레스는 대지에 작렬하면서 엄청난 폭발의 기운과 함께 그 부분에 직경 20미터, 깊이 1킬로미터에 이르는 장대한 구멍을 파헤침으로써 지하의 수맥을 터뜨렸다.

다행히 근처에 온천 수맥이 있었던지 두 사람은 찬물을 뒤집어쓰지 않아도 되었지만, 뜨끈뜨끈한 물이 머리 위에 쏟아짐으로써 물에 빠진 생쥐 꼴이 될 수밖에 없었다.

"젠장!"

"로노와르! 넌 어른에 대한 공경도 없나! 무턱대고 소멸의 브레스를 뿜으면 어떻게 하겠다는 거야!"

실레이드는 대륙에서 소멸의 브레스를 가진 드래곤은 로노와르밖에 없다는 것을 알고 있기 때문에 소릴 질렀고, 실레이드의 노기로 가득한 외침을 들으며 하늘 위에서 로노와르가 날개를 휘저으며 내려왔다.

[콜리드 아저씨, 실레이드 아저씨, 오랜만이에요.]

"음, 오랜만이긴 하다만, 네 녀석이 뭘 하러 여기까지 왔는지 궁금하구나."

"그건 그렇네? 루드웨어랑 해츨링 만든다고 레어에서 나올 생각도 안 하고 있더니만."

콜리드의 말에 실레이드 역시 이상하다고 생각하며 물어볼 수밖에 없었는데, 그 순간 재빨리 인간 여자로 폴리모프한 로노와르가 어디서 구했는지 손수건 하나를 꺼내더니 그 자리에서 주저앉아 비련의 여주인공 흉내를 내며 눈물을 흘리기 시작했다.

"흑흑흑……."

갑자기 어울리지도 않는 로노와르의 행동에 두 사람은 황당하지 않을 수 없었지만, 로노와르가 우는 이유가 궁금했기에 물어보지 않을 수도 없었다.

"도대체 무슨 일인데 천하의 로노와르가 눈물을 흘리는 게냐?"

"루드웨어가 다른 드래곤과 바람이라도 피운 거냐?"

실레이드는 아무 생각도 없이 물어보았는데, 그 말을 들은 로노와르가 고개를 끄덕이며 더욱 서럽게 울자 크게 놀라지 않을 수 없었다.

자고로 드래곤들의 사회는 일부일처제인지라 유희를 통해 다른 종족과의 관계를 맺는 것을 제외하고는 마누라는 한 명만 얻는 것이 윤리였는데, 감히 루드웨어가 그 법칙을 어겼다고 생각하자 드래곤 사회의 최고 원로 실레이드는 화가 나지 않을 수 없었다.

"뭐야! 네 이놈을 당장! 루드웨어란 녀석이 어딨냐!"

드래곤의 모습인 실레이드가 있지도 않은 소매를 걷어붙이는 시늉을 하자 드디어 기회가 왔다는 것을 눈치 챈 로노와르는 계속 눈물 연기를 하면서 말했다.

"크흐흐흑… 다른 드래곤과 바람을 피우고… 크흐흑… 신계로 도망을 갔어요."

"신계?"

"녀석이 차원계를 오가는 것은 알고 있었지만 신계도 갈 수 있었단 말인가? 놀랍군."

두 사람은 루드웨어가 신계로 갔다는 말에 크게 놀라지 않을 수 없었다. 그도 그럴 것이 신계는 몇천 년 전부터 지상계와의 왕래를 금하고 있었기에 그 후에 태어난 모든 종족 중에서 신계로 갔던 이는 단 한 명도 없었기 때문이다.

로노와르는 벌떡 일어나 개구리처럼 몸을 날리고는 콜리드와 실레이드의 다리를 잡고 통곡하며 외치기 시작했다.

"실레이드 아저씨, 콜리드 아저씨, 신계로 갈 수 있는 좌표 좀 가르쳐 주세요. 흑흑흑, 바람을 피워도 좋지만 전 루드웨어 없이는 못산단 말이에요. 크흐흑흑."

두 사람은 로노와르의 말을 들으며 크게 마음이 움직이지 않을 수 없었다. 아~ 이것이 얼마나 아름다운 여자의 지조란 말인가란 생각을 하면서 말이다.

"흠흠… 네 루드웨어란 녀석이 너무 괘씸해서라도 신계 좌표를 가르쳐 주어야겠구나."

"실레이드! 자네 신계에서 세운 법을 어길 셈인가?"

"그래도 참을 수 없단 말이야! 이계로 간 딸년이 로노와르와 같은 일을 당했다고 생각하면 치가 떨린단 말이야."

"……."

평소에는 별로 신경도 쓰지 않던 딸 리안나를 생각하는 실레이드를 보며 콜리드는 아무 말도 할 수가 없었다.

그도 그럴 것이 이계와 이곳은 서신 왕래조차 불가능한 상태이기 때문에 이것들이 잘 살아서 떡두꺼비 같은 자식을 기르고 있는지, 아니면 사랑이 식어서 이혼이라도 했는지 모르는 일이기 때문이다.

그런고로 더 한층 걱정이 쌓이고 있는 그라 바람 피우는 루드웨어를 용서할 수가 없는 것이었다.

"자네, 오성신의 벌이 두렵지도 않은가?"

"로노와르가 우리가 가르쳐 줬다는 말만 안 하면 되는 게 아니겠어?"

"그건 그렇지만……."

"거 째째하게 굴지 말자고. 아는 것 가르쳐 주는 게 뭐가 나쁜 일인데 그래."

그렇게 말한 실레이드는 코끼리 다리에 붙은 파리 같은 모습을 하고 있는 로노와르를 드래곤의 콧바람으로 일으켜 세우더니 말했다.

"원래는 신계로 가는 좌표는 절대 알려주어서는 안 되지만 너에게만 살짝 가르쳐 주마."

"실레이드 아저씨, 고마워요."

"신계 좌표는 #$%$@#이니라."

"크흐흐흑… 실레이드 아저씨, 이 은혜는 절대 잊지 않을게요."

"그래. 꼭 루드웨어 녀석을 잡아서 바람 피우지 못하게 다리몽뎅이를 뚝 뿐질러 버리도록 하거라."

"예."

실레이드의 말에 고개를 숙이며 대답을 한 로노와르는 기다릴 것도 없다는 듯이 그 자리에서 바로 신계로 가는 좌표에 따른 용언을 외쳤다.

[이동!!]

신계의 대표자인 오성신은 루드웨어를 창조주가 살고 있는 무의 세계로 보낸 후 모두 자리에 누워 있을 수밖에 없었다.

크리에이틱 게이트를 여는 것에는 상상치도 못할 엄청난 힘이 소모되는 작업이었기 때문이다.

지상계에서 가장 큰 골칫거리였던 루드웨어를 창조주에게 보냈기 때문에 당분간 큰일은 없을 것이라 생각하며 안심하고 휴식을 취하고 있던 오성신들이었지만, 애석하게도 지상계에는 루드웨어에 이어 두 번째 골칫거리가 남아 있었던 것이다.

달콤한 단잠을 자고 있던 태양신 아리시아는 오래간만에 생긴 휴식을 잠으로 채우고 있었는데, 갑자기 문을 박차고 들어온 신장 때문에 맛있던 잠이 확 깨일 수밖에 없었다.

"젠장! 무슨 일이냐!!"

"아리시아님, 큰일 났습니다!"

"큰일이라니?"

"태고 이후로 사라졌다고 알려져 있는 다원소 드래곤이 갑자기 신계로 쳐들어와서는 난동을 피우기 시작했습니다!"

"다원소 드래곤!!"

아리시아는 다원소 드래곤이란 말에 크게 놀라지 않을 수 없었다. 지상계에 있는 다원소 드래곤이라면 자신들이 창조주에게 보낸 루드웨어란 자의 마누라인 로노와르란 드래곤밖에 없었기 때문이다.

"그곳이 어디냐! 빨리 가보도록 하자!"

"예."

아리시아는 신장에게 소리치며 대충 옷을 걸치고는 밖으로 황급히 뛰어나갔는데, 그도 그럴 것이 다원소 드래곤의 브레스는 모든 원소를 소멸시키는 소멸의 브레스인 까닭에 아무리 오리하르콘 비늘 갑옷을 입고 있는 신계의 장수라 해도 크게 상처 입지 않을 수 없을 뿐더러 신계의 건물은 그 제작 과정이 복잡해서 완전한 복구를 하려면 족히 이천 년 이상이 걸리기 때문이다.

하지만 애석하게도 아리시아가 도착했을 때는 이미 꼴이 말이 아니었다. 신계의 수도인 신도의 자랑이라는 백색의 아름다운 건물은 여기저기 부서져 있었고, 주민들인 신족들은 난리를 치며 대피하고 있었기에 신도의 교통 상황은 순식간에 큰 마비가 걸려 있었다.

고위 신족들이야 날개가 있기 때문에 날아서 피할 수 있었다고는 해도 보통의 신족의 경우에는 엄청난 인파로 인해 제대로 빠져나가지도 못한 채 비명을 지르고 있었으니, 이것은 신마전쟁 이후 신계의 가장 큰 변이라 할 수 있었다.

"도대체 이게 무슨 꼴이란 말인가! 신장들은 대체 뭣 하는 거야! 어떻게든 저 난장판을 해결해야 될 것 아닌가!"

"그것이… 신마전쟁 이후 평화가 계속되다 보니 많은 수의 신장이 필요없다고 아리시아님께서 신장 감축 계획을 실행하시지 않으셨습니까?"

"그래서?"

"현재 신도에 있는 신장의 수는 삼백 명밖에 되지 않는지라 예비 신장 이백 명과 신장 사관 학교생도 사백 명을 긴급 투입하고 있지만 도저히 혼란을 진정시킬 수가 없었습니다."

"……"

신마전쟁 때만 해도 신계에 있는 신장의 수는 거의 일만에 가까웠다. 하지만 신마전쟁이 끝난 후 많은 수의 신장들이 할 일이 없어지게 되어 근무 태만을 일삼자 아리시아는 신장 감축 계획과 함께 다른 정책들을 추가시킴으로써 현재에 와선 신도에 있는 신장을 합쳐 전 신계에 이천 명 정도로 신장의 수를 낮출 수 있었지만, 그것이 이 혼란을 야기시키게 된 주 요소가 되어버린 것이다.

'젠장! 하루안이 신장의 수가 너무 적다며 난리 쳤을 때 조금 늘려놓을 것을…….'

소 잃고 외양간 고치는 식의 생각을 한 아리시아는 신장과 함께 몸을 날려 다원소 드래곤이 설치고 있는 구역으로 날아갔다.

[우오!! 당장 루드웨어를 데려오란 말이야!! 우오~!!]

신도의 한편에선 루드웨어를 내놓으라는 드래곤 피어를 날리면서 로노와르가 아름다운 신도의 건물을 거대한 자신의 몸집으로 짓밟으며 여기저기 소멸의 브레스를 날리고 있었다.

"다원소 드래곤을 진정시켜라! 신장군 제일진과 삼진은 녀석의 양측에서 공격하고, 이진과 사진은 앞과 뒤로 동시에 밀어붙이면서 소멸의 브레스를 최대한 막도록 하라!"

신도의 치안을 맡고 있는 신장들의 책임자인 수석신장 마테우스는 발광을 하는 다원소 드래곤을 향해 신장들을 지시하며 더 이상 소멸의 브레스로 인해 신도가 파괴되는 일이 없게 하기 위해서 노력하고 있었지만 그것이 쉽게 이루어지지가 않았다.

신장이 되는 고위 신족의 평균 능력의 수치는 웜 급 드래곤의 힘보다 약간 더 높은 정도에 지나지 않기 때문에 에이션트 드래곤을 넘어서는 다원소 드래곤을 잡는다는 것은 거의 불가능한 일이었다.

수석신장 마테우스를 비롯한 차석신장 다섯 명은 거의 에이션트 드래곤 급에 달하는 힘을 지녔지만 그들 모두가 총력을 다해 막고 있음에도 로노와르의 발광에는 도저히 손을 쓸 수가 없었다.

남편을 애타게 찾는 여인의 가련한 마음이 담긴 발광을 어찌 힘으로 막을 수 있단 말인가?

어쨌든 필사적으로 수십 명의 신장에게 지시하여 포위 작전을 펴고는 있었지만 수가 워낙 적은지라 군데군데 구멍이 나는 것은 어쩔 수 없는 노릇이었다.

덩치는 산만한 것이 어찌나 빠른지 열두 쌍이 되는 날개를 한 번 휘저으면 눈 깜짝할 사이에 수십 미터를 왔다 갔다 하는지라 로노와르를 잡지 못하고 있는 신장들은 연신 똥개 훈련마냥 왔다 갔다 하며 움직일 수밖에 없었다.

똥빠지게 날개를 휘둘러 다가갈라치면 그곳에 있는 건물들은 다 부수고 다른 데로 이동하는 로노와르의 치졸한 수법에 이가 갈릴 시점, 다행히 녀석을 잡을 수 있는 분이 도착하자 수석신장 마테우스는 크게 기뻐하지 않을 수 없었다.

"아리시아님!"

"마테우스 수석신장, 피해 상황은 얼마나 되는가?"

"그것이… 신장들은 단 한 명도 부상을 입지 않았지만 물적 피해가……."

"물적 피해?"

"예. 신도의 다섯 개 블록이 거의 완파되다시피 한 데다가 일곱 개 블록은 반파가 되었습니다."

"헉!"

아리시아는 수석신장의 보고를 들으며 앞이 깜깜해지는 것을 느낄 수밖에 없었다. 그 정도의 피해라면 신도의 전 주민이 힘을 합쳐 건설의 역군이 된다 해도 족히 천 년은 넘는 시간이 걸릴 피해이기 때문이다.

"다원소 드래곤이 그렇게도 강한 존재였던가……."

신도의 건물 하나하나의 벽돌에는 거의 수십 가지에 이르는 마법이 인첸터되어 있는지라 웬만한 공격으로 끄떡도 없는 신도 자체가 하나의 굳건한 요새라 할 수 있었는데, 그것이 로노와르라는 다원소 드래곤에 힘에 상상하지도 못할 정도의 피해를 입자 다원소 드래곤에 대한 평가를 다시 할 수밖에 없었다.

"신장들을 모두 철수시키도록 하게. 지금부터는 내가 처리하도록 하겠네."

"예."

수석신장은 아리시아의 명령을 받고는 텔레파시로 각 신장들에게 명령을 내려 다원소 드래곤에게서 벗어나라고 지시했다.

얼마 지나지 않아 신장이 모두 철수하자 아리시아는 조용히 숨을 안정시키고는 멀리 보이는 로노와르를 향해 두 손을 뻗은 후 신의 권능을 사용했다.

"멈춰라!!"

그 순간 엄청난 힘이 난동을 벌이고 있는 로노와르의 몸에 작용하게 되었고, 막 건물을 하나 짓밟으려 하는 로노와르는 마네킹이 된 것마냥 한 발을 든 채로 몸이 굳을 수밖에 없었다.

[어라?]

갑작스런 사태에 놀란 로노와르가 힘이 밀려온 방향으로 간신히 고개를 돌리자 그곳에는 한 중년의 남자가 하늘거리는 옷을 입고는 서 있었다.

[네 녀석은 누구지?]

"난 이곳 신도의 최고 책임자인 오성신의 한 사람인 태양신 아리시아라고 한다."

[와! 드디어 만났군! 아리시아, 빨리 내 남편을 데리고 오란 말이야!]

"루드웨어를 말하는 건가?"

[그래! 한시라도 바쁜 시점에 남의 남편을 데리고 가서 어디로 숨긴 거야!]

그 순간 로노와르는 루드웨어를 찾는 그 집념의 힘을 발휘하여 아리시아가 펼친 권능을 파괴하고는 몸을 움직였으니 그녀의 집념이 얼마나 대단한가를 알 수 있게 하는 모습이었다.

자신의 권능이 파괴되자 아리시아는 크게 놀라지 않을 수 없었다. 로노와르에게 내린 권능의 양은 족히 에이션트 급 드래곤 수십 마리를 잡을 수 있는 양이었기 때문이다.

2장 새로운 세계로의 진입

　무의 세계에서 수업을 받은 루드웨어는 창조주가 시간을 고무줄 늘리듯이 늘린 덕에 실제로는 짧은 시간에 백 년의 성과를 보일 수업을 쌓을 수 있었다.

　하지만 지상계에 남겨둔 마누라 로노와르가 보고 싶어 눈물로 밤을 지새우니 언제나 취침 전에는 로노와르의 멋진 모습이 담긴 마법 사진 슬라이더를 보면서 그녀를 그릴 수밖에 없었다.

　"로노와르… 보고 잡다."

　로노와르의 영상이 보이는 구슬을 만지작거리며 눈물을 글썽이는 루드웨어였다.

　이제 창조주가 반드시 필요하다고 말한 몇 가지 기술을 모두 익힌 루드웨어는 잠시 후면 다른 차원계로 떠나게 되어 있었다.

　가기 전에 로노와르를 보고 싶은 것이 그의 심정이었지만, 그녀를 보게 되면 자신의 마음이 약해질 것 같았기에 꾹 참을 수밖에 없었다.

'로노와르, 꼭 병을 고쳐서 예쁜 해츨링을 낳게 해주겠소!'

마누라를 기쁘게 해주려고 하는 애처가 루드웨어, 그가 이렇게 결심을 굳히고 있을 때 그의 곁으로 한 인영이 모습을 드러냈다.

"루드웨어, 준비가 되었느냐?"

"예."

"음… 그럼 알파 1067차원계로 가도록 하자."

"예."

창조주의 말에 자리에서 일어난 루드웨어는 품에 로노와르의 영상이 든 구슬을 집어넣고는 자리에서 일어나 창조주를 따라갔다.

창조주의 하우스에서 얼마 정도를 걸었을까? 두 사람은 작은 방에 들어설 수 있었는데, 그곳에는 푸른색의 빛을 뿜고 있는 원형의 문이 있었다.

"이것이 바로 차원계를 여행할 수 있는 통로다. 애석하게도 일방 통행밖에 가능하지 않는 곳인지라 네가 그 차원계에서 다시 이곳으로 돌아오려면 싯다르타 일급 신이 완전히 부상에서 회복된 후에야 가능할 것이다."

"싯다르타 일급 신이 나으려면 어느 정도나 걸립니까?"

"글쎄다. 부상과 능력을 회복하기 위해선 적어도 두 달 이상은 걸려야 하는데, 이곳과 그곳의 시간은 그 흐름이 다르니 너는 그곳에서 적어도 이백 년 이상을 기다려야 할 것이다."

"이백 년……."

물론 자신의 대륙에서 영원한 생명을 가지고 있는 루드웨어로선 이백 년이란 세월이 그렇게 긴 것은 아니지만, 로노와르가 없는 세상이란 것을 생각한다면 참으로 아득한 시간이라고 생각할 수밖에 없었다.

하지만 로노와르를 위해서라면 이백 년의 시간을 못 참을 것도 없다고 생각한 그로서는 굳게 마음을 다지며 고개를 끄덕이고는 푸른색의 빛이 나오는 곳으로 걸음을 옮겼다.

"이제 마음의 준비는 다 되었느냐?"

"예."

창조주의 말에 고개를 끄덕인 루드웨어는 이제 새로운 세상으로 갈 마음의 준비를 하고 있었는데, 그때 문득 이상한 생각이 들었다.

"그런데 창조주님, 제 병 말입니다."

"그래, 말하거라."

"분명 저의 몸은 마나가 크게 넘쳐흘러 신체는 무너져 죽어야 하지만 불사의 몸 때문에 그 몸이 유지되는 것이 아닙니까?"

"그렇지."

"그런데 분명 다른 차원계로 간다면 불사의 몸이 사라질 것이라고 하셨는데, 그럼 광대한 마나 때문에 제가 그곳으로 가면 죽을 것은 뻔한 일이 아닙니까?"

"허허허, 어찌 창조주가 그것을 몰랐겠는가?"

"그럼?"

"잠시만 기다리게."

루드웨어를 보며 미소를 지은 창조주는 옆에 있는 레버를 잠시 몇 개 조작하며 시간을 허비한 후 오른쪽으로 가 빨간 버튼 앞에 서더니 길게 숨을 들이마시고는 미소를 지으며 루드웨어에게 말했다.

"자네."

"예."

"그곳에 가도 자네의 몸은 전혀 문제가 없을 것이네."

"그럼?"

"자네의 몸은 이미 무의 차원계에서 공간과 동화되는 순간 신이 가질 수 있는 신체로 변화한 상태이기 때문에 이제 아무리 많은 마나가 자네의 몸에 있다고 해도 분열될 위험은 없다네."

"예? 그럼 제 무정자증은 고쳐진 것입니까?"

"하하하, 당연하지 않은가. 그럼 잘 가게."

그 말과 함께 창조주는 재빨리 빨간 버튼을 눌러 버렸으니 푸른색의 빛을 뿜는 통로는 더욱더 강렬한 빛을 뿜기 시작하며 루드웨어의 몸을 분열시켜 가기 시작했다.

"젠장! 그럼 안 가도 되는 거잖아요! 싫어요! 이백 년이나 로노와르의 곁을 떠날 순 없다고요!!"

"부디 맡은 바 일을 완수해 주기를 바라네."

"으앙! 가기 싫어요! 으앙~!"

"잘 가게!!"

루드웨어는 발버둥치며 반항을 하고 있었지만, 이미 다른 차원계로 가는 통로는 작동하고 있었으니 빠져나가려 해도 빠져나갈 수 없는 입장이 되어 천천히 그 몸이 사라져 가기 시작했다.

"으악!!"

외마디 비명을 지름과 함께 루드웨어는 이백 년 이전엔 절대 돌아올 수 없는 다른 차원계로 몸이 사라져 갔고, 창조주는 그가 사라지자 안도의 한숨을 내쉬며 중얼거렸다.

"휴~ 다행이다. 간신히 보냈네."

창조주로선 그가 다른 차원계로 떠나기 전에 그 사실을 알아챌까 봐

가슴 졸이고 있었던 것이다.

다행히 그가 떠나기 바로 전에 그런 이치를 깨달았기에 다행이지, 그렇지 않았다면 루드웨어를 보내는 것은 결코 쉽지 않았을 것이었다.

어두운 밤, 구름 뒤로 간간이 드러나는 초생달의 빛만이 대지를 비추고 있을 뿐 새소리조차 들리지 않는 적적한 숲은 마치 모든 것이 잠든 듯한 느낌이었다.

하지만 그 밤에 숲의 정적을 깨뜨리는 이가 있었으니, 그는 빠른 몸놀림으로 숲을 가로질러 몸을 날리고 있었다.

도저히 인간의 몸으로는 가능하지도 않은 속력으로 몸을 날리고 있는 그는 마치 몸이 떠 있는 듯한 뜀박질을 하고 있었다.

발에 밟히는 숲의 잡초 위를 밟으며 뛰어가는 그의 경공술 경지는 강호의 일류급 고수들만이 가능하다는 초상비(草上飛)의 경지에 이르러 있는 것이다.

초상비의 경공술을 사용하여 달리고 있는 그는 삼십 대 초반 정도의 젊은 무사였는데, 어깨는 피로 옷을 흠뻑 적실 정도로 심한 부상을 당한 채였다.

붉게 물든 옷이 찢어진 모습이 도에 의한 긴 자상을 입은 듯했다.

"헉헉!"

상당히 많은 피를 흘린 듯 그의 얼굴색은 이미 푸르죽죽한 색으로 변해 지금 당장 쓰러진다 해도 이상하지 않을 지경이었지만, 그는 피가 나도록 입술을 깨물며 고통을 참고 있었다.

하나 가쁜 숨을 쉬며 숲을 가로질러 뛰어가던 그는 얼마 지나지 않아 큰 난관에 봉착하고 말았다. 앞으로만 내달리던 그의 앞에 밑도 끝도 보이지 않는 계곡이 그 모습을 드러낸 것이다.

"헉!"

간신히 그전에 경공술을 멈춰 계곡으로 추락하는 것은 면할 수 있었지만, 더 이상 앞으로 갈 수 없다는 것을 알게 되자 크게 당황한 표정을 지었다.

"호호호호!"

그때 숲의 한편에서 소름 끼칠 정도로 날카로운 여인의 웃음소리가 사방에서 울려 퍼지기 시작했고, 얼마 지나지 않아 남자가 뛰어온 쪽에서 적의를 입은 여인이 빠른 몸놀림으로 그의 앞으로 모습을 드러냈다.

"여, 여사랑!"

"호호호호, 겨우 도망을 온 곳이 이곳인가요?"

그녀는 자신의 눈앞에 보이는 계곡의 절벽을 보며 재밌다는 듯이 붉은색의 면사로 가려진 입에 손등을 가져가서는 웃음을 터뜨리고 있었다.

"도대체… 왜……."

"호호호, 당신에겐 미안하지만, 교의 대업을 위해선 당신의 목숨이 필요한 것을 어찌하겠어요. 그래도 만근퇴 우경이 아닌 저 적련화 여사랑에게 죽는 것을 다행이라 생각하세요. 적어도 시체는 온전할 수 있을 테니까요."

"큭!"

도저히 말로서는 빠져나갈 수 없다고 생각한 무사는 자신의 허리에 차고 있는 도를 뽑아 들었다.

예기를 뽑고 있는 도는 상당한 명품인 듯 초생달의 작은 달빛에도 사방에 푸른 도광을 뿌렸다.

남자가 도를 뽑아 자신에게 대적할 자세를 취하자 그녀는 면사의 뒤로 감추어진 입술에 살짝 미소를 짓고는 요대처럼 생긴 자신의 허리에 감겨 있는 연검을 가볍게 뽑아 들었다.

"애석하군. 강호오룡의 일 인이라는 인의검수 진천명이 이런 이름없는 숲에서 생을 마감해야 한다니."

"흥! 과연 이곳이 내 무덤이 될지 네년의 무덤이 될지는 검을 겨루어 본 후에야 알게 될 것이다."

"호호호!"

진천명의 말에 여사랑이라는 여인은 교소를 터뜨리더니 갑자기 몸을 날렸고, 그녀의 공격에 그도 내력을 돋우며 반격해 들어가기 시작했다.

"산화십팔수(散花十八手)!"

여사랑은 자신의 연검을 사용하여 산검의 일종인 산화십팔수를 사용했다.

그 순간 그녀의 검은 사방으로 수십 개로 분화되어 진천명의 온몸의 요혈을 노리며 찔러 들어오기 시작했다. 진천명 역시 약한 실력이 아닌 듯 산검을 깨뜨릴 수 있는 붕검(崩劍) 계열에 속하는 무공을 사용하여 일시에 산검을 무너뜨리려 했다.

"해격참(海擊斬)!"

진천명의 해격참의 도법은 요혈을 노리며 밀려 들어오는 여사랑의 산검을 무너뜨리며 그 기세를 타서는 엄청난 기운으로 여사랑의 몸을 노리고 밀려 들어갔다. 이 긴박한 상황에서도 여사랑은 당황하지 않고 왼손에 내력을 모아서는 자신의 가슴으로 밀려오는 해격참의 도기를 감싸듯 잡고는 몸을 회전했다.

그 모습을 보며 진천명은 크게 놀라지 않을 수 없었는데, 아무리 해격참의 기운이 산검을 무너뜨리면서 약해졌다고는 하지만 몸에 근접한 강기의 방향을 바꾸는 것은 그리 쉬운 일이 아니었던 것이다.

하지만 여사랑은 그것을 쉽게 해낸 것은 물론이요, 몸을 회전하면서 그 강기에 자신의 힘을 보태 내뻗음으로써 진천명의 강기를 오히려 주인에게 돌려보내고 있었다.

"이화접목(移花接木)!"

진천명은 여사랑이 사용한 수법이 이화접목의 수법 중 하나라는 것을 알고는 놀란 목소리로 소리쳤다. 이화접목은 절정에 달하는 고수들도 쉽게 하지 못할 정도로 어려운 수법이었음에도 그것을 이십 대 중반 정도 나이인 여사랑이 너무 쉽게 해냈기 때문이다.

"차압!"

이화접목의 수법으로 자신에게 다시 돌아온 강기를 피하기 위해 진천명은 급히 뒤로 몸을 날렸다. 하지만 애석하게도 전에 말했던 바와 같이 뒤쪽은 계곡의 벼랑.

"끅? 끄아아악!"

자신의 몸이 땅에 닿을 때쯤이 됐음에도 불구하고 좀처럼 닿을 생각을 하지 않자 놀란 진천명은 그제야 뒤로 몸을 날린 곳이 낭떠러지의 허공이라는 것을 알고는 발버둥치기 시작했다.

간신히 몸을 회전하여 벼랑의 끝자락을 잡을 수 있었지만, 현재 그의 몸은 밑도 보이지 않을 것 같은 벼랑의 끝에 매달린 상태이기 때문에 위태롭기 그지없다고 할 수 있었다.

"호호호, 천하의 진천명의 꼴이 말이 아니군요."

여사랑은 진천명이 벼랑에 매달리자 간드러진 웃음을 내며 천천히 그가 매달린 쪽으로 걸음을 옮겼다.

평상시 같으면 손가락 하나만 매달려 있어도 내력을 돋우어 뛰어오를 수 있었지만, 지금은 큰 부상을 당한 데다가 강기를 날렸을 때 마지막이다라는 생각으로 내력을 전부 집중했던지라 도저히 올라갈 힘이 없는 진천명은 이제 끝났구나 생각할 수밖에 없었다.

벼랑의 앞에 선 여사랑은 자신의 손을 매달려 있는 진천명의 손에 가져가서는 미소를 지으며 그의 손가락을 하나씩 하나씩 들어내기 시작했다.

"살려주시오… 흑흑……."

죽기 싫은 진천명은 여사랑에게 눈물로 호소했지만, 참으로 냉정한 여자인 그녀는 그의 말에 미소를 지으며 말했다.

"어머? 천하의 진천명이 목숨을 구걸하시다니 놀랍네요."

"흑흑, 장가도 못 가고 죽긴 싫어……."

"으음… 정파의 무사로서 당당하게 죽을 것이지 무슨 말이 그렇게 많아요."

"젠장! 정파의 무사는 인간도 아니냐!"

명예를 위해 자신의 목숨을 아끼지 않는 것이 보통 정파 무사들의 마음가짐이라고는 하지만 실상 그것은 허울 좋은 이념에 지나지 않다.

세상에 어떤 인간이 자기 목숨을 버려서까지 명예를 지키려 하겠는가? 뭐, 개중에 그런 이들이 없는 것은 아니지만 명예를 소중히 한다고 이름난 인물치고 실제 상황에서 죽을래 명예를 지킬래 하면 명예를 지키기 위해 죽는다는 인물은 거의 없을 것이다.

물론 실추된 명예를 위해 살인멸구할 것은 분명하지만 말이다.

뭐, 명예를 지킨다고 한다면 정말 타의 모범을 받을 만한 인물이기는 하다.

인의검수 진천명이 정파의 이름난 후기지수로 명예를 소중히 여기고 있는 자이기는 하지만, 역시 남아로 태어나 장가도 가기 전에 죽는다는 것은 너무나 억울한 일인 것이다.

"호호호, 당신의 손에 죽은 사파의 뭇 고수들 중에서도 장가 못 가고 죽은 이들이 없는 것도 아닌데 왜 그리 집착하시나요? 그냥 조용히 저 세상으로 가서 처녀 귀신이랑 짝을 이루세요."

여사랑이 냉정하게 한마디 하면서 천천히 남은 손가락을 들어 올리기 시작한 그때, 갑자기 하늘에서 푸른색의 섬광이 번쩍 하고 일었다.

"헉?!"

여사랑은 갑작스럽게 머리 위에서 푸른색의 섬광이 일어나자 크게 놀라지 않을 수 없었다.

"저게 뭐지?"

갑자기 나타난 이상한 섬광에 여사랑은 진천명의 손가락을 들어내는 것을 멈추고는 하늘을 쳐다볼 수밖에 없었는데, 그 순간 섬광 속에서 무엇인가가 떨어져 내려오고 있는 것을 볼 수 있었다.

"으악!"

"꺅!"

섬광 속에서 떨어져 내려온 것은 바로 인간이었다. 여사랑은 갑작스럽게 사람이 떨어져 내려오자 놀라지 않을 수 없었지만 그녀를 더욱 놀라게 한 것은 그 사람이 바로 자신의 머리 위로 떨어지고 있었다는 것이다.

쿵!

"끄억!"

"꺄악!"

하늘에서 떨어진 자는 순식간에 여사랑의 몸과 부딪쳐 여사랑을 밀어냈고, 애석하게도 바로 앞이 낭떠러지였던 터라 충격을 받은 여사랑이 그 순간 앞으로 고꾸라졌다. 다행히 공중에서 떨어진 남자가 그것을 보고는 재빨리 그녀를 잡았지만, 남자가 잡은 여사랑의 신체는 바로 머리채였던 것이다.

"아악!"

머리채를 잡힌 채 떨어지는 여사랑은 고통에 발버둥칠 수밖에 없었고, 그 덕에 그녀를 잡아주던 남자는 그녀에게 끌려갈 수밖에 없었다.

"으악!"

중력의 법칙에 의하여 밑으로 하강하던 남자는 간신히 무엇인가를 잡을 수 있었는데, 애석하게 그것은 여사랑에 의해 다섯 개의 손가락 중 검지손가락 하나만을 간신히 끝 자락에 걸치고 있던 진천명이었던 것이다.

아무리 무공을 연마한 자라 해도 자신의 몸무게와 합쳐 두 사람이나 되는 몸무게를 견딜 수 없었던 진천명은 마지막 남은 삶의 한 자락인 검지손가락마저 놓치게 되었으니… 세 사람은 속절없이 하강하는 날개 꺾인 새가 될 수밖에 없었다.

"으악!"

푸른색의 섬광에서 떨어진 인물, 그는 바로 창조주에 의해 알파 1067차원계로 떨어진 루드웨어였다.

루드웨어는 차원 통로를 타고 간신히 이 차원계에 도착할 수 있었지만, 재수없게도 떨어진 곳이 바로 낭떠러지 앞이었던 것이다.

자신에 의해 휩쓸린 두 사람과 함께 속절없이 천길 낭떠러지로 떨어질 수밖에 없었는데, 다행히도 루드웨어는 추락사를 면할 수 있는 마법을 알고 있었던 것이다.

"패더 폴!"

천길 낭떠러지에서 추락하던 그는 간신히 바닥에 도착하기 전에 패더 폴의 시동어를 외칠 수 있었기에 세 사람은 목숨을 구할 수 있었다.

"헉헉……!"

패더 폴의 마법으로 깃털처럼 가볍게 계곡의 밑바닥에 도착한 세 사람은 서로를 바라보며 가슴을 부여잡고 숨을 헐떡였다.

"어떻게 이런……!"

마법으로 깃털처럼 부드럽게 계곡 밑으로 떨어진 두 사람은 놀란 표정을 지었지만 잠시 후 이곳이 엄청나게 위험한 곳이라는 것에 생각이 미친 여사랑과 진천명은 사방을 두리번거리며 경계 자세를 취했다.

"만사곡(萬蛇谷)!!"

"젠장! 영락없이 죽을 수밖에 없겠군."

루드웨어는 두 사람이 사방을 두리번거리며 경계하자 이해를 하지 못하는 얼굴로 일어서서는 잠시 흙먼지가 묻은 옷을 털며 물었다.

"만사곡이라니요?"

"만사곡은 수많은 뱀이 살고 있다고 알려져 있는 죽음의 계곡이오. 지금까지 이곳에서 사라진 신검수사 요의와 백나도살 굉천의 무공비급을 찾기 위해 많은 무사들이 내려왔지만 단 한 명도 살아서 돌아오지 못한 곳이지요. 그런데… 당신은 누구시오?"

진천명은 한참을 만사곡에 대해 설명하다가 문득 자신에게 물어본 이의 정체를 모르고 있다는 것에 생각이 미쳐 이렇게 물었다.

"하하하, 제 소개가 늦었군요. 전 서역에서 중원무림을 견학하고자

온 루드웨어라고 합니다."

루드웨어는 자신의 정체를 묻고 있는 남자를 보며 악수를 하기 위해 손을 내밀며 말했다. 진천명은 그의 머리색이 초록색인 것을 보며 서역에서는 저런 머리색의 인간도 있나 하는 생각에 가볍게 포권을 해 보였다.

"어쩐지 이목구비가 중원 사람과 다르다고 생각했더니 서역에서 오신 분이군요. 전 인의검수 진천명이라고 합니다."

"진청명님이셨군요. 그럼 저 여자 분은?"

루드웨어는 진천명이라 자신을 소개한 사람에게 이곳의 인사법이라 생각하고는 그의 모습을 따라 어설픈 포권을 취하며 여사랑을 보며 말했다.

"흥!"

적련화는 이 뻔뻔스러운 남자의 말에 콧방귀를 뀌며 고개를 돌렸다. 사실 여사랑으로선 이자만 아니었으면 진천명을 죽이고 자신의 교로 돌아가 큰 상을 받을 수 있었는데 이자 때문에 일이 꼬인 것은 물론이요, 살아 돌아갈 확률이 절대 없다고 할 수 있는 만사곡에 떨어져 버렸으니 당장 이자를 죽이고 싶은 마음뿐이었다.

하지만 만사곡에 빠진 이상 살아 돌아가기 위해선 한 사람의 힘이라도 더 필요하기 때문에 일검에 베어버리지 못하고 있는 것이다.

"하하하, 이 여자는 원래 성격이 더러우니 상대 안 하시는 게 좋을 겁니다. 그나저나 벼랑에 떨어질 때 저희를 안전하게 떨어뜨린 그 기술은 무엇입니까? 처음 보는 무공의 일종 같았는데 말입니다."

"패더 폴 말씀이시군요. 그 수법은 서역에서 마법이라 말하는 일종의 주술과도 같은 것입니다."

"주술이라… 서역이나 서장의 무공은 우습게 여기고 있었는데 루드웨어님의 주술을 보니 결코 경시할 만한 것이 아니라는 생각이 드는군요."

세상의 어떤 무공으로도 천길 낭떠러지에서 떨어지는 사람이 안전하게 착지할 무공은 없다고 생각한 진천명은 그의 마법이란 주술에 감탄하지 않을 수 없었다.

"흥! 대체 언제까지 이곳에서 시간을 보내고 있을 거죠? 어떻게든 이곳을 빠져나가야 할 것 아니에요!"

여사랑은 두 사람이 화기애애하게 이야기를 나누자 화가 나서 소리쳤고, 그녀의 말에 두 사람도 고개를 끄덕이며 수긍했다.

"여사랑, 그렇다면 당분간 싸움은 휴전인가?"

"만사곡을 빠져나갈 때까진 그럴 수밖에 없는 것을 당신도 아시지 않나요?"

"그렇겠군."

그녀의 말에 진천명은 고개를 끄덕이고 있었는데, 루드웨어는 그를 보다가 어깨에 큰 검상이 난 것을 보며 말했다.

"진천명 씨는 상처를 입으신 것 같군요."

"예, 검에 조금 어깨를 베였습니다."

하지만 그의 말대로 조금 베인 것 같지 않은 상처에선 아직도 피가 낭자하고 있었기에 루드웨어는 손을 들어 그의 상처에 가져간 후 조용히 치료 주문을 외웠다.

"리커버리."

그 순간 그의 손에선 푸른색의 빛이 일더니 진천명의 상처를 감싸기 시작했고, 얼마 지나지 않아 그의 상처는 애초에 그런 검상이 있었는지도 의심스럽게 흉터 하나 없이 말끔하게 치료되었다.

"헉! 이럴 수가!!"

상처가 말끔하게 치료되자 진천명이 크게 놀랐고, 루드웨어는 그런 그의 모습에 미소를 지으며 말했다.

"이것도 서역의 주술 중에 하나입니다. 상처를 치료하는 주술인데 고위 주술사만이 가능한 고급 치료술입니다."

"그렇군요. 아! 이거 서역의 마법이란 주술에 대해 경이감마저 들 정도입니다!"

검상이 있었던 부분을 이리저리 만져 보며 그는 감탄하지 않을 수 없었는데, 더욱 놀란 것은 여사랑이었다.

그의 어깨에 난 검상은 바로 그녀가 낸 상처였기 때문이다.

'서역의 주술이라 했나? 멍청한 얼굴과는 달리 굉장한 능력을 지니고 있군. 음… 어떻게든 저 주술을 훔쳐야겠어. 치료의 주술만 알아도 교에서 나의 입지는 상당히 높아질 테니까.'

여사랑은 루드웨어의 마법을 보며 상당히 군침이 돌 수밖에 없었다.

하지만 지금 당장은 이 만사곡이란 곳을 빠져나가는 것이 급했기에 그런 생각을 제쳐 두었다.

"뭐 하는 거예요! 빨리 만사곡을 빠져나가야 될 것 아니에요!"

"그렇군. 루드웨어님, 갑시다."

"예."

루드웨어는 진천명의 말에 고개를 끄덕이며 걸어갔다. 사실 루드웨어의 마법이라면 아무리 천길 낭떠러지라 해도 플라이 마법을 사용하여 쉽게 빠져나갈 수 있었다. 하지만 우연하라고는 해도 이곳의 사람들을 만나 어느 정도 견식을 가졌기에 그들을 따라 이곳을 모험하는 것도 그리 나쁘지 않다고 생각하는 루드웨어였다.

'어디 이계의 인간들과 모험이나 해볼까?'

노는 것이라면 누구에게도 지지 않는 루드웨어는 이제 새로운 세계에서의 새로운 모험에 한껏 기대가 부풀었다.

만사곡, 이 계곡은 하나의 전설로 유명하다.

한때 무림에는 정사대전이란 엄청난 싸움이 있었다. 구파일방을 주축으로 한 정파의 무사들과 마교와 대사파연합을 중심으로 하는 사파의 무사들이 강호의 기득권을 위해 치열한 싸움을 했고, 그 결과 수많은 사람들을 죽음으로 몰아넣었다.

십만 명이 넘는 무림의 무사들이 죽임을 당하자 두 진영은 이런 식으로는 공멸밖에 없다고 판단하고는 정과 사의 대표적인 고수로 하여금 대결을 벌여 그 승패로 마무리하자는 의견이 나왔다. 그것은 곧 무림에서 손을 뗀 두 명의 초절정고수를 불러오는 결과를 맞이했다.

무당이 낳은 최고의 고수 신검수사(神劍秀士) 요의, 그는 원래 하북의 유명한 선비 가문의 셋째 아들로 태어나 열일곱에 대과에 급제할 정도로 뛰어난 인물이었다.

하지만 역모죄를 뒤집어씀으로써 그의 가문은 한순간에 풍비박산이 났다. 다행히 요의의 조부가 당시 무당의 문주와 절친한 친구였기에 그는 무당으로 몸을 피할 수 있었지만, 다른 사람들은 모두 역모죄로 참형을 당하고 만 것이다.

이런 이유로 요의는 문의 세계에 회의를 느끼고 무당산에 눌러앉아 무공을 익히는 데만 몰두하니 그가 세상에 나온 것은 이 정사대전이 처음이라 할 수 있겠다.

정파 열 명, 사파 열 명의 대표자로 시작된 정사대전의 대표전에서 그는 당당히 정파의 무사로 선출되어 결승전까지 올랐으니, 그때 그의 나이가 67세였다.

무당의 제자인 요의는 다른 무당의 무사들과는 달리 새로운 무공을 사용하고 있었는데, 그것은 지금까지 무당의 대표적인 검법이라 알려져 있는 태극검법과는 그 원리가 다른 무공으로 부드러움이 아닌 패도가 그 주를 이루는 검법이었다.

반태극검법(反太極劍法)이라 일컬어지는 그 검법은 그의 일가친척이 모두 역모에 휩쓸려 죽음을 면치 못한 것에 대한 분노가 어려 있는 검법으로, 살기가 강한 것이었다. 한때 무당에선 이것을 사악한 검법이라 칭하며 논란이 있었지만 신검수사 요의의 무학이 너무 출중한 나머지 그 논란은 잠재워질 수밖에 없었다.

백나도살(百羅屠殺) 굉천(宏天), 그는 사파연합에 속한 작은 문파인 혈도문(血刀門)의 무사였다.

아무 눈에도 띄지 않을 만큼 평범한 외모와 작은 체구를 타고난 그는 혈도문의 문지기 무사로 있던 인물이었지만, 사파연합에 속한 혈도문이 정사대전에 출전함으로써 혈도문의 소주를 보필하는 임무를 맡아 처음 강호에 나서게 된 것이다.

처음에는 아무런 무공도 펼치지 않고 그저 정사대전에서 약한 무사의 모습을 보이며 혈도문의 소주와 몸을 피하기 급급했으나, 얼마 후 자신이 모시던 소주가 정파의 고수에게 크게 부상을 입자 그의 진면목이 드러나게 되었다.

당시 혈도문은 소주 사도천을 비롯하여 열 명도 되지 않는 수였지만, 그들을 둘러싸고 있는 정파의 화산과 곤륜 문하의 제자들은 이백 명이 넘는 엄청난 숫자였다.

구파일방에 속한 두 문파를 상대로 사파에서도 소문파에 속하는 혈도문이 20:1의 싸움에서 살아남는다는 것은 거의 불가능에 가까웠다고 할 수 있었다. 하지만 광천은 소주인 사도천이 화산 문하의 검에 크게 상처를 입자 그가 속한 문파인 혈도문의 도법이 아닌 강호에서 처음 보는 도법으로 혈도문의 소주를 등에 업고 200명이 넘는 화산과 곤륜의 문하와 싸워 나갔다. 광천은 싸움이 일어난 지 한 시진 만에 이백 명이 넘는 화산과 곤륜의 제자들을 모두 도륙하는 전과를 올렸다.

이 사건으로 광천이 사용한 도법을 사람들은 백나도법이라 부르며 그의 명호를 백나도살이라 부르게 되었다.

정과 사의 이 두 무사의 특징은 세상에 전혀 알려져 있지 않던 자들이었다는 것이다. 하지만 그들은 정사대전의 마지막 대표전에서 그 당시 이름난 정사의 뭇 고수들을 모두 물리치고 올라옴으로써 명실상부한 정과 사의 제일고수로 불리우게 된 것이다.

두 사람은 정과 사의 기득권을 판가름할 대표전에서 거의 칠 일 동안 밤낮을 가리지 않고 싸웠지만, 어느 하나 그 승기가 보이지 않으니 어쩔 수 없이 다음을 기약하며 물러설 수밖에 없었다.

그날의 정사대전은 무승부로 막을 내리게 되었지만 그 두 사람의 싸움은 삼 년을 주기로 계속되었고, 만사곡에서 있은 삼십 년 뒤의 싸움에서 두 고수가 행방불명이 되었다. 하지만 행방불명되기 전까지의 삼십 년이란 시간은 정사대전에서 그 이름을 부각시킨 두 고수들에게 자신들의 검법을 정리하기에 충분한 시간이었다.

신검수사 요의는 정사대전에서의 반태극검법에서 다시 태극으로, 그 무의가 변해가면서 두 개의 검으로 마치 춤을 추는 듯한 검법인 태극검무(太極劍舞)를 완성했고, 백나도살 굉천 역시 백나도법의 무의가 변하여 자비구생도법(慈悲求生刀法)이라는 이름의 도법을 완성했다.

두 고수가 만사곡에서 사라지자 수많은 정사의 인물들이 태극검무와 자비구생도법을 얻기 위해 만사곡 안으로 발을 들여놓았지만, 그 어떤 이도 살아 돌아오지 못했기에 정과 사에서는 이 계곡을 강호의 금역으로 지정하며, 각각 매년 백 명의 무사들을 선출하여 이 만사곡을 지키게 하고 있었다.

하지만 그 일이 있은 것은 지금으로부터 삼백 년이나 전이었기에 이제는 만사곡을 지키는 정사의 고수들은 없었고, 진천명과 여사랑이 이곳에 떨어지게 되는 불상사가 일어난 것이다.

"까아악!!"

만사곡은 말 그대로 한 발자국 걸을 때마다 여기저기서 크고 작은 뱀들이 튀어나오고 있었으니, 일행은 한시도 정신을 딴 곳에 팔지 못하고 있었다. 그런 가운데에 여자인 여사랑은 조금만 더 있음 탈진할 지경에 이르고 있었다.

여기저기 튀어나오는 징그러운 뱀 때문에 여사랑은 한 마리 나올 때마다 꼭 한마디씩 비명을 지르고 있었다. 때문에 일행들로선 신경 쓰지 않고 편하게 있어도 여사랑의 비명으로 뱀이 나왔다는 것을 알 수 있을 정도였다. 하지만 시간이 지남에 따라 그 숫자가 많아짐으로써 비명은 그 횟수가 늘어나고 이제는 그녀도 소리를 지르다 못해 탈진해 가고 있었다.

"흑흑흑……."

더 이상을 참지 못한 여사랑이 그 자리에 주저앉아 눈물을 터뜨리자 일행으로선 난감하지 않을 수 없었다.

진천명으로선 정파의 고수들에겐 혈화라고까지 불리는 적련화 여사랑이 뱀 때문에 눈물까지 흘리리라곤 전혀 생각하지 못했다.

'사갈 같은 여인이라고 생각했는데 의외로 여자다운 면이 있었군.'

자신을 죽이려고까지 했던 여사랑의 나약한 모습을 보며 진천명은 잠시 한숨을 내쉬더니 천천히 울고 있는 그녀의 곁으로 다가가 등을 내밀었다.

"뭐예요?"

여사랑은 진천명이 갑자기 자신의 앞에 등을 내밀자 황당하단 얼굴로 물었고, 진천명은 고개를 돌려서는 그녀에게 미소를 지으며 말했다.

"내 등에 업히시오."

"……."

그 순간 여사랑은 아무 말도 할 수가 없었다. 분명 자신은 그를 떨어뜨려 죽이려 했던 적인데도 진천명은 아무런 사심 없이 뱀이 무서워 걷지도 못하는 자신을 위해 등을 내밀고 있었기 때문이다.

이런 생각이 들자 여사랑은 진천명의 남자다움에 자신도 모르게 볼이 빨갛게 달아오르고 있었다. 하지만 일단은 이곳을 빠져나가야 한다는 생각에 두 손으로 볼을 감싸며 천천히 그의 등에 올라탔고, 진천명은 그녀를 업고는 가뿐히 자리에서 일어났다.

진천명의 등에 살짝 손을 대며 몸이 뒤로 넘어가지 않게 기댄 여사랑은 조용한 목소리로 그에게 물었다.

"당신은 당신을 죽이려고 했던 제가 밉지 않나요?"

여사랑은 자신을 업어주고 있는 진천명의 귀에 조용히 속삭였는데, 그 말을 들은 그는 크게 웃음소리를 내며 말했다.

"하하하하! 나 역시 사람인데 어찌 나를 죽이려 하던 사람을 미워하지 않겠소이까. 하지만 지금은 당신과 나는 생사를 같이할 수밖에 없는 운명이며 그런 당신이 움직일 수가 없으니 별수없는 노릇이지요."

"……."

그 말을 들은 여사랑은 진천명에 대해서 다시 생각할 수밖에 없었다. 사실 정파의 무사들은 사파의 사람들을 아무런 이유도 없이 싫어하는 경우가 많았기에 여사랑 역시 정파의 무사들을 볼 때면 사정을 보지 않고 도륙하는 경우가 대부분이었다.

처음 교에서 강호오룡의 일 인인 진천명을 없애라는 명령을 받고는 그 역시 명성만을 앞세우는 파렴치한 정파의 무사들과 다름없는 이라 생각하고 있었는데, 지금의 그의 모습을 보면서 그런 생각이 많이 사라지게 된 것이다.

'이게 남자의 등일까?

진천명의 등은 넓었다. 콧대가 높기로 유명했던 적련화 여사랑은 지금껏 어떠한 남자도 마음에 두지 않았기에 남자를 이렇게 가까이에서 대해본 적이 없었다. 한데 오늘 진천명의 등에 업히게 되자 드디어 남자의 등이 생각보다 넓다는 것을 알게 된 것이다.

이런 생각에 여사랑은 자신도 모르게 두 손으로 진천명의 목을 감싸며 몸을 편히 기대게 되었는데, 그 순간 진천명은 크게 긴장하지 않을 수 없었다.

'윽… 이 여자가……!'

여사랑의 손이 자신의 목을 감싸자 자연히 그녀의 몸이 앞으로 기울여져 진천명의 등으로 여사랑의 봉긋한 가슴이 느껴지게 되었던 것이다.

강호오룡의 일 인이긴 하지만 여자에 대한 경험이 전무한 그로선 이런 경험이 생전 처음이었기에 자연히 긴장할 수밖에 없었고, 숫총각의 다리는 덜덜 떨리고 있었다.

한편 뒤에서 이 두 사람의 모습을 보고 있던 루드웨어는 미소를 머금으며 고개를 끄덕이고 있었다.

'역시 이계 또한 남녀 간의 사랑이란 그 장소를 가리지 않는군. 좋은 장면이야.'

마음속으로 이 두 사람이 잘되기를 바라는 루드웨어는 자신의 세계에 있을 아내 로노와르를 생각할 수밖에 없었다.

'아! 로노와르는 잘 있을까? 로노와르 보고 싶다.'

한편 신계에서 큰 난동을 부린 로노와르는 아리시아의 안내를 받으며 창조주의 쉼터에서 잠시 휴식을 하고 있었고, 오성신들은 긴급 회의를 소집하여 로노와르의 처리 문제에 대해서 대책을 논의하고 있었다.

"저따위 드래곤 계집애 그냥 죽여 버리면 되잖아요!"

전쟁의 여신 히루안은 곤히 잠을 자다 깨어났기 때문에 상당히 화가 나 있었다. 한참 루드웨어와 즐거운 시간을 보내는 꿈이었기에 그 아쉬움은 더욱 클 수밖에 없었던 것이다.

거기다가 상대가 루드웨어의 마누라이다 보니 그녀의 히스테리는 더욱 극에 다다를 수밖에 없었는데, 다행히도 나머지 네 명의 오성신은 그녀의 의견에 반대표를 던지고 있었다.

"로노와르란 드래곤이 루드웨어의 일로 신계까지 온 것을 보면 두 사람 사이는 능히 짐작할 수 있습니다. 만약 히루안님의 말씀대로 로노와르란 드래곤을 죽이게 되면 루드웨어는 분명 우리들 오성신을 상대로 전면 전쟁을 벌일 가능성이 높은데, 그전에야 우리 오성신의 힘이라면 충분히 그를 상대할 수 있었겠지만 그가 창조주께서 계시는 무의 세계에서 어떤 힘을 얻었을지 모르기 때문에 섣불리 그런 일은 할 수가 없습니다."

질서의 여신인 아이네스는 히루안이 알아듣기 쉽게 설명을 했고 다른 신들도 모두 고개를 끄덕이며 그녀의 의견에 찬성했다.

히루안은 분이 풀리지 않고 있었지만 나머지 네 명의 신들이 반대를 하니 어쩔 수 없이 자리에 앉을 수밖에 없었다. 그때 비행 청소년 신인 프라이도스가 귀에 끼고 있던 이어폰을 빼고는 말했다.

"로노와르도 무의 세계로 보내는 것은 어떻습니까?"

"무의 세계로요?"

"예. 창조주께서 보내오신 서한에 따르면 루드웨어는 모종의 일을 처리하기 위해 다른 차원계로 떠났다고 하니, 아마 그녀를 보낸다면 창조주께서 그가 간 차원계로 로노와르를 보낼 것이라 생각이 드는군요."

"음……."

프라이도스의 말에 다른 신들도 고개를 끄덕이며 수긍을 했기에 오성신들은 로노와르를 무의 세계로 보내는 것으로 합의했다.

한편 회의 결과를 기다리고 있던 로노와르는 창조주의 쉼터의 휴게실에서 여기저기 장식용으로 박혀 있는 오리하르콘을 떼어 주머니에 넣고 있었는데, 뒤에서 헛기침 소리가 나자 간신히 떼었던 오리하르콘을 아쉬운 마음으로 다시 박아 넣고는 근처에 있는 소파에 앉았다.

기침 소리의 주인공은 처음 로노와르와 만났던 오성신의 일 인인 태양신 아리시아였다. 그는 로노와르의 앞으로 가서 자리에 앉고는 말했다.

"오성신의 회의에서 당신을 창조주님이 계시는 무의 세계로 보내는 것으로 결론을 보았습니다."

"와! 그럼 루드웨어를 만날 수 있는 거예요?"

"예."

드디어 이 년이나 중요한 일을 처리하지 않고 밖으로 나다닌 루드웨어를 처리해 버릴 수 있다는 생각이 든 로노와르는 환호성을 지르며 쇠찡이 박힌 가죽 장갑을 끼고 있었으니… 아리시아는 식은땀을 흘릴 수밖에 없었다.

오성신의 안내를 받으며 다시 오리하르콘 석상이 있는 원형 방에 도착한 로노와르는 과거 루드웨어가 생각했던 대로 석상의 손가락이라도 하나 잘라 주머니에 넣고 싶은 마음이 가득했지만, 그러다가 오성신이 삐치면 무의 세계로 보내주지 않을까 봐 어쩔 수 없이 가슴속에 타오르는 물욕을 꾹꾹 누를 수밖에 없었다.

"자, 그럼 통로가 열리면 그쪽으로 재빨리 들어가 주시기 바랍니다."

아이네스는 대충 설명을 한 후 다른 오성신들과 함께 오망성의 방위로써 주문을 외우기 시작했고, 얼마 지나지 않아 통로가 열렸으며 로노와르는 재빨리 통로 안으로 몸을 날릴 수 있었다.

무의 세계에 빠진 로노와르는 과거 루드웨어가 했던 대로 잠시 창조주와 루드웨어의 이름을 부르짖으며 발광을 한 후에 잠잠해질 수 있었고, 영겁의 시간이 지나 공간에 동화된 후에야 간신히 자신의 모습으로 나타난 창조주와 만날 수 있었다.

"로노와르 양, 창조주 하우스에 오신 것을 환영합니다."

"예."

창조주는 로노와르에게 정중한 인사를 한 후 안으로 안내한 다음, 푸른색의 빛이 나고 있는 원형 통로로 데리고 갔다.

"이게 뭐예요?"

"예, 다른 차원계로 갈 수 있는 통로지요. 알파 1067차원계로 가기 위해선 이 통로를 이용해야 갈 수가 있습니다."

"음… 오자마자 바로 가니 좀 그렇네. 루드웨어는 이곳에서 무슨 수업 같은 것도 안 받았어요?"

"수업이라면 한 백 년 정도 받기는 했는데, 로노와르 양도 받겠습니까?"

"그냥 가면 어떻게 찾을 도리가 없잖아요. 제일 먼저 이계에 있는 루드웨어를 찾을 수 있는 기술과 둘째, 이계에 대한 지식. 셋째, 이계에서 사용되는 기술을 배우고 싶어요. 창조주께서 내 남편 루드웨어를 이 년이나 붙들고 있었으니 이런 것은 충분히 요구할 수 있다고 생각하는데 어떤가요?"

"음… 알겠습니다. 준비하도록 하지요."

똑 부러지는 여자가 된 로노와르일까? 아무튼 괜히 여자에게만 친절한 창조주는 꼬박꼬박 존댓말을 써주며 그 요구 조건을 모두 들어주고 있었으니 창조주도 역시 남자였나 보다.

만사곡에서 빠져나갈 길을 찾는 루드웨어의 일행은 맨 처음 떨어진 계곡에서부터 계속 앞으로 나아갔지만 좀처럼 빠져나갈 길은 보이지 않고 있었다.

거기다가 시간이 지나면서 계곡에는 안개가 깔리기 시작했기 때문에 일행들은 간간이 튀어나오는 독사들을 처리하기가 더 어려워지고 있었다.

"아무래도 계곡으로 더 깊숙이 들어가는 느낌이 드는군요."

진천명은 여사랑을 업은 채 앞을 보더니 루드웨어에게 말했고, 그 역시 진천명의 의견에 동감을 표시하는 듯 고개를 끄덕이며 말했다.

"예. 거기다가 안개까지 짙어지고 있으니 앞으로 길은 더 위험할 듯 싶습니다."

루드웨어는 조용히 이글아이의 시동어를 외우고는 계곡의 앞쪽을 쳐다보았지만 좀처럼 계곡에서 빠져나갈 길이 보이지 않았다.

하지만 이것도 하나의 재미라면 재미였으니 루드웨어는 길이 없다는 말은 하지 않고 일행들과 함께 계속 앞으로 나아가기만 하고 있었으니 그를 신용하고 있는 진천명이 불쌍할 따름이었다.

그런 식으로 한참을 가자 일행들 앞에 커다란 못이 모습을 드러냈다.

계곡으로 흐르는 물줄기의 원천이 되는 듯한 못에 손을 집어넣은 루드웨어는 생각보다 물이 차갑다는 데 놀라지 않을 수 없었다.

"상당히 물이 차갑군요."

"음… 아무래도 이곳이 만사곡에 있다는 전설의 승룡담인 것 같군요."

"승룡담이요?"

루드웨어의 물음에 진천명은 고개를 끄덕이며 승룡담에 대해서 설명해 주기 시작했다.

"예, 만사곡은 수많은 종류의 뱀이 있는 곳으로 유명한 곳이니만큼 용에 대한 전설도 없지는 않지요. 이 만사곡에서 일만 년을 수행한 뱀들은 도력을 얻은 후 이 승룡담에 들어가 용으로 탈태를 한 후 하늘로 올라간다고 알려져 있지요."

"음⋯⋯."

이계에서의 용이 자신이 살던 곳의 드래곤과 거의 비슷한 개념이라는 것을 알고 있는 루드웨어는 상당히 흥미가 돌지 않을 수 없었기에 마나를 돋워 승룡담의 밑바닥을 훑어보기 시작했는데, 아니나 다를까, 승룡담의 깊은 곳에서 상당한 양의 마나가 느껴지는 것이었다.

'호오! 용이 되기 위해서 준비 중인 이무기란 녀석인가?'

루드웨어는 이무기란 녀석을 불러내어 한번 이야기라도 나누고 싶었지만 진천명과 여사랑의 이목이 있는지라 삼가할 수밖에 없었다.

이계의 인간들은 용을 영물이라 하며 거의 전설쯤으로 생각하고 있다는 것을 알고 있기 때문이다.

계곡의 위쪽으로 올라가기 위해선 승룡담을 지나쳐 가야 되기 때문에 일행은 승룡담 옆쪽의 작은 틈으로 향했는데, 그 순간 강한 마나의 기운이 못에서 솟구쳐 오르는 것이 느껴졌다.

쿠웅!

갑자기 못에서 큰 물기둥이 치솟아오르자 일행들은 모두 놀랐다. 그리고 그 물기둥이 사라졌을 때 그곳에선 엄청난 녀석이 모습을 드러냈다.

"독각대망(獨角大蟒)!"

"독각대망?"

"예. 전설로는 용이 되기 위한 이무기가 변한 구렁이라고 알려져 있습니다."

"음, 별 이상한 녀석들이 다 있군."

못에서 모습을 드러낸 독각대망의 크기는 엄청났다. 그 머리의 직경만 해도 오 척 정도가 되는 데다가 물 위로 모습을 드러낸 길이만도 족히 이 장은 넘은 듯했기에 얼마나 큰 녀석인가는 짐작도 하지 못할 정도였다.

"까아악!"

여사랑은 독각대망을 보자 징그러운 모습에 무서워하며 진천명의 등 뒤에 얼굴을 묻어버리고 있는지라 싸울 수 있는 사람은 진천명과 루드웨어밖에 없다고 할 수 있었다. 거기다 진천명은 여사랑을 업고 있는지라 움직임이 원활하지 않기 때문에 제대로 싸울 수 있는 인물은 루드웨어뿐이었다.

"진 대협은 일단 여 여협을 업고 못의 위쪽으로 피하도록 하시오. 내가 이 독각대망이란 녀석을 상대해 보도록 하리다!"

루드웨어는 진천명에게 그렇게 소리치고는 허리에 매어 있는 검을 뽑아 들었다. 이 검은 창조주가 이 세계로 내려오기 전에 준 보검으로 오리하르콘으로 십만 번을 정련하여 만들어진 절세의 보검이었다.

그 형태는 이 세계의 형태를 따르고 있는지라 루드웨어가 살던 대륙의 검과 비교해서는 얇고 그 넓이도 좁았지만 검에서 풍겨 나오는 예기와 그 강도는 대륙의 검과는 비교도 되지 않을 정도였다.

"차앗!"

루드웨어는 공중으로 몸을 날려 독각대망을 향해 검을 날렸는데, 엄청난 크기와는 달리 독각대망의 움직임은 상당히 민첩했기 때문에 순식간에 루드웨어의 눈에서 그 모습을 감추며 물속으로 사라져 버렸다.

"헉!"

녀석이 사라지자 루드웨어는 크게 긴장했고, 그 순간 자신의 바로 밑에서 물기둥이 치솟아오르며 독각대망의 큰 입이 그를 집어삼킬 듯 치솟아올랐다.

"찻!"

도저히 공중에서 몸을 피할 수가 없는 모습이었지만 루드웨어는 오른발을 들어 가볍게 허공을 찼고, 그 순간 마치 땅을 박찬 것처럼 루드웨어의 몸은 앞쪽으로 빠르게 튕겨져 날아갔다.

"헉! 허공답보(虛空踏步)!"

진천명은 여사랑을 업고 못의 위쪽으로 몸을 피하면서 루드웨어가 독각대망과 싸우는 모습을 지켜보았는데, 갑자기 눈앞에서 사라진 독각대망이 물속에서 입을 벌리며 루드웨어의 바로 밑에서 솟구쳐 오르는 것을 보고는 크게 놀라지 않을 수 없었다.

하지만 그 순간 루드웨어가 허공답보의 경공술을 이용하여 몸을 피하자 그 경악감은 더욱 클 수밖에 없었다. 허공답보는 경공술의 극치 중 하나로 알려져 있는 것으로 경공 도중 아무것도 없는 허공을 밟고 다시 몸을 날릴 수 있는 경지이다.

무림에서 허공답보를 구사할 수 있는 최절정고수는 극히 소수에 지나지 않았기 때문에 진천명으로선 루드웨어가 허공답보를 시전하자 크게 놀라지 않을 수 없었던 것이다.

이러한 놀라움은 진천명의 등에 업혀 있던 여사랑도 마찬가지였다.

자신 역시 경공술은 다른 것보다 자신있다고 생각하고 있었지만 기껏해야 초상비의 위쯤에서 답설무흔의 아래쪽의 경지 정도밖에 이르지 못했는데 서역에서 온 주술사가 허공답보를 시전했기 때문이다.

독각대망은 루드웨어를 한입에 삼켰을 것이라 생각하며 입을 닫아 버리다가 애꿎은 송곳니에 금이 가자 큰 괴성을 지르며 날뛰기 시작했다.

드디어 물속에 감추어진 그 나머지 형체가 드러나니 그 길이는 육 장은 넘을 듯한 엄청난 크기였다.

"용이 다 되어가던 녀석이었나 보군. 어디, 창조주에게 배운 검술이 나 한번 써먹어볼까?"

루드웨어는 허공답보를 시전하여 몸을 앞으로 날린 후 간신히 착지 하여 독각대망의 주둥이 공격에서 벗어나 발광하는 녀석을 보며 새로 운 검술을 시전해 보자는 생각을 했다.

[쿠오!]

발광하던 녀석이 자신을 향해 큰 아가리를 벌리며 빠른 속도로 쇄도 해 들어오자 루드웨어는 녀석의 아가리가 자신의 정면으로 들어올 때 까지 기다리고 있었다.

"루드웨어님, 위험합니다!"

진천명은 그 모습을 보고는 크게 놀라 소리쳤는데, 루드웨어는 안심 하라는 듯이 왼손을 들어 흔들어주고는 가볍게 검을 앞으로 내밀었다.

독각대망은 한순간에 그를 삼켜 버릴 듯한 기세로 덮쳐 왔으며 검을 앞으로 내밀고 있던 루드웨어는 녀석의 송곳니에 검을 가볍게 갖다 대 는 듯하더니 가볍게 검을 잡고 있던 손을 회전했다.

그 순간 진천명은 크게 놀라지 않을 수 없었다. 엄청난 몸집의 독각 대망은 마치 검에 붙어 있기라도 한 듯이 검이 움직이는 대로 끌려 다 니더니 다른 곳으로 곤두박질쳐졌기 때문이다.

그런 상황은 서너 번 계속되었지만 루드웨어는 가볍게 검을 사용하 여 녀석의 진행 방향을 바꾸면서 곤두박질치게 하니 진천명으로선 크 게 놀라지 않을 수 없었다.

"차력 변동(借力變動)."

차력 변동은 상대의 힘을 빌어 상대의 움직임을 변화시키는 검법으로 루드웨어가 익히고 있는 몇 가지 검의 원리 중 하나이다.

루드웨어는 검으로 독각대망의 달려오는 기세를 교묘하게 바꿈으로써 그 힘이 자신이 아닌 다른 쪽으로 가게 했고, 이런 연유로 독각대망은 애꿎은 땅을 박살 내며 곤두박질치고 있는 것이다.

이러한 검술의 원리는 많이 알려진 기술이기는 하지만 인간이 아닌 거대한 존재인 독각대망을 상대로 사용한다는 것은 상당히 주의가 요하는 일이었다.

만약 조금이라도 잘못된다면 대망의 아가리에 처박히기 때문에 자신의 검술에 대한 자신감이 없다면 엄두도 낼 수 없는 기술인 것이다.

"격검(隔劍)!"

어느 정도 차력 변동의 수법을 손에 익힌 루드웨어는 다른 기술인 격검을 사용하기 위해 가볍게 검을 휘둘렀는데, 그 순간 강한 검기가 독가대망의 머리를 향해 밀려갔다.

[꾸에엑!]

루드웨어의 격검에 강타당한 독각대망은 머리 윗부분에 긴 검상이 생기더니 시뻘건 피를 뿜어대며 괴로운 듯 몸부림치기 시작했다.

"음, 아무래도 격검의 마나가 조금 과했던 것 같군."

루드웨어는 큰 상처를 입힐 생각은 아니었는데 큰 상처가 생기자 자신이 격검을 휘두를 때 쓰인 마나가 조금 과했다 생각하며 중얼거렸다.

진천명은 그런 모습이 도저히 믿어지지가 않았다. 독각대망을 가지고 노는 듯한 검술에 이어 루드웨어가 보인 것은 검의 강기를 날리는 기술로 내공이 3갑자를 넘지 않으면 절대로 쓰지 못하는 기술이기 때문이다.

자신도 미력하게나마 약간의 검기를 사용할 수 있었지만, 검기를 사용하기 위해선 자신의 모든 힘을 소비해야 되었다. 한데 루드웨어는 가볍게 검기를 날리는 것은 물론 그만한 검기를 날렸음에도 아무런 피로도 느끼지 못하는 듯했다.

'도대체 저분의 내공은 얼마나 되는 것일까?'

어느샌가 진천명은 루드웨어에게 자신도 모르게 경어를 쓰고 있었다. 그로서는 상상도 못한 기술과 검기를 사용하는 그가 은거한 전대 고인이 아닐까 하는 생각이 들었기 때문이다.

무림에선 육십이 넘는 인물이라 해도 어느 정도 경지에 이르러 모든 혈맥을 통과시켜 환골탈태를 이루게 되면 그 모습은 젊어질 수 있기 때문에 단순히 얼굴의 생김새로는 고수들의 나이를 추측할 수 없기 때문이다.

독각대망으로선 걸려도 단단히 잘못 걸렸다고 생각하고는 검상으로 찢어진 머리를 물속에 박아 넣고는 도망가려 했다. 하지만 역시 루드웨어는 이렇게 재밌는 상대를 그냥 보내줄 위인이 아니었다.

"어허! 도망가려 하다니 드래곤으로서 자존심도 없구나. 텔레키네시스!"

녀석이 도망가려고 하자 루드웨어는 바로 텔레키네시스를 사용하여 녀석의 몸을 마법으로 끌어들였고, 독각대망은 몸부림을 치며 빠져나오려고 했지만 녀석의 마법에서 벗어나지 못하고 괴로워하며 끌려오고 있었다.

"으앙! 지가 잘못했어요! 한번만 봐주세요!! 으앙!"

무의 세계에서 배운 검술을 다시 한 번 시험해 보려고 하던 루드웨어

는 가볍게 검을 들었는데, 그 순간 녀석의 입이 열리면서 앳된 목소리
가 터져 나왔다.

"응? 말도 할 수 있느냐?"

"끄헝헝헝~ 예, 오천 년 정도 수행을 쌓다 보니 자연히 인간의 말
을 할 수 있게 목이 트였다고요. 흐흑… 살려주세요."

독각대망은 물속으로 도망가려다가 강제로 끌려 나온 후 루드웨어
의 앞에서 몸을 낮추고는 커다란 눈망울에서 눈물을 펑펑 흘리며 말하
고 있었기에 루드웨어는 잠시 생각에 잠길 수밖에 없었다.

'이 녀석을 어떻게 한다지? 그냥 살려줄까?'

하지만 모처럼 재밌는 녀석을 만나 그냥 보내주기에는 좀 그랬기에
조용히 물어보았다.

"오천 년 동안 수행했으면 둔갑술도 어느 정도 할 줄 알겠구나?"

"예."

"그럼 인간의 모습으로 둔갑하도록 하여라."

"예."

루드웨어에게 완전히 굴복한 독각대망은 고개를 끄덕이고는 자신의
기를 독각에 집중시켰다. 그 순간 초록색의 연기가 생겨나며 녀석의
몸을 감싸더니 어느 순간 인간의 모습으로 탈바꿈했다.

독각대망이 변한 모습은 열 살 정도의 어린 여아의 모습이었는데,
홍의를 입고 머리를 양쪽으로 동그랗게 말아 올린 아이의 모습은 귀엽
기 그지없었기에 진천명이나 여사랑도 놀라지 않을 수 없었다.

"그래, 내가 너를 살려준다면 무엇을 주겠느냐?"

루드웨어는 이 정도의 도술을 할 수 있는 녀석이라면 재밌는 것도
많이 가지고 있으리라 생각하고는 물었는데, 독각대망은 그의 말에 난

처해하는 얼굴로 말했다.

"인간들이 좋아할 것은 있긴 하지만, 무사님 무공을 보니 아무래도 소용이 없을 것 같아요."

"오! 무공과 관련된 물건이 있나 보지?"

"예. 한 이백 년 전에 이곳으로 들어와서는 치고 박고 싸우다 죽은 두 명의 무사가 있었는데, 그들이 죽은 후에 제가 그 무공 비서를 챙겨 두고 있었습니다."

"음, 조금 흥미가 도는군. 그것을 나에게 보여줄 수 있겠느냐?"

"예."

독각대망이 변한 소녀는 고개를 끄덕이고는 자신이 숨어 있던 물속으로 들어가서는 한 식경 정도 후에 다시 올라와 루드웨어에게 두 권의 책을 건네주었다.

"음… 태극검무와 자비구생도법이라……."

루드웨어는 그녀가 가져온 책의 제목을 중얼거렸는데, 그것을 들은 진청명과 여사랑은 놀라는 모습을 보였다.

"끄아악! 태극검무와 자비구생도법이라고요?!"

이백 년 전의 정사제일의 고수라 일컬음을 받던 신검수사와 백나도살의 독문무공이 적힌 책이란 것에 진천명은 자신도 모르게 몸을 날려 루드웨어가 있는 곳까지 뛰어왔다.

"음, 이 책들을 알고 있소이까?"

루드웨어의 물음에 진천명은 물론이요, 뒤에 있던 여사랑까지 고개를 끄덕이며 말했다.

"예. 태극검무는 이백 년 전 정파의 제일고수라 일컬어지던 신검수사 요의님의 독문무공이며 자비구생도법은 사파 제일고수였던 백나도

살 굉천의 독문무공입니다."

"음……."

정사의 제일고수였던 자의 무공 서적이란 소리를 들은 루드웨어는 고개를 끄덕이며 자신도 모르게 두 개의 책을 펼쳐 보았는데, 태극검무는 쌍검을 사용하는 무공으로 음기와 양기의 두 내공을 조화시켜 발휘하는 무공이었고, 자비구생도법은 하나의 도로 이루어져 있는 방어 위주의 도법이었다.

"그럭저럭 쓸 만한 무공이군요. 그래, 이것을 익히고 싶소이까?"

"예?!"

루드웨어는 대충 무공을 훑어본 후 두 사람에게 물었는데, 그의 말에 진천명과 여사랑은 크게 놀라지 않을 수 없었다.

수많은 정사의 고수들이 목숨을 버려서까지 얻으려 했던 절정의 무학서를 루드웨어가 그들에게 넘겨주려 하고 있었기 때문이다.

"익힐 수만 있다면… 좋겠지만……."

진천명은 루드웨어의 권유에 그 진의를 알 수 없어 더듬거릴 수밖에 없었는데, 더듬거리는 그를 보며 미소를 지은 루드웨어는 두 권의 책을 진천명에게 넘겨주고는 말했다.

"나에게는 그리 필요없는 무학서이군요. 진 소협은 태극검무를, 여여협께선 자비구생도법을 익히도록 하시지요."

그 순간 두 사람의 얼굴은 엄청난 무공서를 얻었다는 기쁨으로 희열에 가득 찼다. 루드웨어는 다시 고개를 돌려 독각대망이 변한 소녀를 보며 말했다.

"이것으로 만족하마. 자, 이제 돌아가도록 하거라."

"예, 감사합니다."

루드웨어의 말을 들은 독각대망은 감사의 인사를 하고는 다시 거대한 뱀의 모습으로 변해 승룡담 안으로 모습을 감추었다.

이 순간 진천명과 여사랑은 자신이 받은 무학서를 읽느라고 정신이 없었는데, 루드웨어는 이곳저곳을 훑어보다가 절벽의 중간쯤에 작은 동굴이 있는 것을 발견하고는 말했다.

"무공을 익히기 위해선 조용한 곳이 좋은 듯싶군요. 오 리 정도 앞에 작은 동굴이 있는데 그리로 가시겠소이까?"

"예."

루드웨어의 말에 그제야 제정신을 차린 두 사람은 고개를 끄덕인 후 진천명이 다시 여사랑을 업고 계곡의 상류 쪽으로 올라갔다.

한편 무의 세계에서 수업을 받은 로노와르는 드디어 차원계의 출구를 통하여 알파 1067차원계에 도착할 수 있었는데, 애석하게도 그녀 또한 안전한 착지하고는 조금 거리가 멀게 떨어져 내려왔다.

쿵!

"끄악!!"

오 장 정도의 높이에서 떨어져 엉덩방아를 찧을 수밖에 없었던 로노와르는 루드웨어의 디멘전 패스와 버금갈 정도로 좌표 설정이 엉망인 창조주의 차원 이동 장치를 욕할 수밖에 없었다.

"끄으윽… 여긴 어디지?"

간신히 엉덩이에서 느껴지는 고통을 참으며 일어선 로노와르가 주변을 두리번거리자 하나의 거대한 비석에 글자가 쓰여 있는 것을 볼 수 있었다.

"음… 저 글자가 뭐더라… 여인곡(女人谷)?"

그녀의 앞에 있는 비석에는 여인곡이란 글자가 음각되어 있었다. 한참을 창조주의 세계에서 배운 사전 지식을 뒤져 보며 여인곡이란 지명에 대해서 알아보았지만, 그녀가 알고 있는 사전 지식이란 것이 단순한 지명에 불과하기 때문에 알 도리가 없었다.

여인곡은 강호에서 한이 많은 여인들이 모여 만든 일종의 문파의 이름이었다.

총인원 만 오천 명의 대문파이기도 한 여인곡은 곡주인 빙한곡주 한빙아를 중심으로 하는 무림에서 이름난 문파인데, 무림 곳곳에서 남자들에게 희생당하는 여인들을 구해주는 일종의 여성 구제 기구라 할 수 있었다.

한참 동안을 비석 주위에서 서성거리고 있을 때 갑자기 한쪽에서 강한 마나의 기운이 느껴져 오자 놀란 로노와르는 뒤로 돌아 임전 자세를 취했고, 이내 그녀의 앞으로 백의를 입은 다섯 명의 여인이 나타났다.

"당신들은 누구세요?"

로노와르가 그녀들에게 그렇게 묻자 한 여인이 눈물을 펑펑 흘리며 로노와르에게 다가오면서 소리쳤다.

"여인곡에 오신 것을 환영합니다, 핍박받는 자매여!"

"엥?"

난데없이 핍박받는 여인이 되어버린 로노와르는 황당함에 아무 말도 할 수가 없었는데, 그녀는 대뜸 팔을 벌려 로노와르를 가슴에 꼭 안아주고는 말했다.

"여인곡에 오신 당신은 남자들의 핍박에서 벗어나 진정한 인간으로서의 삶을 살 수 있을 겁니다. 자! 안으로 드세요."

"에? …예."

뭐가 어떻게 되어가고 있는지는 모르겠지만, 일단은 들어오라고 하니 그녀를 따라 안으로 들어갈 수밖에 없었다.

여인들을 따라 한참을 들어가자 계곡 사이로 몇 개의 초소가 눈에 띄었는데, 그곳에서 십여 명의 여인들이 나와서는 손바닥을 들이대며 말했다.

"신원을 밝히시오."

"곡에 입곡하는 여인들을 맡고 있는 입곡당의 당주 소비주예요. 이번에 입곡하는 여인을 안내하고 있는 중입니다."

입곡당의 당주라는 소비주의 말에 그녀들을 가로막고 있던 여인은 이상한 옷을 입고 있는 로노와르가 이번에 입주하게 된 여인이란 것을 알고 고개를 끄덕이고는 다가와서 소비주와 똑같이 로노와르를 안아주더니 말했다.

"핍박받은 여인이여, 여인곡에 오신 것을 환영합니다."

"아… 예."

로노와르는 이것이 여인곡에서 일종의 인사라는 것이라 짐작하고는 자신도 모르게 상대방을 안아주는 여유도 보여주었다.

초소를 지나 다시 한참을 들어간 후에야 여인곡의 건물이 눈에 들어왔는데, 대륙에서는 한 도시의 성과 버금갈 정도 거대한 성의 모습을 보며 로노와르는 감탄하지 않을 수 없었다.

거대한 성문의 위에는 좀 전에 보았던 비석의 글자와 같이 여인곡이란 글자가 걸린 편액이 보이고 있는지라 이곳이 진정한 여인곡이라는 것을 알 수 있었다.

소비주가 성벽의 위쪽에서 지키고 있는 여인에게 몇 가지 손동작을 보이자 위쪽에서 역시 비슷한 손동작으로 답을 한 후 사라졌고, 얼마 지나지 않아 거대한 성문이 서서히 열리기 시작했다.

소비주의 안내를 받으며 여인곡의 성안으로 들어간 로노와르는 그녀를 따라 한참을 걸어간 후 한 전각에 도착할 수 있었다. 고개를 들어 전각으로 들어서는 문 위의 편액에 적힌 것을 보고 이곳이 탈한전(脫恨殿)이라는 것을 알 수 있었다.

탈한전의 내당으로 들어서자 한 명의 백의를 입은 여인이 슬픈 눈으로 무릎을 꿇고 있는 여인을 쳐다보고 있는 것을 볼 수 있었다.

무릎을 꿇고 있는 여인은 눈물을 펑펑 흘리며 무엇인가를 백의의 여인에게 고하고 있었는데, 그들의 옆에서 시립하고 있는 여인들 역시 가련한 눈으로 쳐다보고 있었다.

도대체 무슨 이야기를 하고 있기에 그럴까란 생각으로 로노와르는 청력을 높여서 그녀의 이야기를 들어보았다.

"흑흑흑… 그래서… 전 새로 들어온 첩을 잘 대해주려고 했지만, 남편은 그녀에게 접근하려는 것이 첩을 괴롭히려는 줄 알고는, 흑흑흑… 남편의 발길질에 맞아 다리가 부러지고 절름발이가 되었는데, 남편은 절름발이인 저를 보고는 더욱 정이 떨어졌는지… 매일 저를 구타하기 시작했고, 전 그것을 참지 못하고… 이렇게 여인곡에 오게 되었습니다……."

그녀의 모든 이야기가 끝나자 상좌에 있는 백의의 여인은 천천히 앞으로 다가가서는 무릎을 꿇고 있는 그녀를 일으켜 주고는 말했다.

"당신의 한을 잘 들었습니다. 여인곡에 오신 것을 환영합니다. 당신을 만의전에 안내할 테니 그곳에서 다리를 고치시기 바랍니다. 그리고 당신을 학대한 남편은 여인곡에서 합당한 대가를 치르게 할 것입니다."

"크흐흐흑… 감사합니다, 전주님. 이 은혜는 절대 잊지 않겠습니다…… 흑흑."

"한을 가진 여인을 돕는 것은 여인곡의 여인들에게는 당연한 일입니다."

그 말과 함께 전주라는 여인은 자신의 앞에서 울고 있는 여인을 일으켜 세우며 옆에 시립해 있던 여인에게 눈짓을 했고 한 여인이 나와 그녀를 부축하며 전각을 빠져나갔다.

여인의 모습이 사라지자 전주는 다시 상좌에 앉았는데, 소비주는 드디어 로노와르의 차례가 왔다는 듯 말했다.

"저분은 이곳 탈한전의 전주이신 라연화님이십니다. 이곳 탈한전은 지금까지 쌓였던 한을 털어냄으로써 진정한 여인곡의 여인으로 다시 태어나게 하는 곳이니 님께서는 마음에 쌓아두었던 남자들에 대한 한을 이곳에서 모두 털어내도록 하십시오."

소비주의 말에 로노와르는 잘 모르겠지만 고개를 끄덕이고는 천천히 앞으로 걸어나가 전주의 앞에서 아까의 여인과 같이 무릎을 꿇었다.

로노와르가 무릎을 꿇고 앉자 전주인 라연화는 인자한 미소를 띠며 말했다.

"여인곡에 오신 것을 환영합니다. 본녀는 이곳 탈한전의 전주인 라연화라 합니다. 성함을 말씀해 주실 수 있겠습니까?"

"예, 서역 땅에서 온 로노와르라고 합니다."

로노와르가 서역에서 왔다고 하자 장내의 여인들은 술렁거리기 시작했다. 하지만 그 말에도 라연화는 아무런 내색을 보이지 않으며 말했다.

"서역에서 왔다고 해도 핍박받은 여인들은 모두 여인곡의 식구가 될 수 있지요. 자매여, 당신의 한을 이곳에서 털어내 보도록 하세요."

하지만 매사의 긍정적인 사고방식을 가진 로노와르에게 한이라는 것이 있을 리가 만무한지라 한참을 고심할 수밖에 없었는데, 그것을 보며 탈한전의 전주는 얼마나 마음의 고심이 컸으면 이런 곳에서도 한을 털어내지 못하고 있을까라 생각을 하며 안타까워하는 모습을 보였다.

실제로 여인곡에선 로노와르와 같이 남편에게 심한 타박을 받은 여인들이 마지막 탈출구로 여기며 여인곡에 왔음에도 불구하고 마음을 펴지 못하고 고생하는 경우가 많았기 때문이다.

역시 전문가인 전주는 많은 여인들을 상대해 왔는지라 천천히 로노와르의 곁으로 걸어가서는 그녀의 앞에 앉아 어깨에 손을 얹으며 말했다.

"여인곡에는 남자가 있을 수 없답니다. 이곳에 있는 사람들은 모두 여인들이며 지금까지 핍박받은 삶을 살아왔던 사람들입니다. 그러니 무서워하지 말고 당신의 한을 마음껏 뱉어내도록 하세요."

따뜻한 눈빛으로 말을 하는 그녀를 보며 도저히 말을 안 할 수 없게 된 로노와르는 한참을 생각하다가 입을 열었다.

"서역에서… 남편이 있었는데… 제가 어렸을 때 강제로 끌고 다니면서… 흑흑… 어쩔 수 없이… 그 남자와 결혼하게 되었는데… 아이를 갖고 싶다고 하는데도… 흑흑… 이 년 동안을 기다렸는데도 나타나지를 않는지라… 중원까지 왔는데도… 찾을 수가 없었어요. 아마… 절 버렸나 봐요……. 전… 그 남자만을 바라보며 살고 있었는데……. 흑흑……."

로노와르의 사연이 생각보다 그렇게 심하지는 않았지만, 그 정도로도 충분히 고생을 했다고 생각한 전주는 미소를 지으며 말했다.

"그 외에도 많은 일이 있었겠지만, 아무래도 마음을 추스르지 못하시는 것 같군요."

일단은 할 말이 없는지라 고개를 끄덕일 수밖에 없는 로노와르였다. 전주는 그 모습을 보며 다시 상좌로 올라가서는 말했다.

"이제 당신은 진정한 여인곡의 사람이 되었습니다. 일단은 당신의 미색이 출중하니 만화당(萬花堂)으로 들어가시기 바랍니다."

그렇게 말한 전주는 하나의 서한에 이름을 적고는 옆에 시립해 있던 여무사에게 건네주었고 여무사는 다시 한 여인에게 서한을 건네주었다.

서한을 받은 여인은 로노와르를 일으켜 주며 말했다.

"자, 일어나시지요. 이제 당신은 여인곡의 만화당에서 일을 하실 수 있을 것입니다."

"예."

이 세계로 오자마자 엉뚱한 곳에 들어간 로노와르는 탈한전에서 배치받은 대로 만화전으로 들어갔다.

여인곡의 만화전은 그 미색이 뛰어나거나 가무나 악기에 능한 여인들이 들어가는 곳으로, 탈한전에서 보인 로노와르의 이국의 미모가 많은 작용을 하였다고 해도 과언이 아니었다.

로노와르는 만화전에 들어서자 크게 탄복하지 않을 수 없었는데, 전각 안에는 수많은 여인들이 각기 형형색색의 비단옷을 입고 그 아름다움을 뽐내고 있을 뿐 아니라, 여기저기 들려오는 가무와 악기의 아름다운 음색은 로노와르로 하여금 천국이 아닐까 하는 환상까지 들게 했다.

만화전의 여러 모습을 훑어본 그녀는 잠시 후 전주를 만날 수 있었다.

전주는 주렴 안에 들어가 있는지라 보통 사람이라면 그 모습을 볼 수 없었겠지만, 로노와르는 마법을 사용하여 주렴으로 가려진 만화전주의 얼굴을 볼 수 있었다. 그녀는 탐복할 만큼 아름다운 여인이었다. 흑진주로 장식된 머리 장식 밑으로 보이는 반짝거리는 눈빛은 과연 어떤 것이 진주일까 착각하게 만들기에 충분했고, 오뚝한 코와 앵두같이 붉은 입술은 남편인 루드웨어가 본다면 사족을 못 쓸 정도로 매혹적인 모습이었다.

로노와르가 안으로 들어서자 만화전주는 그녀의 미모에 상당히 놀랐는지 잠시 멍하니 있다가 천천히 미소를 지으며 말했다.

"이번에 여인곡으로 들어온 아이더냐?"

"예."

"출신지와 이름을 말해 보아라."

"예, 서역에서 온 로노와르라고 합니다."

전주의 말에 로노와르는 평소에 하던 것과는 완전히 다른 모습으로 공손히 대답을 했는데, 그 목소리 또한 은쟁반에 옥구슬 굴러가는 소리와 같은지라 전각 안의 뭇 여인들은 크게 탐복하지 않을 수 없었다.

"참한 아이로구나. 화무당주(花舞堂主)는 있는가?"

"예."

"화무당주는 이 아이에게 직접 춤을 가르쳐 볼 수 있겠는가?"

"예."

전주의 말에 다른 여인들은 크게 놀라지 않을 수 없었다. 보통 만화당에 여인들이 들어오면 화무당에 속해 있는 십무교(十舞敎)에 의해 춤을 지도받는 것이 보통인데, 로노와르란 여인은 들어오자마자 춤을 가르치는 여인들의 최고 직급이라 할 수 있는 화무당주에게 교습을 받으라 했기 때문이다.

로노와르는 자리에서 일어나 공손히 전주에게 인사를 하고는 화무당주를 따라 나갔는데, 그녀가 나가자 한 여인이 앞으로 나서서 물었다.

"천가당주(天歌堂主) 소미주, 전주님께 물어볼 것이 있습니다."

"말하세요."

"방금 들어온 이족 여인의 미색이 아름답다고는 하지만 아직 그 정체 또한 모르는 아이인데 어찌하여 중용하려 하십니까?"

천가당주로선 아직 정확한 신원도 알지 못하는 아이를 전주가 키우려 하는 것을 보고 묻지 않을 수 없었는데, 전주는 그 말에 입가에 미소를 지으며 말했다.

"천가당주는 이 주렴 뒤의 저의 얼굴을 볼 수 있으십니까?"

"예?"

"호호호, 방금 들어온 아이의 표정을 보니 놀랍게도 주렴 뒤의 저의 얼굴을 본 것 같더군요."

"아!"

그녀의 말에 천가당주는 놀라지 않을 수 없었다. 보통 주렴 뒤에 가려져 있는 얼굴을 본다는 것은 통시력(通視力)을 익히지 않고는 불가능한 일인데, 통시력 자체가 무공이 아닌 내공의 높음으로 자연스럽게 익혀지는 것인지라 로노와르의 내공이 상당히 높다는 것을 말하고 있기 때문이다.

"그렇다면 더 더욱 의심할 수밖에 없는 아이가 아닙니까?"

하지만 천가당주의 말에 전주는 고개를 저으며 말했다.

"아니에요. 제가 이 전주의 직위를 얻음으로써 한 가지 얻은 것이 있다면 사람을 보는 눈이라고 할 수 있습니다. 제가 보는 그 아이는 맑고 투명하기 그지없었습니다. 마치 투명한 물을 보는 듯한 느낌 말입니다. 그래서 전 그 아이를 의심하기보다는 중용하여 여인곡에 힘이 될 수 있는 아이로 만드는 것을 택한 것이죠.”

“아!”

그제야 전주의 마음을 어느 정도 이해한 천가당주는 고개를 숙이며 인사를 하고는 다시 자리로 돌아갔다.

‘나의 눈이 틀리지 않았으면 좋으련만…….’

전주로선 오랜만에 보는 키워볼 만한 아이인지라 제발 그 아이가 여인곡을 위해하려는 세력에서 보낸 첩자가 아니기를 빌 수밖에 없었다.

화무당주를 따라 다른 건물 안으로 들어간 로노와르는 그곳에서 많은 여인들이 춤을 연습하고 있는 것을 볼 수 있었다.

마치 하늘의 선녀와 같이 하늘거리는 옷을 휘날리며 추고 있는 여인들의 춤은 조금 어설프기는 했지만 처음 이계의 춤을 보는 로노와르로서는 상당히 아름다움 춤으로 느껴지고 있었다.

화무당주는 근처에 있는 여인에게 무엇인가를 지시했는데, 당주의 지시를 받은 여인은 어디선가 옷을 한 벌 가져왔고 당주는 그것을 받아 로노와르에게 넘겨주며 말했다.

“자, 이것으로 갈아입도록 하세요.”

당주가 건네준 옷을 본 로노와르는 그것이 이곳에서 춤을 추고 있는 여인들이 입는 옷과 같은 것임을 알았다. 로노와르는 고개를 끄덕이고는 그 자리에서 옷을 훌렁 벗고는 갈아입으려고 했는데, 그 모습에 화무당주를 비롯한 다른 여인들은 크게 놀라지 않을 수 없었다.

아무리 같은 여인들만이 모였다고는 하지만 엄연히 예가 있는지라 옷은 한적한 곳에서 갈아입는 것이 보통인데 로노와르는 그런 것도 모르고 있었기 때문이다.

화무당주는 그것을 보며 로노와르를 말리려고 했지만, 잠시 후 그녀의 행동은 완전히 멈추어질 수밖에 없었다.

순식간에 입고 있던 옷을 모두 벗어버린 로노와르는 뭇 여인들이 보는 앞에서 나신을 드러내고 말았는데, 그 아름다운 여체를 본 여인들은 모두 놀라지 않을 수 없었던 것이다. 들어갈 곳은 들어가고, 나올 곳은 나온 로노와르의 몸은 같은 여인들로 하여금 감탄사를 터뜨리게 하기에 충분한 아름다움이었기 때문이다.

마치 하강한 선녀의 모습과 같은 로노와르는 주제에 긴 머리를 한번 휘저어주며 여인들을 매혹시킨 뒤 천천히 당주가 가져온 옷을 입기 시작했는데, 이계의 옷을 입은 적이 없는지라 서툴기 그지없었다.

보다 못한 당주가 그녀에게 다가가서는 옷 입는 것을 도와주었고, 그제야 로노와르는 제대로 옷을 입을 수가 있었다.

"앞으로는 사람들 앞에서 옷을 갈아입으면 안 돼요."

"예?"

"여인들만 있는 곳이라 해도 엄연히 예의가 있는 곳입니다. 아니, 여인들만 있기 때문에 그 예의는 더 준수되어야 하는 것이지요. 이곳에 옷을 갈아입는 방이 있으니 다음부턴 그곳에서 옷을 갈아입으시기 바랍니다."

"예, 명심하겠습니다."

당주의 말을 듣고 로노와르는 고개를 끄덕였다.

그녀가 가져온 옷을 다 입은 로노와르는 이제 춤을 배우는가 생각하며 멍하니 서 있었는데, 그것을 보던 당주는 앞에서 연습을 하고 있는 여인을 가리키며 말했다.

"오늘은 첫날이니 선배들의 모습을 견식해 보도록 하세요. 내일부턴 기본 춤세부터 천천히 배울 수 있을 테니까요."

"예."

당주의 말에 로노와르는 한구석에 공손히 무릎을 꿇고 앉아서 선배들이 춤추는 모습을 구경했다. 앞에서 시범을 보이는 교녀(敎女)에 비해 그 섬세함이 떨어진다고는 하지만, 그 나름대로의 틀이 잡혀 있는 것으로 보아 상급에 속하는 실력자들이라는 것을 알 수 있었다.

한참 그것을 보고 있던 로노와르는 조금 따분해져 한쪽 옆에서 금을 타고 있는 여인을 발견하곤 흥미를 느껴 그곳으로 걸어갔다.

"저기… 그 악기의 이름을 알 수 있을까요?"

로노와르가 그렇게 묻자 그녀는 미소를 지으며 자신의 악기에 대해서 말해 주었다.

"이것은 휘금으로, 다른 이름으론 칠현금이라 부르기도 한답니다. 이것과 비슷한 종류의 금으로 일현금과 삼현금, 오현금, 구현금 등이 있지만 여인곡에선 칠현금을 많이 사용하고 있지요."

"아! 그렇군요."

로노와르가 고개를 끄덕이자 여인은 다시 칠현금을 타며 이곳에 있는 여인들로 하여금 자연히 춤에 빠져들게 하고 있었기에 로노와르는 상당히 놀랍다고 생각하고 있었다.

과거 그녀도 할머니에게서 하프와 류트라는 악기를 배우기는 했지만 칠현금이라는 악기를 타는 방식은 같은 현악기였음에도 다른 방식을 보이고 있었기 때문이다.

다른 쪽을 돌아보자 이번에는 류트와 비슷한 악기의 모습이 보였기에 이번에는 탈 수 있겠구나 하고 그녀의 옆으로 가서 물었다.

"그 악기의 이름을 알 수 있을까요?"

"예. 이 악기는 비파라 하는 것으로 사현비파, 곡경비파라고도 한답니다. 모두 4현 12주로 목이 밖으로 굽어져 있지요."

"아! 비파라 하는 것이군요. 제가 한번 켜봐도 될까요?"

로노와르의 말에 그녀는 미소를 지으며 자신의 비파를 건네주었고, 로노와르는 조심스럽게 비파를 받고는 그녀가 했던 방식으로 잡고 조심스럽게 현을 튕겨보았다.

류트와는 조금 다른 음색이 나오기는 하지만 현을 튕겨보면서 어느 정도 자신감이 생긴 로노와르는 조심스럽게 자신의 할머니가 가르쳐 준 아이네스의 성가를 연주하기 시작했다.

악기가 이계의 악기이지만 연주하는 음악은 로노와르의 세계에서 나온 것이기에 중원에서 들어볼 수 없는 이색적이면서도 감미로운 비파음이었다.

춤을 추고 있던 여인들은 갑자기 들어보지 못한 음악이 흘러나오자 춤을 추던 것을 멈추며 로노와르를 쳐다보았다. 로노와르는 그 순간 자신의 음악에 심취되어 있었던지라 이젠 아이네스의 성가마저 부르고 있었다.

아이네스의 성가를 부르는 로노와르의 목소리는 듣는 이로 하여금 입을 다물지 못하게 할 정도였으니, 방 안은 비파의 소리와 그녀의 아름다운 노래가 가득하여 푸른 영기가 흐르고 있는 듯했다.

물론 푸른 영기는 루드웨어가 가르쳐 준 배경 효과였지 음악의 효과가 아님을 말해 둔다.

아무튼 로노와르의 연주와 노래는 이 다경 정도 이어진 후 천천히 사라져 가기 시작했다.

"감사합니다."

로노와르는 비파를 켜는 것을 멈춘 후 조심스럽게 악기를 주인에게 돌려주었는데, 그녀는 살며시 비파를 돌려받은 후 미소를 지으며 말했다.

"다른 지방의 음악이군요?"

"예, 저희 할머니가 가르쳐 준 곡이에요."

"정말 아름다운 곡입니다. 언제 저에게 그 음을 가르쳐 주시지 않겠습니까? 한번 배워보고 싶은 곡입니다."

"물론이지요. 그럼 자매님은 저에게 비파의 다른 연주곡을 가르쳐 주세요."

"네."

두 사람은 음악으로 쉽게 친해질 수 있었다.

대충 한 사람과 친해진 로노와르는 만족한 얼굴로 자리에서 일어나려는데, 그때 당주가 자신의 앞에 서 있는 것을 볼 수 있었다.

"아!"

그제야 선배들의 춤을 견식하고 있으라는 당주의 말이 생각난 로노와르는 미안한 얼굴로 고개를 들지 못했는데, 당주는 천천히 그녀를 일으켜 주고는 말했다.

"아름다운 비파 연주였어요."

"아! 감사합니다."

그제야 당주의 입가에 부드럽게 지어진 미소를 본 로노와르는 크게 안심하며 감사하다는 말을 했다.

"아무래도 로노와르님은 춤보다는 음공을 배우는 것이 좋을 듯싶군요."

"음공이요?"

"예, 음공은 일종의 무공으로 음을 통하여 싸우는 방법이랍니다. 여인곡에선 음공의 대가로는 비파신녀란 분이 계시는데 그분은 음공으로 십대고수의 반열까지 오르신 분이랍니다."

"아!"

로노와르로서는 악기의 음으로 싸움을 한다는 것을 듣고는 이해할 수 없었지만, 십대고수의 반열에 오를 정도라면 그 음공이란 것을 배워보고 싶었다.

그럭저럭 하루의 일과를 끝낸 로노와르는 드디어 숙소를 배정받을 수 있었다. 그녀가 머무르게 된 곳은 만화전 소속의 여인들만이 살고 있는 곳인 홍련각이었다.

붉은색의 기와가 한눈에 들어오는 홍련각 안에는 이미 이백 명 정도의 여인들이 기거하고 있었다. 로노와르는 이번에 친구가 된 비파여인 도연랑에게 안내를 받으면서 홍련각 안으로 들어섰다.

"와!"

과연 여자들이 떼로 몰려 사는 곳인지라 정원이나 전각의 모습은 아름답기 그지없었다. 로노와르가 멍하니 홍련각의 경치를 구경하고 있을 때 도연랑은 그녀의 옆구리를 찌르며 말했다.

"로노와르, 지금 그렇게 멍하니 있을 때가 아니라니까."

"응? 무슨 일이 있는 거야?"

그리 좋지 못한 표정인 도연랑에게 로노와르가 이유를 묻자 그녀는 그 이유를 설명하기 시작했다.

"무릇 사람이 많이 사는 곳에서는 그 규율이 있고 선임자가 있듯이, 이 홍련각도 예외가 아니란 말이야."

"그런 거였어?"

"응. 이곳 홍련각은 만화전 소속의 일반 여인들이 모여 있는 곳이기 때문에 다른 곳보다 규율이 더 세다고 할 수 있어. 지금부턴 쥐 죽은 듯이 조용히 살아야 돼. 나도 여인곡에 들어온 지 이 년이 넘어가긴 하지만 아직까지도 아랫사람 정도에 지나지 않아."

도연랑의 말에 로노와르는 이곳을 한번 뒤집어봐야겠다는 생각을 했다. 드래곤의 자존심상 남의 뒤치다꺼리하면서 사는 것은 조금 마음에 들지 않았기 때문이다.

홍련각 건물 안으로 들어서자 대청에서 몇 명의 여인들이 곰방대를 물고 담배를 피우고 있는 모습이 보였는데, 그녀들은 도연랑과 함께 들어온 로노와르를 보고는 말했다.

"서역에서 온 아이인가 보구나."

한 여인이 로노와르의 모습을 보고 말하자 도연랑은 고개를 끄덕이며 말했다.

"예, 오늘 만화전으로 배치되었다고 합니다."

"흥! 미색은 봐줄 만한데, 과연 만화전에 걸맞는 아이인지는 모르겠구나."

로노와르의 미색은 뛰어나기 그지없는지라 여인은 콧방귀를 뀌면서도 별다른 욕할 껀덕지가 없었던 것 같았다.

어여쁜 아이일수록 콧대가 세다는 것을 알고 있는 여인들은 초장에 로노와르의 기선을 제압하려는 듯 차가운 눈으로 그녀를 쳐다보며 한참 동안을 침묵을 지키고 있었지만, 어찌 로노와르가 그러한 것에 겁을 먹을 사람이던가?

　자신을 차가운 눈으로 쳐다보는 여인들의 눈을 보고 있던 로노와르는 오히려 잠이 올 지경이었다.

　'흥! 어디, 언제까지 가나 보자.'

　자신의 기선을 제압하려는 여인들을 보며 가소롭다는 듯한 표정을 지은 로노와르는 속으로 용언을 외쳤다.

　[부러져라!]

　드래곤들만 할 수 있는 마법인 용언 마법이 시전된 순간 장내에 희한한 일이 벌어졌다. 바로 곰방대를 물고 앉아 있던 여인들의 의자 다리가 부러지고 만 것이다.

　쿵!

　"끼야악!"

　의자에 앉아 있던 여인들의 수는 모두 다섯 명, 로노와르가 용언을 사용하여 다섯 명의 여인들이 앉아 있던 의자의 다리를 하나씩 부러뜨리니 로노와르를 차가운 눈으로 쳐다보고 있던 여인들은 모두 한순간에 뒤로 자빠지거나 앞으로 넘어지고 말았다.

　"헉!"

　하나 정도의 의자 다리가 부러진다면 그것은 우연이라고 할 수 있었겠지만, 다섯 명의 의자 다리가 모두 하나씩 부러지니 장내의 여인들은 이것을 우연이라고 보기 어려웠다.

　'설마?'

　이 어이없는 사태에 사람들은 모두 로노와르를 쳐다볼 수밖에 없었는데, 그런 생각을 아는지 모르는지 넘어져 있는 여인들을 보며 그녀는 하품을 하면서 말했다.

"나 피곤하니까 잘게요."

"헉!"

뻔뻔스럽기까지 한 로노와르의 말에 여인들은 크게 당황했고, 그것은 보고 있던 도연랑이 더했다.

지금 자신의 앞에 있는 여인들은 여인곡의 만화전 소속으로 아직 직위는 얻지 못했지만 어느 정도 무공을 익힌 여인들이었기 때문이다.

이런 여인들의 시선을 속이고 의자 다리를 자른다는 것은 상당한 무공을 소유하지 않는다면 불가능한 일이었다.

바닥으로 나뒹그러진 여인들은 이 일이 로노와르가 저질렀다는 것을 어느 정도 눈치 챘기에 노기를 참지 못하고 자리에서 벌떡 일어나서는 그녀를 보며 소리쳤다.

"이년이 겁대가리를 상실한 모양이구나!"

"흥!"

한 여인이 얼굴을 일그러뜨리며 일갈을 하자 로노와르는 콧방귀를 뀌어 답례를 해주었고, 그 순간 다섯 여인들은 노기를 참지 못하고 한꺼번에 로노와르를 향해 덤벼들었다.

만화전에서 여인들에게 전수하는 무공은 한월심공(閑月心功)과 천변수(千變手)라는 무공이었다.

한월심공은 달의 정기를 받아들이는 음기에 속한 심법으로 십이성에 달하면 상대를 얼려 버리는 것도 가능한 음공이었고, 천변수는 금나수와 장법이 섞여 있는 무공으로 그 변화가 종잡을 수 없을 만큼 다양한 무공이었다.

다섯 명의 여인들이 익힌 한월심공은 오성에서 육성 정도이며 천변수는 완벽하게 익혔다고 할 수 있었기에 그녀들 다섯 명이 곰방대를 휘두르며 공격해 오자 장내는 순식간에 곰방대의 잔상으로 가득 찰 수밖에 없었다.

한월심공의 영향으로 방 안은 냉기가 가득 찬 가운데 도저히 빠져나갈 공간조차 없이 곰방대가 밀려오고 있음에 도연랑은 크게 놀라지 않을 수 없었다. 이에 반해 애들 장난 같은 무공이라 여기는 로노와르는 왼손으로 하품을 한 입을 가리면서 가볍게 오른손으로 무의 세계의 수련소에서 배운 무공을 시전했다.

곰방대의 천변수 공격에 대항하여 그녀가 사용하고 있는 것은 소림의 금나수라고 알려져 있는 천수관음금나수(千手觀音擒拿手)란 무공이었다.

천년소림의 역사가 증명하듯이 천수관음금나수는 그 변화가 오묘하기 그지없는 상승무공인지라 다섯 명의 여인들이 펼치는 천변수의 공격을 효과적으로 막고 있었다.

이들의 무공은 아직 이류 정도에 지나지 않아 창조주의 세계에서 일류 무공을 배운 로노와르로서는 눈 감고도 상대할 수 있는 정도였다.

물론 로노와르로선 가볍게 장풍을 한번 날려도 다섯 명의 여인들을 모두 날려 버릴 수 있었지만, 그렇게 된다면 일을 그르칠 수 있다고 생각해서 심하게는 하지 않았다.

이 세계에서 아무런 배경이 없는 로노와르로선 여인들만이 사는 여인곡이 자신이 배경으로 삼기에는 적합한 것 같았기에 이곳에서 높은 직위를 얻을 생각이었던 것이다.

계속되는 공격에도 로노와르가 손쉽게 막자 그녀들은 얕볼 상대가 아니라 판단하고는 곰방대를 버리고 드디어 한월심공을 운공하고는 내력을 모으기 시작했다.

"호! 진짜 시작해 볼 생각이군요."

로노와르는 상대의 몸에서 상당한 마나가 모이는 것을 느낄 수 있었기에 감탄사를 잠시 내뱉은 후 자신 역시 내력을 끌어올렸다.

그녀가 사용하는 것은 소림의 비전심공인 달마역근경(達摩易筋經)상의 내공심법이었다. 창조주가 이 세계로 보낼 때 루드웨어와 로노와르에게 각기 무림의 양대산맥의 무공을 배우게 했는데, 루드웨어가 무당파의 무공을 연성했고 로노와르는 소림사의 무공을 연성한 것이다.

물론 그 밖의 다른 문파의 무공들도 여러 가지 익히고 있기는 했지만 어차피 사람들과 싸울 때에 사용될 수 있는 무공은 몇 개 되지 않았기에 로노와르는 소림사의 무공만을 사용하기로 결심했다.

물론 소림사의 정체가 머리를 박박 깎은 노총각들이 사는 곳이란 것을 알았으면 절대로 사용하지 않았을 로노와르였지만, 지금 상태에선 소림사와 무당파가 무림 양대산맥이란 것만 알고 있으니 별문제가 없는 일이었다.

"찻!"

드디어 다섯 명의 여인들이 일제히 로노와르를 향해 몸을 날렸다.

개인 간의 실력이 로노와르에게 크게 뒤진다고 생각한 그녀들은 연환진(連環陣)을 사용해 압박해 들어갔다.

아무리 내공이나 실력에서 자신들보다 뛰어나다고는 해도 나이로 보아 연환진을 사용하여 공격한다면 얼마 지나지 않아 지칠 것이라 생각한 것이다.

하지만 그것은 큰 오산이었으니 내공이라면 애석하게도 로노와르는 어느 누구에게도 뒤지지 않았다.

그녀들의 계속되는 천변수의 수공을 로노와르는 천수관음금나수를 사용하여 가볍게 막아서고는 있었지만, 상대방은 때릴 만하면 뒤로 빠져 버리고 다른 사람이 공격해 오는 방식을 취하고 있었기에 공격은 원활하지 못했다.

물론 마음만 먹으면 이 건물을 통째로 날려 버릴 수 있는 능력이 있기는 하지만 그렇게 된다면 계획에 차질이 생기기 때문에 그 생각을 떨쳐 버린 로노와르는 역시 용언을 통하여 무공과 마법을 병행하여 싸우자 생각했다.

'역시 편하게 쓸 수 있는 것은 마법이로군. 맛 좀 봐라!'

[그리스!]

연환진을 사용하여 공격해 들어오는 여인들을 보며 그녀는 회심의 미소를 짓고는 그리스 마법을 사용했다. 그리스 마법은 상대로 하여금 바닥을 미끄럽게 만드는 방법이었다.

"꺅!"

쿵!

그리스에 당한 여인은 갑자기 바닥이 얼음 위에 서 있는 것처럼 미끄럽게 변하자 크게 당황하다가 중심을 잃고는 자빠졌는데, 그 순간을 놓치지 않은 로노와르는 재빨리 그녀를 향해 쇄도해 들어가서는 마혈을 짚었다.

"자, 한 분 잡으시고! 다음!"

연환진 도중 갑작스럽게 한 사람이 쓰러지자 순식간에 여인들의 진세는 크게 흐트러질 수밖에 없었고, 로노와르는 그 틈을 놓치지 않고 헤이스트 마법을 사용하여 자신의 몸을 빠르게 한 것도 모자라 거기에 나한신법(羅漢身法)까지 사용하니 마치 빛과 같은 빠르기로 장내를 휘젓고 다니며 눈 깜짝할 사이에 다른 네 명의 여인들 마혈까지 짚어버렸다.

"에이, 처음부터 이렇게 할 걸 그랬나?"

헤이스트와 함께 이 세계의 경신법이란 것을 사용하자 자신의 몸이 수십 배 이상 빨라지는 것을 느낀 로노와르는 쓰러져 있는 여인들을 보며 투덜거리고는 멍하니 서 있는 도연랑의 앞으로 걸어가서는 말했다.

"자, 도 언니, 이제 숙소가 어딘지 가르쳐 주세요."

"응? 아, 알았어……. 나를 따라와……."

도연랑은 다섯 명의 선임자를 쓰러뜨린 로노와르의 솜씨에 놀라 입을 다물지도 못하고 있다가 그녀의 말에 간신히 정신을 차리고는 고개를 끄덕였다.

'도대체 이 아이의 정체가 뭘까?'

뛰어난 미색은 물론이요, 무공 역시 고수의 수준인 로노와르를 보며 도연랑은 이런 생각에 잠길 수밖에 없었다.

원래 하급자 사이에서 일어난 싸움이란 것이 위에 있는 직급이 높은 사람들에겐 비밀로 간직되는 것이 대부분인지라 다섯 명의 선임자와 로노와르의 대결은 비밀이 되었지만, 만화전의 하급 직의 여인들은 거의 대부분이 알고 있을 정도로 퍼져 있었다.

다섯 명의 여인들을 물리친 로노와르는 이제 만화전의 여인들이 모인 홍련각에선 최고의 여인이 되어 있었다. 시간이 지나면서 홍련각의 실세인 로노와르의 밑으로 모이는 여인들이 늘어나고 있었다. 로노와르를 중심으로 모두 여섯 명의 여인들이 모여 홍련각에서 하나의 조직을 만들었으니 바로 홍련칠화, 일명 칠공주파였다.

이 칠공주파는 원래 홍련각 실세인 다섯 여인들에게 노골적으로 괴롭힘을 받던 여인들이 가세하여 이루어진 것으로 각자 상당한 미모와 능력을 가지고 있었다. 조금은 미색이 떨어지는 실세였던 여인들이 이 다섯 명을 싫어한 것은 아무래도 외모 때문이 아니었을까 싶다.

한편 이 일곱 여인들의 명호와 이름과 그 특기를 서술하면 다음과 같다.

일화 홍련일랑(紅蓮一娘) 로노와르. 추측을 불허하는 내공과 함께 도대체 어디서 입수했는지 모르는 소림사의 무공을 익히고 있는 홍련각 제일의 고수로 현재 홍련각 모든 여인들의 우상으로 자리 잡고 있다.

이화 비파선녀(琵琶仙女) 도연랑(陶淵娘). 로노와르와 친한 친구인 덕에 무공이나 미모에서 떨어지기는 하지만 단숨에 이인자의 권력을 쥔 여인으로, 비파에 한해서만은 어느 누구보다 뛰어난 실력을 지니고 있어 비파선녀란 명호를 얻게 되었다.

삼화 선무낭자(扇舞娘子) 소심랑(蘇心娘). 말 그대로 소심하기 그지없는 여인으로 겁이 많은 가련한 여인이지만 부채춤 하나만큼은 기가 막히게 추는 여인으로, 화무당에서 장래가 촉망되는 인재다. 다섯 명의 실세에게 눌려 살다 도연랑의 천거로 로노와르의 측근으로 가세했다.

사화 선녀지음(仙女之音) 안초희(安草熹). 열다섯 어린 나이의 소녀이지만 그 미색과 목소리가 아름다워 현재 천가당에 속해 있다. 천가에서도 그 노래 솜씨로 인해 상당히 인정받고 있는 기재다.

오화 천영살대(千影殺帶) 유란(劉蘭). 화무당에 속해 있는 스무 살의 여인으로 미색이 뛰어난 여인이다. 요대를 사용한 무공이 뛰어난 그녀는 로노와르에 이어서 칠공주파에서 두 번째로 무공이 능한 여인이었다.

육화 쌍검무랑(雙劍舞娘) 당미(唐美). 역시 화무당에 속해 있는 여인으로 당가의 여식으로 태어나 아미파에 들어간 여인인데, 그곳에서 한 소림승에게 몸을 망친 후 여인곡에 가입한 여인이었다. 미색이 뛰어나지만 남자에 대한 혐오감이 극도로 높은 여인이다. 사천당가의 출신이라고는 하지만 암기술은 전혀 하지 못한다. 하지만 아미파에서 배운 검술과 여인곡에서 배운 검무를 합쳐 만든 그녀의 쌍검술은 상당한 수준에 올라 있었다.

칠화 백일취녀(百日醉女) 매화(梅花). 여인곡에 들어온 후에도 자신의 이름을 비밀로 하고 있는 비밀의 여인이다. 상당한 미색을 지니고 있지만 춤, 노래, 악기 어느 한 가지 잘하는 것이 없다. 오로지 있는 것이라곤 미색 하나. 그것도 요즘 들어 이쁜 것들이 많이 들어와서 밀려가고 있는 형편이었기에 언제 만화전에서 쫓겨날지 모르는 여인이다.

하지만 아직까지도 버티고 있는 이유는 단 하나, 강호에 존재하는 모든 술의 제조 방법을 알 뿐만 아니라 술도 세 백일취라는 독한 술을 서 말을 들이키고도 멀쩡한 여인이다. 특기는 술을 마신 후 발휘되는 취권(醉拳)이다.

그녀의 이야기로는 어렸을 때 만년삼으로 담근 술을 마신 덕에 몸에서 뿜어 나오는 주향이 향기롭다며 개방의 주개라는 사람에게 예쁘게 보여 취권을 배웠다고 하는데, 역시 확인 불가다. 어쨌든 그녀 말대로 만년삼으로 담근 술을 먹은 덕에 내공도 상당히 높았기에 그녀가 시전하는 취권은 상당한 수준에 올라 있었다.

이렇게 일곱 명의 여인들이 모인 홍련칠화는 순식간에 홍련각의 위계 질서를 모두 무너뜨려 버리고 홍련칠화의 시대로 만들어 버렸다.

홍련칠화가 홍련각의 실세가 되었다고는 하지만 그다지 다른 여인들에게 해코지하는 것도 없거니와 터줏대감 노릇을 하는 것도 아닌, 그냥 같이 모여 술을 즐기는 실력자들의 모임인지라 과거 다섯 여인들이 실세로 있을 때보다는 각 내의 분위기가 좋아질 수밖에 없었다.

로노와르는 다른 여섯 명들의 여인들과 함께하며 서서히 만화전 안의 갖가지 기예를 익혀 나가기 시작했고, 그렇게 석 달의 시간이 지난 후에 드디어 만화전의 전주에게 불려갈 수 있었다.

석 달이 지나자 로노와르는 노래는 물론 갖가지 악기의 연주에도 능하고 백 가지나 되는 춤을 모두 익히고 있었기에 만화전에서 최고의 여인으로 인정을 받았다.

단 석 달 동안 이러한 성과를 이루어낸 로노와르를 보며 뭇 여인들은 크게 놀라지 않을 수 없었고 만화전의 전주 또한 그것을 인정하지 않을 수 없었던 것이다.

처음 만화전주를 만났던 장소에 선 로노와르를 주렴 뒤의 전주는 한참 동안 응시하더니 말했다.

"화무당주, 천가당주, 기예당주(技藝堂主)."

"예."

"로노와르에 대한 세 당주의 생각을 듣고 싶군요."

전주의 말에 세 명의 당주는 고개를 끄덕였고 먼저 나선 것은 화무당주였다.

"화무당주, 전주께 아룁니다. 현재 로노와르는 화무당에서 가르치는 백 가지 춤을 모두 익혔으며 그 성취 또한 훌륭하여, 현재는 본 화무당주보다 한 수 위의 실력을 보이고 있습니다."

"천가당주, 전주께 아룁니다. 현재 로노와르는 천가당의 모든 노래를 익혔으며, 그 음에 대한 성취는 본 천가당주보다 한 수 위라 할 수 있습니다."

"기예당주, 전주께 아룁니다. 현재 로노와르는 기예당의 모든 악기를 능숙하게 다룰 수 있으며, 현에 관해서는 저보다 한 수 위의 실력을 보이고 있습니다."

세 당주 모두 로노와르에 성취에 대해서 극찬을 아끼지 않는지라 전주는 크게 만족하는 표정을 지었다.

처음 볼 때부터 뛰어난 아이라는 것을 알고 있었지만 단 석 달 만에 세 명의 당주를 넘어서는 실력을 보일 것이라곤 전혀 생각지도 못했기 때문이다.

"훌륭하구나, 로노와르."

"과찬의 말씀이십니다."

"자, 이리 가까이 와보거라."

전주가 로노와르에게 가까이 다가오라고 말하자 그 순간 세 명의 당주는 크게 놀라지 않을 수 없었다.

여인곡의 곡주 이외에는 누구도 본 적이 없는 만화전주의 얼굴을 볼 수 있다는 것이 뜻하는 바를 알 수 있었기 때문이다.

'만화신녀가 드디어 탄생하는 것인가!'

만화신녀, 이것은 만화전에서 익힐 수 있는 세 가지 기예를 최고의 단계까지 익힌 미색과 무공이 뛰어난 여인만이 가질 수 있는 직급이었다.

전주보다 한 단계 아래의 직급이었지만, 실제로는 만화전주의 지시를 받으며 강호에 흩어져 있는 만화전 소속 지부의 비리를 찾아내어 일벌백계하는 자리였기에 만화전의 여인들이 전주보다 더 오르고 싶은 자리가 바로 만화신녀라 할 수 있었다.

주렴의 뒤로 얼굴을 보기는 했지만 역시 완전하게 볼 수는 없는 일인지라 로노와르는 큰 기대를 하며 만화전주에게 다가갔다.

드디어 주렴을 열고 안으로 들어선 로노와르에게 만화전주가 얼굴을 보였다.

"우와!"

그 순간 로노와르는 크게 놀라고 말았다. 주렴에 가려 보이지 않던 그 미색이 지금에서야 드러났는데, 보드랍고 새하얀 살결을 가진 아름다운 여인이었다.

검은색의 머리를 길게 늘어뜨린 여인은 조용히 눈을 들어 로노와르에게 미소를 지어 보이고는 말했다.

"만화신녀 직을 잘 수행하도록 하여라."

"네."

전주의 말에 로노와르가 그녀의 가까이로 다가가자 전주는 살짝 손을 들어 로노와르의 볼을 쓰다듬어 주고는 말했다.

"참 아름다운 아이로구나."

"과찬의 말씀이십니다."

로노와르는 전주의 말에 평소에 하지도 않던 겸손을 떨었는데, 그 순간 전주의 몸에서 이상한 기운이 느껴지는 것을 알 수 있었다.

"응?"

인간의 능력으로 보기에는 상당히 높은 마나력이었기에 로노와르는 긴장하지 않을 수 없었다. 이 정도의 마나를 끌어올리는 것은 무슨 마법을 펼치기 위해서일 수밖에 없었기 때문이다. 하지만 이러한 일은 다른 이가 듣게 할 생각이 없었는지라 로노와르는 혜광심어를 사용해 말했다.

[전주님, 거기서 멈추시지요.]

[……!]

로노와르의 혜광심어를 받는 순간 전주는 크게 놀라지 않을 수 없었다. 현재 그녀는 자신의 측근이 될 그녀에게 자신의 주특기인 현혹술을 펼쳐 완벽하게 자신의 측근으로 만들려고 했는데 그것을 로노와르가 알아챘기 때문이다.

[보통 아이는 아니라고 생각했지만 이런 기운까지 알아차리다니… 넌 이 세계의 인물이 아니로구나.]

[물론입니다. 전주, 당신 역시 다른 세계의 인물이 아닙니까? 이곳의 인물 중 당신과 같은 마나를 가지고 있는 이는 없다고 알고 있으니까요.]

[음…….]

전주는 로노와르가 만만치 않은 인물이라는 것을 알 수 있었다. 투기가 섞여 있지 않은 마나를 끌어올렸기 때문에 이 세계의 인물이라면 알아채지 못했을 텐데, 로노와르는 정확하게 자신이 무엇을 하려고 하는지 알고는 막고 있었던 것이다.

[창조주께서 보냈나?]

그녀의 전음에 로노와르는 고개를 저으며 말했다.

[창조주께서 보낸 것이 아니라 제가 직접 남편을 찾으러 온 것이지요.]

[남편?]

[예. 아마 남편은 자유 생명체인 당신들을 잡기 위해 이곳으로 내려온 사람일 겁니다.]

[음.]

그 말에 전주는 식은땀을 흘리지 않을 수 없었다. 단순히 남편을 찾으러 왔다고 보기에는 로노와르의 실력이 너무 뛰어났기 때문에 믿어야 할지 의심이 들었기 때문이다.

단순히 서역의 어느 명문가에서 가출한 아이라고 생각했던 것이 실수였다. 실제로 서장에서 들어온 정보에 의하면 서장 대뇌음사에서 서역 귀족가의 한 여자 아이가 잠시 그곳에 들렀다가 중원 남자에게 반해 사라졌다는 정보를 입수했기 때문인데, 교묘하게도 그 날짜가 로노와르가 이곳으로 들어온 날짜와 부합되는 면이 있었기에 그렇게 믿고 있었던 것이다.

[당신과 내가 이곳에서 충돌하게 되면 여인곡은 그날로 문을 닫게 될 것입니다.]

[음… 네가 바라는 것이 무엇이지?]

이쯤 되자 전주로선 한 발자국 물러설 도리밖에 없었다. 그녀가 여인곡에 들어온 것은 하나의 계획이 있어서였기에 눈앞에 있는 아이와 싸워 여인곡을 무너뜨리고 싶지는 않았던 것이다.

[별거 아니에요. 저에게 만화신녀의 자리를 주세요.]

[음… 남편을 찾아볼 생각인가?]

[예. 어차피 저에게도 뒷배경이 될 하나의 세력이 있어야 하니까요.]

[음… 좋다.]

전주는 전음으로 로노와르의 제의를 수락하고는 말했다.

"너의 자질이 훌륭하니 오늘부터 만화전의 감찰신녀인 만화신녀로 임명하겠노라."

"감사합니다."

로노와르는 정중하게 전주의 명에 고개를 숙여 감사의 인사를 하고는 천천히 주렴 뒤로 빠져나왔다.

여인곡이 생긴 이래 입문 석 달 만에 만화신녀의 자리를 차지한 이는 없었던지라 사람들은 크게 놀라지 않을 수 없었다.

"만화신녀가 되심을 감축드립니다."

제일 먼저 로노와르에게 축하의 인사를 보낸 인물은 다름 아닌 화무당주였다.

화무당주는 제일 처음 로노와르를 맡은 바 그 자질에 대해서 어느 정도 알고 있었기에 이 참에 옆에 붙는다면 여인곡에서 출세 코스를 달릴 수 있다고 믿었기 때문이었고, 이런 생각을 한 나머지 두 명의 당주도 고개를 숙이며 로노와르에게 축하의 인사를 올렸다.

"만화신녀는 강호에 흩어져 있는 만화전 지부의 감찰을 담당하는 신분으로, 그 휘하의 여인들을 임의대로 고를 수 있으니 로노와르는 외무전(外務殿)에서 만화신녀의 신분패와 함께 휘하에 둘 여인들을 만화전의 만화신녀 휘하로 입적시키도록 하세요."

"예, 명심하겠습니다."

이렇게 해서 로노와르는 만화신녀의 자리를 차지하게 되었으니 이제 갑갑한 여인곡을 떠나 강호로 나갈 수 있게 되었다.

만화전의 전주, 과연 그녀는 누구였을까?

그녀는 다름 아닌 무의 세계에서 이 세계로 빠져나온 여인 레리스였다.

신급의 현혹술을 가진 그녀라고는 해도 여인들에게는 그 현혹술이 반감되기 때문에 아직 그 힘을 추측할 수 없는 로노와르를 상대로 현혹술을 사용하는 것을 포기할 수밖에 없었기에 이런 일이 벌어진 것이다.

여인곡에서 만화전은 여덟 개 전 중에서 가장 끗발이 높은 곳이라고 할 수 있었다. 만화전은 여인곡의 외부 지부를 맡고 있으며 곡의 운영 자금과 함께 각종 정보를 입수하는 곳이었다.

이런 만화전인만큼 외부의 물을 먹은 지부의 지부장들은 가끔 무림의 남성들에게 넘어가 지부의 예산을 갉아먹는 일이 많았는데, 이것을 감찰하는 것이 바로 만화신녀의 일이었다.

만화신녀의 권한을 살펴보면 첫째, 곡주 이외에 어느 누구도 만화신녀를 벌할 권리가 없다. 이것은 만화신녀가 올바른 감찰권을 발휘하게 하기 위한 배려였다.

둘째, 여인곡의 만무서고에 들 권리가 주어진다. 여인곡은 약 삼백년의 역사를 가진 곳인만큼 이곳으로 들어온 명문가의 여식들도 적지 않았다. 이런 이유로 만무서고에는 강호에서 내로라하는 무공 서적들이 상당수 존재하고 있었지만 이 만무서고에 들어갈 수 있는 권리는 곡주와 소곡주 외에 각 전주와 양대호법, 십이원로로 제한되어 있었기에 만화신녀가 가지고 있는 권리가 얼마나 큰 것인가를 알 수 있다.

셋째, 개인의 세력을 둘 수 있다. 각 지부를 감찰하는 인물인만큼 역사 속에서 만화신녀가 지부 전체에게 공격당한 일이 없지 않았다. 해서 여인곡에선 만화신녀에게 개인의 세력을 거느릴 수 있는 특권을 주고 있었는데, 이런 만화신녀의 개인 세력을 통칭 만화신대(萬花神隊)라 부르고 있었다.

이런 세 가지 특권 때문에 만화신녀는 마음만 먹는다면 능히 여인곡의 패권을 다툴 수 있기 때문에 여인곡의 십이원로회에서 만화신녀에 대한 탄핵이 결정되면 만화신녀는 그 권리를 잃게 된다는 조항 또한 생겨나 있었다.

하지만 십이원로회가 이름뿐인 조직인 것을 감안하다면 만화신녀는 정말 쓸 만한 직위라는 것을 알 수 있었다.

외무전에서 만화신녀의 직위를 상징하는 봉황패를 얻은 로노와르는 감격에 막 눈물이 터져 나오려 하고 있었지만 사람들의 보는 눈이 많은 만큼 꾹 참으며 의기를 다질 수밖에 없었다.

만화신녀의 휘하인 만화대는 로노와르와 같이 홍련각을 움켜쥔 여섯 명의 여인들이 선정되었지만, 일단 이대로 나가기에는 여섯 사람의 무공이 너무 모자란다는 것을 알고 있는 그녀는 그들을 그냥 내보낼 수가 없었다.

'역시 개정벌모세수대법(開頂伐毛洗髓大法)밖에 없겠군.'

개정벌모세수대법을 펼치면 그 상대는 무공을 익히기에 적합한 신체가 되므로 로노와르는 여섯 여인에게 이 대법을 펼치기로 마음을 먹었다.

무공을 익히기 좋은 신체가 된다면 무공 정도는 만무서고에 있는 무공이나 자신이 알고 있는 무공들을 전수해 주면 되기 때문이다.

보통 드래곤들과 함께 생활하는 것이라면 로노와르의 변화는 극히 적었겠지만 변화가 심한 인간, 그것도 루드웨어의 부인인 그녀에게는 이제 인간의 변화만큼 빠른 변화가 일어나고 있는 것이다.

결코 서두르지 않으며 모든 것을 완벽하게 해냈을 때 움직이는 그런 세심함을 갖춘 로노와르였던 것이다. 물론 절대로 어울리지 않는 모습이었지만.

한편 만사곡에선 진천명과 여사랑과 함께 있던 루드웨어 역시 자신의 휘하에 둘 고수를 만드느라 여념이 없었다.

원래 무인이란 것이 강한 무공에 대한 욕심이 많은 법인지라 처음에는 한시라도 빨리 만사곡을 빠져나가려 하던 두 사람은 이제 루드웨어가 건네준 두 권의 무공비서를 익히느라 여념이 없었다.

태극검무와 자비구생도법, 이 두 개의 절정의 무공비서를 익히는 진천명과 여사랑은 시간이 지나면 지날수록 그 실력이 하루가 다르게 늘어나고 있었다.

"자! 식사하세요."

루드웨어는 석 달이 지난 지금 이제 두 사람의 무공을 지도하며 승룡담에서 용이 되기를 기다리는 독각대망과 함께 두 사람 뒷바라지하는 데 정신이 없었다.

일단은 자신의 수하가 될 사람은 자신의 손으로 키우자는 자립 자족의 원칙에 부합되는 생각이었던 것이다.

언제나와 같이 루드웨어가 음식을 준비하자 두 사람은 무공 수련을 멈추고는 흙으로 빚어 만든 도기에 담겨진 음식을 먹기 시작했는데, 무엇인가가 이상한 듯 진천명은 물어보지 않을 수 없었다.

"그런데 말입니다, 루드웨어님."

"말해 보게."

"언제나 느끼는 것이지만 루드웨어님이 가져오신 국은 백색을 띠고 있는데 그것을 마시면 내력이 상당히 증진되는 것 같더군요. 도대체 어떤 물을 사용하시기에 그렇습니까?"

"응? 물?"

"예. 보통 물이라고는 생각하기 어렵군요."

진천명의 말에 자신 역시 물이 조금 이상하다고 느끼고는 있었던지라 물을 발견한 사연에 대해 말해 주었다.

"음… 이건 동굴 깊숙이 놀러 갔다가 발견한 물이거든. 동굴이 생각보다 깊어서 한참을 들어가다 보니 조금 목이 말라지더라고. 그래서 근처에 물이 없나 뒤지다가 작은 연못을 발견했거든. 물은 물인데 백색을 띠는지라 몸에 안 좋으면 어떡할까 고민을 조금 하다 한 모금 마셔보았더니, 생각보다 맛이 좋고 몸도 좋아지는 느낌이 들고 해서 그때부터 이 물로 음식을 만들었는데."

"순백색의 물… 혹시……."

루드웨어의 말을 들은 진천명은 크게 놀라지 않을 수 없었다. 자신이 익히고 있는 무공이 뛰어난 것이기는 하지만 그렇다고 내공마저 비약적으로 늘여놓는 것은 아니었기 때문이다.

그가 이 계곡에 들어오기 전에 모아둔 내공은 일 갑자 정도에 지나지 않았는데 현재의 내공은 약 5갑자. 처음에는 무공이 내공까지 증진시키는가 보다 생각하고 있었지만, 현재에 와서는 이상한 생각이 들었던 것이다.

이제 어느 정도 태극검무를 익혀 나간 시점에서 뒤돌아본 무공에는 절대 내공을 늘이는 것 같은 것은 존재하지 않았다.

분명 자신의 내공이라면 사성에서 막혀야 할 것이라고 쓰여 있는 비급서, 그렇다면 엄청난 내공을 가지게 한 것은 루드웨어가 음식을 하는 그 물밖에는 생각해 볼 도리가 없었다.

"자, 잠시 그 물을 볼 수가 있을까요?"

"응? 알았어. 밥 다 먹고 보여줄게."

"예."

루드웨어는 진천명이 무엇인가에 큰 충격을 받은 것 같았지만 일단은 밥을 먹는 것이 더 중요하니 넘어가기로 했다.

간단하게 식사를 끝낸 후 루드웨어는 진천명과 여사랑을 데리고 설거지할 식기를 가지고 순백색의 물이 있는 곳으로 향했다.

약 십오 분 정도를 동굴 속으로 들어가자 물 떨어지는 소리가 들려왔다. 루드웨어는 간단하게 라이트 마법을 동굴의 천장에 고정시켜 놓고는 근처에 가져다 놓은 바가지를 들고는 흰색의 물을 떠서 설거지를 하기 시작했는데, 그 순간 진천명은 큰 비명을 질렀다.

"끄아악!!"

"뭐야?"

"왜 그래요, 진랑!"

이제 여사랑은 진천명을 진랑이라고 부를 정도로 사이가 좋아졌기에 괴성을 지르는 진천명에게 다가가서 그의 몸을 잡고는 놀라서 불렀는데, 떨리는 손을 가누지 못하는 진천명은 백색의 물 앞에서 무릎을 꿇고는 천천히 그 물을 손으로 떠 올렸다.

"설마… 이 물이……."

"왜 그래요, 진랑?"

진천명은 손에 든 물을 입에 가져가서는 천천히 마시기 시작했다. 강렬한 기운이 물을 마심과 함께 늘어나고 있었다.

절세의 영약, 중원 전체를 뒤져도 한 모금도 발견하기 어렵다는 그 절세의 영약이 자신의 눈앞에 존재하고 있었기에 그는 뭐라고 말을 할 수가 없었다.

"진랑?"

여사랑은 그의 모습에 크게 당황하지 않을 수 없었는데, 그는 천천히 물을 떠서는 그것을 여사랑에게 가져가서는 말했다.

"마셔보시오."

"예?"

"한번 마셔보시오."

그 말에 여사랑은 진천명의 손 안에 든 백색의 물을 조금 마셨는데, 그 순간 그녀 역시 큰 기운이 몸 안에서 요동 치는 것을 알 수 있었다.

"헉! 설마……!"

"그렇소… 이것이 수많은 무림인들이 한 방울이라도 얻고 싶어하는 절세의 영약… 공청석유(空淸石乳)요!"

공청석유, 이것은 절대 흔히 볼 수 없는 영약으로 천지간의 정기가 모여 만들어진 절기가 서린 액체였다. 우윳빛을 띠는 이 액체는 내공 증진에 상당한 효과를 보이는 절세의 영약으로, 다른 내공 증진의 영약의 경우에는 그 한계가 드러나는 반면 공청석유는 마신 만큼 내공이 늘어나기 때문에 모든 무인들이 세상의 모든 금을 주고서라도 얻고 싶어하는 액체였던 것이다.

"루드웨어님, 이… 헉!!"

두 사람이 이렇게 엄청난 공청석유를 보며 놀라고 있을 때, 루드웨어는 한쪽에서 휘파람을 불며 설거지를 하고 있었는데 그 설거지물이 아나나 다를까, 공청석유인지라 진천명으로선 식은땀을 흘리지 않을 수 없었다.

루드웨어가 이 세계에 대해서 조금 무지하다는 것은 석 달 간 지내보면서 어느 정도 알 수 있었지만, 설마 희대의 영약인 공청석유로 설거지를 할 줄 누가 알았겠는가? 하긴, 내공이 인간으로선 추정할 수 없는 지경인 루드웨어에겐 공청석유나 그냥 물이나 별로 다르지 않긴 하지만 말이다.

공청석유는 한 방울이 금으로 천 냥 이상을 주어도 구하기 어려운 것이라는 것을 안다면 과연 그 물로 설거지를 계속할 것인지는 조금 의문이 서리기는 하지만, 일단은 아무것도 모르는 루드웨어에겐 설거지물일 뿐이었다.

천금을 준다 해도 그것을 가치를 모르는 이라면 굴러다니는 돌멩이에 지나지 않으니, 바로 루드웨어가 그런 꼴이었던 것이다.

지금까지 석 달 동안 진천명과 여사랑의 몸에서 늘어난 내공은 거의 4갑자 정도였다. 원래 공청석유라는 것이 아무런 가공 없이 먹어야 하는 것이지 끓이게 되면 그 정기는 산산이 흩어지게 되는데 그것만으로도 4갑자의 내공이 늘었다면, 그동안 그들이 먹은 음식에 사용된 공청석유의 양을 상상해 볼 수 있을 것이다.

근처에 있던 독각대망이 변한 소녀 역시 루드웨어가 닦은 식기를 가지런히 정돈하고 있었으니, 그녀도 공청석유에 관해선 무지하긴 마찬가지였다.

"루드웨어님은 설거지하는 모습도 너무 멋있어요."

"그래? 우히히히, 내가 한얼굴 하긴 하지."

독각대망은 엄청난 능력을 지닌 인간 아닌 인간 루드웨어에게 반했는지 얼굴을 붉히며 말하고 있었고, 뭣도 모르는 그는 잘생겼다는 말에 큰 소리를 내고 웃고 있을 뿐이었다.

4장 사이비 도사 루드웨어

"흑흑… 루드웨어 씨… 만사곡 근처를 지나실 땐 한번쯤 들르세요. 흑흑……."

"알았어, 독각대망. 너도 수행 잘하고 있어. 나중에 용 되면 설마 모른 척하지는 않겠지?"

"설마요. 흑흑."

만사곡을 떠나게 된 루드웨어의 일행을 보내기가 섭섭한지 독각대망은 그들의 모습이 사라질 때까지 꼬리를 흔들고 있었다.

"자! 이제 무림맹이란 곳으로 가야 된다는 거지?"

"예. 무림맹이라면 충분히 루드웨어님이 찾으시는 정보를 얻을 수 있으실 겁니다."

진천명과 여사랑이 전대 고인이 남긴 두 개의 비급을 7성 정도 익혔을 때, 드디어 루드웨어는 무의 세계를 도망 나온 자유 생명체를 찾기 위해 여행을 떠났다.

자세한 이야기는 모르고 있던 진천명은 사람을 찾는다는 루드웨어의 말에 강호의 정파 모임이라고 할 수 있는 무림맹을 소개했다.

무림맹은 구파일방이 중심이 되어 만들어진 하나의 연합체로, 현재 강호를 이끌고 있는 정파의 구심점인 존재라고 할 수 있었다.

수많은 정보가 오가고 있는 곳인만큼 루드웨어가 찾고 있는 사람에 대한 정보도 얻을 수 있다고 판단한 진천명은 그에게 무림맹을 말해주었고, 어디로 가야 할지 아직 갈피를 잡지 못하고 있던 루드웨어는 하남에 있다는 무림맹이란 곳을 한번 가보기로 결심한 것이다.

만사곡이 있는 사천에서 하남까지는 상당히 먼 거리였지만, 이곳의 지리를 자세히 모르고 있는 루드웨어로선 이동 마법을 사용할 수가 없었기에 어쩔 수 없이 천천히 여행할 수밖에 없었다.

뭐, 이런 여행도 별로 나쁘진 않다고 생각한 그였기에 이 참에 유명한 요리들이나 접해볼까란 생각을 하고 있었다.

한참을 걸어가던 루드웨어는 뒤에서 소곤거리는 소리가 들려 뒤를 살짝 돌아보니, 진천명과 여사랑이 미소를 지으며 이야기를 나누고 있는 것을 볼 수 있었다.

사랑의 전도사 루드웨어로 인해 연인이 되어버린 두 사람이었던 것이다. 예쁜 여사랑이 조금 아깝다는 생각에 입맛을 다시며 걸어가고 있었는데, 그때 그들의 앞으로 갑자기 한 인영이 떨어졌다.

쿵!

"끄억!"

멋지게 착륙하려 했지만 조금 높은 곳에서 떨어져 고통스러운 신음을 내뱉고 있던 그는 루드웨어가 이상하게 생각하면서 앞으로 나서자 급히 손에 들고 있던 이가 빠진 대도를 들고는 일행들을 향해 소리쳤다.

"끄으윽… 여기서부턴 내 구역이다……. 잔말 말고… 통행세를 내놓아라!"

"잔말이라고 해봤자 아무 말도 안 했는데……."

그의 말에 어쩔 수 없다는 듯이 루드웨어가 손을 내젓자 산적이라 생각되는 장정은 자신을 무시한다는 생각에 얼굴이 붉게 변했다.

"루드웨어님, 이자는 저한테 맡기십시오."

진천명이 허리에 차고 있는 검을 뽑아 들자, 그것을 보며 상대가 무림인이라는 걸 눈치 챈 산적은 순식간에 공포로 뒤덮이고 말았다.

무림인들이라면 그 복색만 봐도 충분히 알 수 있었을 텐데 그것도 모르고 있었던 초보 산적이었던 것이다. 하지만 그래도 조금 자존심은 있었는지 얼굴색이 시퍼렇게 변하며 다리가 후들거림에도 물러서지 않으려 하고 있었다.

진천명이 앞으로 나서려 하자 루드웨어는 그를 막으면서 말했다.

"자네가 나설 정도는 아니네. 보아하니 근처에 사는 민초가 먹을 것이 없어 산적질을 하고 있는 것 같군."

그렇게 말한 루드웨어는 주머니에서 보석을 하나 꺼내어서는 산적에게 던져 주며 말했다.

"이 정도면 평생을 편히 먹고 살 수 있을 테니 돌아가도록 하게. 자, 우리들은 이만 길을 가도록 하세."

자기가 생각해도 자신이 많이 착해졌다고 생각한 루드웨어는 자아도취에 빠진 채 일행들과 함께 초보 산적을 지나쳐 걸어갔는데, 그때 자신의 뒤로 무엇인가가 날아오고 있다는 것을 느꼈다.

"합!"

놀란 루드웨어는 손을 뒤로 뻗어 뒤통수로 날아오던 물건을 잡아채고는 쳐다보았는데, 놀랍게도 그것은 산적에게 던져 주었던 보석이었다.

'아! 이계에서는 산적마저 자긍심이 높단 말인가!'

루드웨어로선 자신이 던져 주듯이 보석을 건네주었기에 자존심이 상한 산적이 자신에게 다시 던졌다고 생각하며 크게 놀라지 않을 수 없었는데, 얼마 후 튀어나온 그의 말에 잠시 현기증을 느낄 수밖에 없었다.

"이 개자식아! 그 따위 돌멩이를 던져 주고는 뭐? 평생을 편히 먹고 살 수 있다고?!"

"헉!"

애석하게도 그 산적에겐 보석이 돌멩이처럼 보일 뿐이었던 것이다. 하긴, 평범한 민초들이 어찌 평생에 한 번 보석이란 것을 구경해 볼 수 있었겠는가? 그런 그들에게 돈이란 것은 흔히 돌아다니는 엽전이나 은자, 금자 정도뿐이었던 것이다.

그러니 이상한 돌멩이 하나 던져 주고 평생을 편히 먹고 살 수 있을 거라고 하는 루드웨어의 행동에 산적으로선 크게 분통이 터질 수밖에 없었다.

자신이 무지하고 가난한 민초라고는 하지만 돌멩이와 돈을 구별 못할 만큼 바보는 아니라고 생각했던 것이다.

"이 자식! 너 죽고 나 살자!"

아무리 무인이라 해도 자신을 바보 취급 하는 것을 참을 수가 없었던 녀석은 루드웨어를 향해 이가 빠진 대도를 휘두르며 덤벼들었다.

그래도 마을에서는 힘깨나 쓴다고 자부하는 그였던지라 칼을 한번 휘두를 때마다 바람 소리가 울릴 정도였다.

"거참."

설마 보석을 알아보지 못하리라고는 생각하지도 못한 루드웨어였기에 자신에게 달려드는 산적을 보며 한숨을 내쉴 수밖에 없었다. 하지만 그렇다고 녀석의 칼을 그대로 몸으로 받을 수는 없었던지라 녀석의 투로를 한참 살펴보다가 가볍게 검지와 중지를 들었다.

"큭!"

루드웨어가 가볍게 든 검지와 중지에는 무섭게 휘두르던 대도가 끼어 잡혔다. 그의 손에 대도가 잡힌 산적은 안간힘을 쓰며 그것을 빼내려고 했지만 어처구니없게도 칼은 꿈쩍도 하지 않고 있었다.

그제야 상대가 길거리에서 뻐기며 다니는 삼류 무사들과는 차원이 다른 고수라는 것을 눈치 챈 산적은 크게 놀랐지만, 강씨 집안의 장손이 산적질하는 것도 모자라 자신을 바보로 여긴 사람에게 목숨을 구걸할 수는 없는 일이었기에 그 자리에서 털썩 주저앉으며 소리쳤다.

"젠장! 죽여라!"

"응?"

루드웨어는 보석을 설명하고 보내려고 했는데 갑자기 죽이라고 하는 산적을 보며 황당하지 않을 수 없었다.

"정말 죽고 싶은가?"

"그렇다! 나 강태풍! 이런 수모를 받고는 더 이상 강호에서 살아갈 면목이 없다!"

그 자리에 주저앉아서는 팔짱을 끼며 소리를 지르는 강태풍을 보며 루드웨어는 꽤 재밌는 자라는 생각을 했다.

보통 헐벗은 민초들이 산적질을 처음 할 때는 겁을 집어먹으면 살려 달라고 비는 것이 대부분일 텐데, 이자는 당당하게 죽음을 선택하고 있었다.

이런 자를 보고 있노라니 재밌다는 생각에 한번 떠보고 싶은 생각이 든 루드웨어는 살짝 녀석의 심정을 흔들어보기로 했다.

"자네가 죽는다면 슬퍼할 사람이 있지 않겠는가?"

"……."

순진한 총각이었는지 더벅머리의 장정인 그는 루드웨어의 말에 아무 말도 못했고, 그 모습에 살짝 미소를 진 그는 향해 하나의 주문을 걸고는 말했다.

"그렇게 죽고 싶다면 죽게나."

그 말과 함께 루드웨어가 들고 있던 도를 들어서는 더벅머리 장정의 목을 치자 시뻘건 피가 분수처럼 대지를 적셔갔다.

비명도 지르지 못한 채 저 세상으로 간 산적의 몸에서 서서히 하나의 영기가 떠오르기 시작했다.

[어……?]

산적이 서서히 자신의 몸이 떠오르자 크게 놀라 천천히 밑을 내려다보니 자신과 똑같이 생긴 자가 목이 잘려진 채 쓰러져 있는 것을 볼 수 있었다. 그제야 산적은 자신이 죽어 영혼이 되었다는 것을 알 수 있었다.

"어떤가, 죽임을 당한 기분이?"

"헉!"

갑작스런 말에 크게 놀란 산적이 옆을 돌아보자 이방인의 모습을 한 자가 자신을 쳐다보며 미소를 짓는 것을 볼 수 있었다.

“후후, 그렇게 놀라지 말게. 난 도가의 도사인지라 자네의 영혼을 볼 수 있을 뿐이네.”

그래도 옛날이야기를 들어본 적이 있는지라 도사라는 사람이 어떤 존재인가를 아는 태풍은 그제야 그가 자신의 영혼을 볼 수 있는 이유를 알 수 있었다.

“도사님이셨군요……”

도사라는 자신의 말을 믿는 듯 그가 힘없는 얼굴로 말하자 루드웨어는 그의 순박함에 재미가 있었다. 자신을 죽인 자임에도 도사라는 말에 경어까지 쓰는 사람을 보며 어찌 웃음이 나오지 않겠는가?

“자, 이젠 나와 같이 저승으로 가세나.”

“예.”

루드웨어의 말을 들으며 고개를 끄덕인 그는 아쉬운 듯이 자신의 시체를 한번 보고는 천천히 그의 뒤를 따라 걸어갔는데, 한참을 생각하니 도저히 그냥은 떠나갈 수가 없었다.

“도, 도사님……”

“무슨 일인가?”

“저… 그것이… 저희 어머님을 한번 보고 저승으로 갈 수 없을까요?”

“어머니?”

“예……”

힘없이 고개를 숙이고 말하는 그를 보며 한참을 고민하는 듯한 모습을 보인 루드웨어는 할 수 없다는 듯한 표정을 지으며 말했다.

“뭐, 죽은 사람의 소원이야 한번 정도는 들어줄 수 있겠지. 자, 자네의 집으로 가세나.”

"감사합니다!"

태풍은 도사가 자신의 말을 들어주자 크게 기뻐하며 그 자리에서 큰 절을 했고, 두 사람은 태풍이 살고 있는 곳으로 향했다.

그가 살고 있는 곳은 산골짜기에 있는 작은 초막이었다. 척 봐도 가난하기 그지없는 사람이 살 것같이 보이는 초막에 들어선 태풍은 천천히 몸을 움직여서는 방 안으로 들어갔는데, 그곳에는 칠십 정도 돼 보이는 노인이 앓아 누워 있었다.

"태, 태풍아… 태풍아……."

앓아 누운 와중에서도 밖으로 나간 태풍이 걱정됐는지 걱정스럽게 그 이름을 부르고 있는 노파를 보며 그의 눈에선 주르륵 눈물이 흘러나오고 있었다.

"어머니……."

"쯧쯧, 이런 부모를 내버려 두고 어찌 죽을 생각을 했는가."

루드웨어가 노파를 보며 심히 안타깝다는 듯 혀를 차며 말하자, 갑자기 태풍이 그의 발을 잡고는 통곡을 하며 소리쳤다.

"아이고, 도사님! 전 이대로 죽을 수 없습니다! 어떻게 앓고 계시는 어머니를 두고 혼자 갈 수 있습니까! 흑흑흑!"

"이 사람아, 그래서 내가 죽고 싶냐고 묻지 않았는가? 사람의 생이란 것이 한 번 있지 두 번 있는 것이 아니라네."

"흑흑흑……."

그제야 자신의 행동을 크게 뉘우친 태풍은 끊임없이 눈물을 흘리며 통곡을 했다. 한참을 보고 있던 루드웨어는 할 수 없다는 듯이 말했다.

"자네가 살 수 있는 방법이 하나 있기는 한데 말이야……."

"아이고, 도사님! 제발 그 방법을 가르쳐 주십시오! 어떤 일이라도 하겠습니다요."

그 말에 루드웨어는 고개를 끄덕이며 말했다.

"자네의 생을 한 시진 정도 늘여줄 테니 자네는 아까 그곳으로 가게나. 그럼 반 시진 정도 후에 한 나그네가 그곳으로 갈 테니 칼로 그자의 목을 베도록 하게."

"예?"

"이미 자네의 죽음은 명부에 올라 있다네. 그런 이유로 자네는 살아날 방도가 없네만, 다른 자를 죽여 자네를 대신한다면 자네는 그 나그네의 생만큼 다시 살 수 있을 것이네."

"아!"

그제야 도사가 이야기하는 바를 이해할 수 있게 된 태풍은 고개를 끄덕였고, 루드웨어는 그 모습에 천천히 주문을 외우기 시작했다.

모든 주문이 끝났을 때 루드웨어는 천천히 그의 몸에 손가락을 가져갔고, 태풍은 흰색의 연기와 함께 정신을 잃고 말았다.

한참 후에 그는 간신히 정신을 차릴 수 있었는데, 놀랍게도 자신이 있는 곳이 루드웨어란 도사를 습격하기 이전에 있었던 나무 위라는 것을 알고는 크게 놀라지 않을 수 없었다.

"꿈이었나……?"

하지만 꿈이라고 하기에는 상황이 너무 생생했던지라 일단은 도사가 말한 반 시진 후에 올 나그네를 기다리지 않을 수 없었다.

그렇게 반 시진 정도가 지났을 때 드디어 먼 곳에서 사람이 걸어오고 있는 것을 볼 수 있었다.

평범한 여행객인 듯한 이십 대 중반의 장정은 무슨 즐거운 일이라도 있는 듯 연신 얼굴을 싱글거리며 길을 걷고 있었다.

그의 가슴에는 하나의 봇짐이 있었는데, 그것을 신주 모시듯 조심스럽게 들고 있는 것으로 보아 상당히 중요한 물건인 듯했다.

"호오! 딱 걸렸군!"

강태풍은 만만한 상대가 걸렸다는 생각에 나무에서 내려가려고 했는데, 그때 도사의 말이 떠올랐다.

'도사님이 나그네의 목을 베어야 다시 살아날 수 있다고 했는데……'

산골에서 어머니를 모시고 살던 강태풍은 요즘 들어 불경기로 나뭇짐도 안 팔리는 탓에 어쩔 수 없이 우연히 주운 대도를 들고 산적질을 하고 있는 것이지만 사실 사람을 죽인 적은 한 번도 없었다.

어느 정도 힘을 쓰는 장정이란 소리를 듣긴 했지만 고의로 사람을 상하게 한 적이 없었던 그로선 과연 저 나그네를 죽일 수 있을까란 생각에 식은땀이 흐르지 않을 수 없었다.

하지만 저 나그네를 죽이지 않는다면 어머니를 보살필 사람이 없다는 생각에 주먹을 쥐며 결의를 다진 태풍은 나그네가 가까이 오자 나무에서 뛰어내렸다. 다행히 이번에는 꽤 괜찮게 착지할 수 있었던 그였다.

"헉!"

갑자기 사람이 나무에서 뛰어내리자 길을 지나던 나그네는 크게 흠칫했다.

"흐흐흐, 여기서부턴 본 어르신의 구역이다. 가진 것을 모두 내놓거라!"

"사, 살려주십시오!"

나그네는 산적을 만났다는 생각에 울상이 되어 강태풍에게 빌고는 급히 주머니를 뒤져 돈주머니를 꺼내 그에게 내밀었는데, 강태풍은 고개를 젓고는 가슴에 꼭 안고 있는 보따리를 가리키며 말했다.

"그 봇짐도 내놓거라!"

"헉! 안 됩니다! 이것만은 절대 안 됩니다!! 옷이라도 벗어두고 갈 테니 이것만은 제발……!"

그가 눈물을 흘리며 말하자 강태풍으로선 도저히 봇짐을 뺏을 마음이 생기지 않았다. 하지만 보통 때라면 그냥 넘어갈 수도 있는 상황이었지만 지금은 이 나그네를 죽여야 하기 때문에 그것을 트집 잡을 수밖에 없었다.

"감히 본 어르신의 말을 거부하다니! 죽어봐야겠구나!"

"아이고~ 살려주십시오!"

그는 태풍의 말에 고개를 땅으로 처박으며 빌었지만 봇짐만은 무슨 연유가 있는 듯 절대로 손에서 놓으려고 하지 않았다. 하지만 태풍으로선 그를 봐줄 수가 없는 입장이었기에 그의 앞으로 가서 눈을 꼭 감고는 대도를 휘둘렀다.

"끄아악!"

그 순간 대도에 둔탁한 느낌이 들며 자신의 몸으로 액체가 튀어져 오는 것을 느낀 강태풍이었다.

나그네는 크게 비명을 지른 후 고통스러운지 발광을 하기 시작했고, 태풍은 그가 죽을 때까지 대도를 내려칠 수밖에 없었다.

"끄어억! 어머니……!"

몇 번을 내려친 후에야 나그네의 움직임은 천천히 멈추어져 갔다.

어머니의 이름을 부르며 죽어가는 그의 눈에는 원통함의 눈물이 흘러내리고 있었기에 눈을 뜬 강태풍은 크게 놀라지 않을 수 없었다.

"흐억!"

아직도 완전히 숨이 끊어지지 않은 듯 피눈물이 계속 흘러내리는 그를 보며 무서워진 태풍은 그의 등짐과 봇짐을 빼앗고는 도망치려 했다. 하지만 놀랍게도 그는 죽어가면서도 봇짐을 놓으려 하지 않았다.

"에잇!"

어쩔 수 없이 태풍은 대도로 그의 손목을 내려쳤고, 그 순간 피가 튀며 손목이 잘려져 나갔다.

간신히 봇짐을 빼앗은 강태풍은 재빨리 그 자리에서 도망을 쳐 산으로 올랐고 한참을 뛴 후에야 간신히 숨을 쉴 수가 있었다.

"휴…… 헉!"

간신히 멀리 도망쳐 왔다고 생각한 그가 짐을 펴보려고 했는데, 놀랍게도 봇짐에는 그것을 놓지 않으려 하던 나그네의 손목이 그대로 매달려 있었다.

그는 그 손목을 떼어내 멀리 집어 던진 후에야 간신히 안도의 한숨을 내쉬고는 짐을 풀어보았는데, 봇짐에는 별다른 것은 보이지 않았다.

조금 비싸 보이는 비단으로 만들어진 옷 한 벌과 가락지 몇 개, 그것이 전부였던 것이다. 차라리 그가 맨 처음 자신에게 준 돈주머니 속의 돈이 훨씬 더 많은 것 같았기에 태풍으로선 그가 왜 이것을 놓지 않으려 했는지 이해할 수가 없었다.

또 봇짐에는 반 조각난 옥패가 하나 있었는데, 싸구려 잡옥으로 만들어진 패인지라 대수롭지 않게 생각한 태풍은 숲에다 버리고는 물건을 들고 자리에서 일어났다.

"도사님이 시키는 대로 나그네를 죽였으니 이제 난 살아난 것인가."

사람을 죽였다는 것에 마음이 편치는 않았지만 그래도 어머니를 모실 수 있게 되었다는 생각으로 마음을 달래며 자신의 집으로 향했다.

어머니와 단둘이 사는 오두막에 도착해 방 안으로 들어가려다가 문득 자신의 옷에 나그네를 베었을 때 튀긴 피가 묻어 있다는 것에 생각이 미쳐서는 부엌으로 들어갔는데, 놀랍게도 그곳에는 한 남자가 감자를 훔쳐 먹고 있었다.

"누구냐!"

"……."

들켰다고 생각한 그는 천천히 고개를 돌렸는데 놀랍게도 그는 도사 루드웨어였다.

"흠흠… 잠시 배가 고파서……."

입가에 묻은 감자 부스러기를 닦은 루드웨어는 이마에 흐르는 식은 땀을 닦고는 그를 보며 말했다.

"나그네를 죽였는가?"

"…예……."

태풍의 말에 루드웨어는 고개를 끄덕이고는 말했다.

"이제 자네는 다시 어머니를 모실 수 있을 것이네."

그렇게 말한 루드웨어가 손을 한번 휘젓자 그곳에는 투명한 한 사람의 모습이 보였는데, 놀랍게도 그는 강태풍이 죽인 나그네였다.

[어, 어머니… 어머니…….]

피눈물을 흘리며 어머니를 부르고 있는 나그네의 영혼을 보며 그는 뒷걸음질치지 않을 수 없었다.

어머니를 부르고 있는 그의 모습을 보며 강태풍은 가슴이 찢어지는 듯한 고통을 느꼈다. 어머니를 모시기 위해 사람을 죽였지만 자신이 죽인 자에게도 어머니가 있었을 것이라는 생각이 들었기 때문이다.

"자, 그럼. 난 이만 가보겠네."

루드웨어는 태풍을 보며 작별 인사를 하고는 천천히 부엌을 빠져나왔다.

한쪽 주머니가 볼록한 것을 보면 감자 몇 개를 더 숨겨서 가는 것을 알 수 있었지만, 도사니까 그냥 봐주기로 한 태풍은 서둘러 옷을 갈아입고서 어머니가 누워 있는 방 안으로 들어갔다.

"어머니, 몸은 괜찮으세요?"

"태풍이로구나……."

그의 어머니인 진씨는 태풍이 돌아온 것을 보며 자리에서 일어나려 했지만 힘이 없는지 이내 쓰러지고 말았다.

"어머니, 누워 계세요."

"에고… 우리 태풍이에게 너무 미안하구나……."

"아니에요… 잠시만 기다리세요, 저녁을 올릴게요."

밖으로 나온 태풍은 아픈 어머니를 두고 죽지 않아 다행이라 생각하며 부엌에서 간단하게 저녁을 준비했다.

저녁이라고 해봤자 먹을 것은 감자와 몇 가지 나물뿐이었지만, 내일이면 나그네에게서 뺏은 돈과 물건을 팔아 맛있는 것을 해드릴 수 있다는 생각에 태풍은 기쁘지 않을 수 없었다.

간단히 저녁을 먹은 후 몇 가지 잡일을 처리한 태풍은 자리에 누워 잠을 청했는데 도무지 잠이 오지 않았다.

눈을 감으면 자신이 죽인 나그네의 목소리가 귀를 울리는 것 같았고, 두 눈에서 흐르는 원통함의 피눈물이 자꾸 연상이 되었기 때문이다.

하지만 내일 어머니를 위해 고기를 사다 드려야 한다는 생각을 하며 간신히 잠들 수 있었다.

다음날 간단하게 아침을 준비한 후 방으로 들어간 태풍은 어머니가 눈물을 흘리고 있는 것을 볼 수 있었다.

의아하게 생각한 태풍은 어머니에게 이유를 물었다.

"어머니, 무슨 슬픈 일이라도 있으시나요?"

"태풍아……."

한참을 망설이던 어머니는 이윽고 그의 두 손을 잡으며 말했다.

"태풍아… 이 이야기는 안 하려고 했지만… 도저히 참을 수가 없구나."

"무슨 얘기인데요?"

태풍은 눈물을 흘리는 어머니의 말에 무엇이 마음을 아프게 하는 것일까 걱정되었다.

"태풍아, 사실 너에게는 동생이 있단다."

"예?"

"네가 어렸을 때 도저히 두 아이를 키울 수가 없어 다른 곳에 양자를 보내었지. 흑흑흑… 그런데 어젯밤 꿈에서 그 아이가 눈물을 흘리며 이 어미를 찾아왔는데… 도저히 슬픔을 참을 수가 없었단다……."

"……!"

처음 듣는 이야기에 태풍은 놀라지 않을 수 없었다. 자신에게 동생이 있었다니, 한 번도 그런 생각은 해본 적이 없었기 때문이다.

그가 이런 생각을 하고 있을 때 어머니는 품에서 반쪽의 옥패를 꺼내어 그에게 건네주고는 말했다.

"네 동생은 아랫마을 대장장이 장씨네 집에 양자로 보냈단다. 볼 수 없어도 좋으니 그 아이의 소식만은 듣고 싶구나. 이 옥패는 네 동생을 보낼 때 주었던 것이니, 나머지 반쪽의 옥패를 가지고 있는 아이가 네 동생이다."

"예, 제가 한번 찾아볼게요."

아프신 어머니의 소원을 들어드리고자 그는 고개를 끄덕이며 천천히 옥패를 쳐다보았는데, 그 순간 그는 크게 놀라지 않을 수 없었다.

"헉!"

놀랍게도 그 옥패는 어제 자신이 살기 위해 죽인 나그네가 가지고 있던 잡옥으로 만든 옥패와 같은 것이었다.

놀란 강태풍은 자신도 모르게 옥패를 떨어뜨리고 말았다.

'설마… 내가 죽인……!'

자신이 살기 위해 죽인 나그네, 그가 바로 강태풍의 동생이었던 것이다.

하지만 도저히 믿어지지 않는 일이었기에 그는 옥패의 반쪽을 버린 숲으로 뛰어갔다. 자신이 버린 반쪽의 옥패를 찾기 위해 그는 그곳에서 헤매야 했고, 수 시진이 지난 후 간신히 그 반쪽의 옥패를 찾을 수 있었다.

"으……."

어머니가 준 옥패와 나그네를 죽이고 얻은 반쪽의 옥패를 양손에 든 그는 긴장감에 온몸이 떨려오고 있었지만 천천히 그 옥패를 맞추어 나갔다. 그리고 옥패가 맞추어 졌을 때, 그는 절규하고 말았다.

"으아!!"

살기 위해 자신의 동생을 죽인 자가 되어버린 강태풍은 눈물을 흘리지 않을 수 없었다. 차라리 자신이 죽었다면 잠시라도 어머니를 행복하게 해줄 수 있었을 것이라는 생각에 그는 참을 수가 없었다.

낙담하여 그곳에서 눈물을 흘리며 다시 수 시진을 보낸 그는 천천히 걸음을 옮겨 오두막으로 향했다.

동생은 죽었지만 아직 어머니는 남아 있기 때문이다. 하지만 오두막에 도착했을 때 그는 또다시 절규하지 않을 수 없었다.

"어머니… 어머니……!"

아무리 흔들어 깨워도 어머니는 더 이상 눈을 뜨지 않았다.

마지막까지 자신을 걱정했던지 영원한 잠에 빠진 어머니의 얼굴에는 안타까움이 가득했기에 그는 더욱 슬픔에 잠길 수밖에 없었다.

동생을 죽이고 어머니마저 자신이 죽였다고 생각한 강태풍은 더 이상 참을 수가 없어 천천히 밖으로 나갔다.

광에 있는 밧줄을 손에 잡은 그는 오두막 근처에 심어져 있는 감나무를 쳐다보았다. 태풍이 태어났을 때 아버지가 심어준 감나무… 하지만 이제 아버지는 남아 있지 않았고 자신과 연령이 같은 나무만이 남아 있었다.

가을의 어귀 감나무에는 탐스러운 감이 매달려 있었다.

천천히 밧줄을 던져 감나무에 걸쳐 놓은 그는 근처에 있던 의자를 밑으로 가져다 놓고는 올가미를 만들었다.

목을 매기 위해서였다.

"죄송합니다, 어머니……."

그리고 그는 천천히 자신의 목에 올가미를 걸고는 밑을 받치고 있던 의자를 찼다.

텅!

모든 일이 끝났다. 그리고 그가 다시 눈을 떴을 때 그의 앞에는 도사인 루드웨어가 미소를 지으며 자신을 쳐다보고 있었다.

"제가 죽은 거군요… 저를 지옥으로 보내주십시오……."

아무런 힘도 없이 고개를 숙인 그는 도사에게 부탁했는데 그 순간 무엇인가 이상하다는 걸 느꼈다. 자신의 손에는 이가 빠진 도가 들려 있었던 것이다.

"응?"

다시 한 번 살펴보자 입고 있던 옷은 동생을 죽이고 갈아입었던 옷이 아니었다. 맨 처음 자신이 도사 일행을 습격할 때 입었던 옷이었다.

"꿈은 잘 꾸었는가?"

"꾸, 꿈이요?"

지금까지 자신에게 있었던 일이 모두 꿈이었다는 것이 도저히 믿어지지 않았다.

"그렇다면……."

"후후후후, 그것이 바로 윤회라는 것이네."

그 말과 함께 쭈그리고 있던 자세에서 일어난 루드웨어는 천천히 그의 손을 잡고는 자리에서 일으켜 주며 말했다.

"다시 한 번 묻겠네. 죽고 싶은가?"

"헉! 아, 아닙니다요!!"

루드웨어의 말에 강태풍은 크게 놀라며 고개를 저었고, 그 모습에 큰 소리로 웃음을 터뜨린 루드웨어는 그의 어깨를 손바닥으로 치며 말했다.

"아무리 살기가 어렵다고 해도 타인에게 죄를 짓고 살아간다는 것은 잘못된 일이네. 지금 자네에게 해를 가하는 사람은 다음번 윤회의 고리에선 도리어 자네에게 죽을지도 모르는 것이 바로 윤회지. 인간이 그 윤회를 탈피하기 위해선 해탈이란 것을 해야 하네만, 그것을 이루기 위해선 수천 겁의 윤회를 반복해야만 가능한 것이네."

"……."

"강도 짓은 자네에게 맞지 않는 일이네. 가서 더 열심히 어머니를 부양하고 착하게 살도록 하게."

"예, 도사님! 명심하겠습니다!"

강태풍은 그렇게 말하고는 크게 절을 하며 재빠르게 사라졌고, 그 뒷모습을 보며 루드웨어는 뒷짐을 지고 천천히 고개를 끄덕였다.

"도대체 무슨 일이 있었던 것입니까?"

진천명은 그 모습에 이상하게 생각하며 묻지 않을 수 없었다. 자신들을 습격한 도적이 쓰러진 채 기절해 있던 시간은 기껏해야 이각 정도에 불가했는데, 그동안 무슨 일이 있었는지 도적이 루드웨어에게 큰절을 하고는 사라졌기 때문이다.

"뭐, 별거는 아니네. 필요한 사람에게 잠시 유용한 꿈을 꾸게 해준 것이지."

"꿈이요?"

"후후후."

어리둥절한 얼굴로 쳐다보는 진천명에게 한번 웃어 보인 후 루드웨어는 천천히 앞서서 걸어갔다. 진천명으로선 고개를 갸우뚱거리지 않을 수 없었는데, 서역의 술사인 루드웨어는 어떻게 보면 도가의 도사와 비슷한 듯했다.

한참 길을 걸어가고 있는데 갑자기 뒤에서 누군가가 자신들을 부르며 뛰어오고 있는 것을 느끼곤 뒤를 돌아보자, 그곳에는 루드웨어가 꿈으로 잠깐 혼내주었던 강태풍의 모습이 있었다.

그가 황급히 도사의 이름을 부르며 뛰어오고 있어 일행들은 잠시 발을 멈추었다.

"헉헉, 도사님⋯⋯."

그제야 겨우 도착한 강태풍은 크게 숨을 몰아쉬고는 헉헉대더니 품에서 하나의 작은 보따리를 꺼내 루드웨어에게 건네주었다.

"무엇인가?"

"예, 멧돼지 고기입니다. 도사님과 헤어진 다음 우연히 이 녀석이 나무에 머리를 박고 죽어 있는 것을 발견하곤 여행 중에 출출하실 때 드시라고 급히 가져왔습니다."

"음⋯⋯."

태풍이 건네주는 고기 보따리를 루드웨어가 받자 강태풍은 공손히 절을 하며 말했다.

"어머니의 병을 고쳐 주셔서 감사합니다."

"병?"

진천명과 여사랑은 그의 말에 고개를 갸우뚱거리지 않을 수 없었다. 자신들은 분명 루드웨어와 같이 있었는데, 어떻게 그가 강태풍이란 자의 어머니 병을 고쳐 줄 수 있었단 말인가?

두 사람이 어리둥절해하고 있을 때 루드웨어는 아무 말도 없이 몸을 돌려서는 다시 길을 갔기에 그들은 그를 따라갈 수밖에 없었다.

멀리서 강태풍은 도사의 모습이 사라질 때까지 고개를 숙이며 절을 하고 있는 것으로 보아 상당히 루드웨어에게 고마움을 느끼고 있는 듯해 보였다.

드디어 여인곡을 떠나게 된 로노와르는 분홍빛을 띤 가마를 타고 세 명의 가마꾼 여인과 여섯 명의 직속 부하를 이끌고 여인곡을 빠져나왔다.

가마의 오른쪽 끝에는 '화(花)'란 글자가 수놓아진 붉은색의 깃발이
걸려져 있었는데, 그것이 바로 여인곡의 만화신녀라는 증표를 상징하
는 홍화기였다.
　홍화기가 출현하면 만화전에 속한 이들은 모두 고개를 숙이며 곡주
의 출현과 같이 생각해야 되기 때문에 이제 로노와르는 무소불위의 힘
을 지니게 되었다.
　"만화신녀님, 어디로 향하시겠습니까?"
　도연랑은 가마의 앞에서 공손히 물었다.
　"강호에서 가장 많은 정보를 입수하는 곳이 어디인가?"
　"예, 정파에선 개방을 최고로 꼽고 있으며 그 모든 정보는 무림맹으
로 모여들고 있다고는 하지만, 사실 강호제일의 정보 조직은 따로 있습
니다."
　"따로 있다고?"
　"예, 한때 최고의 정보 조직으로 알려져 있던 곳은 공공문이란 문파
였지만, 마교에 의해 멸문된 지 백 년이 지났습니다."
　"음……."
　"하지만 공공문의 후예는 아직 살아 있는데, 그는 핍박받는 조직인
강호 하류배들의 엽합체 하오문의 문주로 살아 있다는 정보가 있습니
다."
　"하오문?"
　"예. 하오문(下午門)은 소매치기, 도둑질, 매춘업 등에 종사하는 최
하류 인생들로 구성된 문파입니다. 밑바닥 인생들로 이루어져 있기 때
문에 빠르게 유통되는 정보망을 가진 조직으로 현재는 정파, 사파의 모
든 무림인에게 배척받고 있는 조직입니다."

그 말에 마차 안의 로노와르는 고개를 끄덕이고는 말했다.

"쓸 만한 조직이로구나. 그래, 본 여인곡과 하오문의 관계는?"

"공공문이 있었을 당시에는 상당한 친분을 가지고 있었습니다. 대대로 공공문의 문주는 여인이었던 만큼 여인곡과의 관계가 나쁘지는 않았던 것이지요."

"지금은 어떠한가?"

"현재 하오문의 문주는 여인으로 알려져 있습니다. 하지만 과거와는 달리 그 관계는 단절되어 있는 형편입니다."

"하오문의 총단은 어디라고 알려져 있는가?"

"들리는 소문에 의하면 항주라 알려져 있습니다."

"항주라… 좋다. 항주로 가자꾸나."

"예."

로노와르의 명령을 받은 비파선녀는 고개를 숙이고는 가마를 매는 여인들에게 명령했고, 그들은 항주로 발걸음을 옮겨갔다.

로노와르가 가는 항주는 중국에서 가장 아름다운 도시 중의 하나로 사람들은 '상유천당(上有天堂), 하유소항(下有蘇杭)'이라는 말을 할 정도였다. 항주는 4천 년 전부터 고대 문화가 일어났으며, 춘추시대에는 월(越)나라의 수도였고 후에 남송(南宋)의 수도가 된 역사 깊은 곳으로, 수나라 때 비로소 항주라는 이름을 가지게 되었다.

중국인 최대의 소망은 관직에서 은퇴한 후 항주에 저택을 짓고 미인과 함께 광주의 음식을 먹고 사는 것이라는 말이 있을 정도로 중국인에게 상당한 의미를 가지고 있는 곳이라 할 수 있었다.

항주로 가기 위해선 육로가 있기는 하지만, 로노와르 일행은 가장 편한 수단을 이용하기로 했다. 그것은 바로 장강을 따라 내려가는 것이었다. 중국에서 가장 긴 강이라는 장강이라면 육로로 가는 것보다 훨씬 더 빠른 시간 안에 항주 근처에 도달할 수 있기 때문이다.

하지만 장강에도 조금 귀찮은 무리들이 있는데, 그들이 바로 장강수로십팔채라 할 수 있었다. 쉽게 말하면 물에 사는 도둑놈들 모임이라 말할 수 있는 장강수로십팔채는 철저한 남자의 땀 냄새가 흐르는 집단이었으니, 여인곡과는 사이가 좋을래야 좋을 수가 없는 집단이었다.

소문에 듣자 하면 장강수로십팔채의 한 채주의 첩이 여인곡으로 들어간 후 사이가 더욱 나빠졌다는 이야기가 있는데, 장강에선 한힘쓰는 집단이라고는 하지만 수적은 수적, 무인들의 집단인 여인곡을 상대로 싸우는 것은 역시 고수들의 숫자가 부족한지라 서로 간에 이빨만 드러낼 뿐이었다.

5장 장강에서의 혈투

장강을 타고 뱃길로 가기로 결정한 로노와르 일행은 여인곡을 빠져나와 근처의 장강 포구로 향했다.

삼 일 정도 육로로의 여행 끝에 간신히 가까운 포구에 도착할 수 있었는데 그곳에는 자신들 말고도 많은 사람들이 배를 기다리고 있었다.

그중 가장 눈길을 끄는 이들은 남경으로 가기 위해 준비하고 있는 관리들의 일행이었다.

커다란 마차에는 무슨 귀중한 물건이라도 있는지 천으로 덮어두고는 사십여 명의 관병이 철통같이 지키고 있었기에 로노와르로선 궁금하지 않을 수 없었다.

"저것이 무엇이더냐?"

"아무래도 남경으로 후송되는 물건인 듯합니다."

"남경이라……."

무엇인지는 확실하게 모르겠지만, 그것을 지키기 위해 있는 관병들만 사십여 명이 넘었고, 중간중간에 무공이 높은 듯한 군관까지 지키고 있었다.

로노와르의 눈에 보이는 군관들은 모두 강호 일류 고수 정도의 실력을 지니고 있었기에 아무래도 장강수로십팔채를 대비하고 있는 것 같았다.

"포구에 군선이 있다냐?"

"예."

그렇다면 자신들과 같은 배에 탈 무리들은 아니라는 생각에 로노와르는 귀찮은 일은 없겠구나 생각했다.

장강수로십팔채가 관의 물건을 노리고 있다면 자신들이 타고 갈 배를 습격할 가능성은 거의 없을 것이기 때문이었다.

포구에 도착한 로노와르 일행은 뱃시간이 될 때까지 객점에 머물 생각을 하고는 근처 객점으로 향했다.

"우와……."

"여인곡이다!"

사람들은 로노와르 일행이 지나자 여인곡의 가마임을 확인하고는 크게 놀라지 않을 수 없었다.

여인곡의 경우 중요한 인물을 제외하곤 가마를 타고 가는 인물이 없기 때문에 이렇게 겉으로 드러나게 움직인다는 것은 여인곡에서도 상당한 인물이 타고 있다는 뜻이 되기 때문이다.

장강수로십팔채와 여인곡과의 관계는 강호가 다 알고 있는 일인데, 그런 여인곡의 사람이 뱃길을 택하여 간다는 것은 상당한 배짱과 무공을 가지고 있는 여인이라는 것을 사람들은 알 수 있었던 것이다.

더군다나 청의를 입은 네 명의 가마꾼 여인들은 키가 6척에 가까운 몸집들인지라 근처에 지나는 남자들로 하여금 주눅 들게 하기에도 충분했다.

　가마가 객점에 도착하자 문이 열리고 붉은색의 망사에 홍의를 입은 로노와르가 천천히 내렸는데, 그녀의 한 동작 한 동작마다 사람들의 시선이 떠나지를 못하고 있었다.

　가느다란 손가락 끝에서 보이는 부드러운 동작, 한 걸음 한 걸음마다 엿보이는 고귀한 모습은 뭇 남자들의 가슴을 흔들기에 충분했던 것이다.

　여섯 부하의 호위를 받으며 객점 안으로 들어선 로노와르는 잠시 주변을 살펴봤는데, 상당한 숫자의 무인들이 보이고 있음을 알 수 있었다.

　[저들의 정체를 알 수 있겠느냐?]

　로노와르가 말한 곳은 객점 구석에 모여 있는 네 명의 흑의의 무인이었는데, 그 기도가 심상치 않은 것이 상당한 무공을 지닌 사람들로 보였다.

　도연랑은 그들의 모습을 한참 살펴보다가 생각이 났는지 전음을 통해 알려왔다.

　[아무래도 대사련(大邪聯)의 흑살당(黑殺堂)에 속해 있는 고수들로 보입니다.]

　[대사련 흑살당?]

　[예. 사파들의 연합체인 대사련에는 모두 일곱 개의 당이 속해 있는데, 그중 흑살당은 당주 흑영마수(黑影魔手) 구백(九白)을 중심으로 모두 백 명의 고수들이 모여 이루어진 당으로 외부의 일을 맡고 있습니다.]

[음······.]

흑살당의 고수 외에도 상당수의 무사들이 보이고 있는 객점, 아무래도 별로 좋지 않은 일에 말려든 것 같다고 생각하는 로노와르였다.

천천히 근처에 비어 있는 탁자로 향하자 열세 살 정도의 점소이가 멍한 얼굴로 일행들에게 다가왔는데, 아무래도 로노와르를 비롯한 여섯 명의 부하들이 워낙 미인인지라 정신을 차리지 못하고 있는 듯했다.

간단하게 음식을 시킨 도연랑은 네 명의 가마꾼 여인들에게 식사를 허락했다. 일단 가마꾼과 이들의 신분 차이는 조금 컸기 때문에 가마꾼들은 명령이 없으면 아무것도 하지 못하기 때문이다.

이렇게 오붓하게 로노와르의 일행이 식사를 하고 있을 때, 한 겁도 없는 주정뱅이가 로노와르를 향해 비틀거리며 오고 있었다.

"우히히히, 이게 뭐여··· 웬 이쁘장한 아가씨들이 산더미처럼 모여 있다냐?"

로노와르 일행을 보며 히죽거리는 주정뱅이. 지저분한 몰골에 거지 꼴을 하고 있는 그는 60세 정도의 노인이었는데 한 손에는 술병을 들고 비틀거리며 말하는 폼이 여간 우습지 않을 수 없었다.

하지만 일행은 그를 크게 경계하지 않을 수 없었는데, 그의 등 뒤에 일곱 개의 포대 자루가 걸려 있었기 때문이다.

[만만치 않은 노인네다. 너희들도 조심하도록 해라.]

[예.]

일곱 개의 포대 자루라면 개방이 장로급 신분을 지닌 인물이란 뜻이었다. 장로급이나 되는 인물이 사파에 속한다고 할 수 있는 여인곡의 사람들에게 함부로 말을 건다는 것은 무엇을 노리고 있다고밖에 생각할 수 없었다.

그 순간 노인은 갑자기 쓰러지듯 다가와서는 로노와르의 품에 안겨 들었다.

"아이고……"

채재재챙!

로노와르의 부하 여섯 명은 한순간 허리에 차고 있는 검을 뽑아 들고는 그를 향해 당장이라도 달려들 기세를 취했다.

개방의 그도 그 순간 크게 놀라지 않을 수 없었는데, 여섯 명의 시비가 한꺼번에 뽑은 그 공력이 장난이 아니었기 때문이다.

'뭐여? 어린것들이 왜 이렇게 내공이 높은 거지?'

개방의 젊은 후기지수들보다도 어린 듯한 계집들의 내공이 자신을 압도하고 있는지라 그로선 크게 놀라지 않을 수 없었는데, 사실 이 여섯 명의 시비는 로노와르에게 개정대법을 받은 후인지라 그 내공의 늘어나는 속도는 타의 추종을 불허할 정도였다.

도연랑을 비롯한 나머지 다섯 명의 현재 내공은 약 3갑자 정도, 이 정도면 고수라는 소리를 들어도 손색이 없을 높은 내공이었던 것이다.

개방 장로의 내공은 4갑자라고는 하지만 여섯 명의 고수들, 거기다가 움직이고 있지 않은 홍의의 여인까지 합하면 일곱 명의 고수들을 상대한다는 것은 조금 무리가 있는 일이었다.

하지만 다행히 유혈 사태는 일어나지 않았으니 가만히 앉아 있던 로노와르가 가볍게 손을 들었던 것이다.

그 모습에 도연랑들은 모두 검을 검집에 넣고는 자리에 앉았는데, 로노와르는 가볍게 거지노인의 손을 잡고서는 말했다.

"개방의 어르신께서 저에게 무슨 용건이 있으신지 궁금하군요."

"우와!!"

은쟁반에 옥구슬 구르는 소리처럼 아름다운 로노와르의 목소리가 객점을 울리자 뭇 남자들의 환성 소리가 울려 퍼지기 시작했다.

개방의 장로 역시 크게 놀라며 공력을 올렸는데, 로노와르의 목소리가 너무나 아름다웠던지라 미공의 하나로 착각을 한 것이다.

하지만 다른 이들을 포함해 자신도 아무런 변화가 없자, 그제야 자신이 실수한 것을 알고는 얼굴이 붉어지지 않을 수 없었다.

"어르신, 이곳으로 앉으시지요."

"응? 그러지. 허허……."

로노와르의 말에 따라 여인곡 사람들과 같은 자리에 앉은 그는 크게 호강할 수밖에 없었으니, 미인 로노와르가 손수 따라주는 술잔을 벗 삼아 풍류를 즐길 수 있었기 때문이다.

거지 생활 평생, 언제 이렇게 미인의 술시중을 받으며 호강을 한 적이 있었겠는가? 이런 이유로 로노와르와 그는 쉽게 친해질 수 있었다.

개방 장로의 정체는 취개(醉丐) 문도양(門島楊)으로 취팔선공(醉八仙功), 취팔선보(醉八仙步), 취팔선권(醉八仙拳) 등 취팔이란 단어가 들어가는 무공은 다 섭렵했고, 그 외로 백결신장(百結神掌)도 익힌 상당한 실력의 소유자였다.

문도양이 여인곡의 여인들의 시중을 받자 객점 안으로는 한 사람씩 거지들이 모여들기 시작했는데, 그들의 눈에 흐르는 정광으로 보아선 상당한 무공의 소유자라는 것을 알 수 있었다.

하지만 로노와르가 어떤 인물인가.

"어르신을 모시고 있는데 번거롭군요. 다른 거지들은 물러가 있으세요."

그 말과 함께 가볍게 소맷자락을 흔드니 엄청난 내력으로 인해 객점으로 들어서려던 거지들은 순식간에 문밖으로 퉁겨져 날아갈 수밖에 없었다.

"장로! 너무하십니다! 어찌 장로께서만 미인들의 시중을 받으실 수 있단 말입니까!"

"우리에게도 한잔의 술을 달라!"

밖으로 퉁겨져 날아간 거지들은 너무나 억울한지 데모를 하고 있었으니 사실 그들이 장로를 걱정해서 온 것이 아니라 아름다운 여인에게 받는 술 한잔이 너무 먹고 싶어 모여들고 있었던 것이다.

"사부님! 저도 불러주세요!"

거지들 중 열다섯 살 정도의 소년이 객점의 난간을 부여잡고는 애타게 취개를 부르고 있었으니, 그 역시 남자인지라 미인들의 술을 받아보고 싶었던 것이다.

"대가리의 피도 안 마른 것이!!"

취개는 자신의 제자를 보며 들고 있던 젓가락을 던졌고, 젓가락은 일직선으로 날아가서는 난간을 잡고 있는 소년의 손을 강타했다.

"끄아악!"

그제야 난간을 놓을 수밖에 없는 소년은 이어진 취개의 장풍에 다른 이들과 마찬가지로 날아가지 않을 수 없었다.

"귀여운 아이로군요."

로노와르는 그 아이를 보고는 재밌다는 듯이 가볍게 손으로 끌어당겼는데, 순간 엄청난 경력이 생기며 취개의 제자는 객점 안으로 날아들어오기 시작했다.

"헉!"

격공섭물(隔空攝物)의 수법이야 어느 정도 내공을 가지고 있는 인물이라면 다 사용할 수 있는 수법이나 자신의 어린 제자와 로노와르와의 거리는 오 장 정도였기에 크게 놀라지 않을 수 없었던 것이다.

취개의 제자는 로노와르에 의해 날아오자 얼굴에 한가득 웃음을 띠었다.

"헤헤. 사부님, 왔어요."

"음······."

웃는 낯짝에 침이나 한번 뱉어주고 싶은 취개였지만 일단은 로노와르가 불러들인 것이니 뭐라 할 말이 없었다. 로노와르는 소년에게 잔을 건네준 후 술을 따라주었다.

"자! 소협도 한잔 드시지요."

"음··· 극락에 온 기분이당. 우히히히~"

로노와르가 따라주는 술을 받은 소년은 입이 찢어져서는 기쁨을 감추지 못하고 있었다.

한편 이 일련의 사태를 보고 있었던 객점 안의 뭇 고수들은 크게 놀라지 않을 수 없었다. 개방의 칠결이라는 장로급 인물이 온 것도 모자라 여인곡에서 온 이들이 상상도 못할 실력을 지녔기 때문이다.

이곳에는 각개 정파와 사파, 정사지간의 인물들이 하나같이 한 가지 물건을 노리기 위해 모여든 인물들이었기에 이번 일이 결코 만만치 않은 일임을 알 수 있었다.

한참 분위기가 무르익자 로노와르는 취개의 제자에게 넌지시 이번 일에 대해서 물어보았다.

"개방의 분들이 이곳으로 모인 것 같은데 무슨 일이라도 있나요?"

"히히히, 별거 아니에요. 여기 포구에서 황제 폐하께서 연왕에게 보내는 물건이 있어 그것을 지키려고 모인 거죠."

"물건이요?"

"예. 한 자루의 검이라고 하는데 저도 자세한 건 잘 몰라요. 헤헤."

한 자루의 검. 로노와르로선 도대체 그 검이 무슨 검이기에 이렇듯 많은 사람이 모여 있는지 궁금하지 않을 수 없었다.

그 해답은 도연랑이 전음으로 이야기해 주었다.

[아무래도 황궁제일검이라는 파사신검이 운반되고 있는 것 같습니다.]

[파사신검?]

[예. 보통의 검과는 달리 검 자체에도 내력이 잠재되어 있어 시전자의 내공이 약 두 배 이상 늘어난다고 하는 검입니다. 황궁에 있기 때문에 아무도 손을 못 대고 있었는데, 아마 연왕이 무공에 관심이 있다는 소문을 듣고 연왕을 아끼는 황제 폐하께서 보내시려는 것 같습니다.]

[음…….]

내공을 두 배로 늘리는 무기라면 거의 대부분의 무인이 관심을 가질 수밖에 없을 것이다. 하지만 이상한 것이 없지는 않았다.

첫째, 연왕에게 보내는 표물, 그것도 황궁제일검이라는 파사신검을 운반하는 데 비해서는 경비병의 숫자가 너무 적다는 것이다.

둘째, 이 소문을 듣고 무인들이 몰려들었음에도 불구하고 표물 운반의 일정을 변경하지 않고 있다는 것이다.

셋째, 파사신검을 노란다는 이들이 공공연하게 얼굴을 드러내고 있다는 것이다. 황궁의 물건을 노리는 것은 큰 죄에 속함에도 불구하고 이들이 얼굴을 드러내고 있는 것은 조금 이상했다.

이런 생각이 든 로노와르로서는 단순한 일이 아님을 깨달을 수 있었다.

[신녀님, 경로를 바꾸시겠습니까?]

도연랑은 구태여 이들의 혼란에 자신들이 끼어들 필요는 없었기에 다른 길로 가는 것을 권유했지만 로노와르는 고개를 저으며 말했다.

[아니다. 재밌을 것 같은데 그냥 구경이나 하자꾸나.]

[예.]

로노와르의 말을 듣고 도연랑은 조용히 대답한 후 음식을 먹었다.

그녀로선 로노와르가 어떤 인물인지 알고 있었기 때문에 피해를 입진 않을 것이란 걸 알 수 있었다.

한 시진 후 드디어 연왕에게 갈 표물을 실은 군선이 장강을 따라 남경으로 향했고, 또다시 한 시진 후에는 보통 사람들이 타고 갈 배가 도착했다.

군선과 같이 갈 수가 없는 배는 이미 오래전부터 상류에 대기하고 있었던 것이다.

네 명의 덩치 큰 여인이 메고 있는 가마에 탄 로노와르는 객점에서 본 두 배 정도의 인원이 배에 오르고 있음을 볼 수 있었다.

중에서 도사까지 다양한 계층의 인물들이 배에 오르고 있는 것으로 보아 이 배 안에서 범상치 않은 일이 일어날 것 같은 느낌이 들었다. 여인곡은 사파에 가까운 문파이긴 하나 다른 사파에 속하는 곳과 그리 친분이 있는 것은 아니었기에 만약 무슨 일이 일어난다면 고립될 위험이 있었다.

강을 통행하는 배에 오른 여인곡의 인물들은 특등석을 예약해 두었던지라 모두 배 안으로 들어갈 수 있었는데, 로노와르는 강바람을 쐬고 싶은 마음에 천천히 가마에서 내렸다.

"갑판으로 가자꾸나."

"예."

휘하의 여인들에게 말한 후 로노와르는 천천히 배의 갑판으로 향했다. 갑판에는 상당수의 무인들이 자리를 잡고 앉아 있었다.

상당한 무공의 소유자들인 그들의 모습 중에서 로노와르는 한 사람을 크게 주목할 수밖에 없었다.

그는 큰 삿갓을 둘러쓰고는 검은색 검집의 긴 장도를 끌어안듯이 들고 있는 무사였다.

그 검의 모습으로 보아 중원의 도라기보다 멀리 동방의 고려나 왜구의 검으로 생각되었다.

겉으로 보이는 위압감은 전혀 없었지만 로노와르가 그를 주목할 수밖에 없었던 이유는 너무나 고요하기 때문이다.

다른 이들은 긴장감이나 원래의 내력으로 스쳐 가는 강바람이 근처에서 충돌하여 작은 공기의 소용돌이를 만드는 반면 삿갓의 무사는 아무것도 아닌 양 강바람이 스쳐 지나갈 뿐인 것이다.

이러한 현상은 로노와르에게도 마찬가지로 일어나는 현상이었기에 고수는 고수를 알아본다는 일반적인 진리에 의해 상당히 높은 수준의 무공을 지닌 인물이라는 것을 알 수 있었던 것이다.

이자에 이어 뛰어난 무공의 소유자들은 모두 세 명이 있었다. 그중 한 사람은 도사의 복장을 하고 있는 젊은 청년으로 단정한 모습을 한 채 스쳐 가는 강변의 모습을 보고 있었는데, 그 자연스러운 모습에서 풍기는 기운이 오래된 고목을 보는 듯하였다.

두 번째 인물은 그전에도 만난 적이 있었던 개방의 장로 취개. 그는 겉으론 술에 취한 척하고 있었지만 그의 비틀거리는 걸음걸이는 일정한 순서의 보폭을 따르고 있었다.

세 번째 인물은 바로 묘령의 여인이었는데, 기도 면에서 앞에 두 사람보다 크게 뒤처지고 있었지만 그녀의 몸 이곳저곳에서 독기가 흐르고 있는 것으로 보아 독에 상당히 능숙한 여인이라는 것을 알 수 있었다.

이렇듯 만만치 않은 인물들이 타고 있는 배는 강바람을 받으며 순탄하게 강을 따라 흘러가고 있었는데, 두 시진 정도 후 갑자기 선원 중 한 사람이 크게 놀라며 소리를 질렀다.

"수, 수적이다!!"

로노와르가 타고 있는 배의 앞에선 한 척의 배가 작은 배들에 의해 둘러싸여 공격을 받고 있었는데, 그녀는 공격받고 있는 배를 어디서 본 적이 있다는 것을 알 수 있었다.

"표물을 운반하고 있던 군선이로군."

연왕에게 갈 표물을 실은 군선이 공격받는 것을 본 사람들은 크게 놀라는 표정을 짓고 있었다. 자신들이 노리고 있거나 지키려고 하는 것을 장강의 수적들에게 뺏길 수는 없다고 생각했기 때문이다.

그때 한 사람이 배에서 뛰어내렸다. 놀랍게도 그는 물을 박차듯이 앞으로 나서며 날아가고 있는지라 사람들은 크게 놀라며 소리칠 수밖에 없었다.

"등평도수의 경공법이다!"

엄청난 경공을 발휘하며 군선으로 뛰어가고 있는 인물은 그전에 한 그루 고목과도 같다고 말한 도사 청년이었다.

그는 뒷짐을 지며 가볍게 걷고 있는 듯 물 위로 나아가고 있었기에 사람들은 그의 경공에 대해 크게 놀라지 않을 수 없었다.

도가의 무인 중에서도 지금의 인물처럼 자연스럽게 등평도수의 경공을 해내는 이는 극히 적은 수에 지나지 않은지라 이름이 알려질 만도 하지만 배에 있는 무인들의 얼굴을 보아서는 그리 크게 이름이 알려져 있는 인물은 아닌 듯했다.

선장을 협박하여 군선으로 배가 도착했을 때는 이미 모든 일이 끝나 있었다. 군선을 지휘하고 있던 군관은 자신들을 도와준 도인에게 크게 감사해하며 인사를 하고 있었는데, 관리가 예를 표하는 모습이라기보다 높은 인물에게 인사를 표하는 모습이었기에 로노와르로선 이상하게 생각되지 않을 수 없었다.

[아무래도 저 청년 도인은 연왕의 비밀 무사가 아닐까 생각되옵니다.]

도연랑은 한참을 생각하다가 입을 열었는데, 그 말을 들은 로노와르는 물어보지 않을 수 없었다.

[비밀 무사라니?]

[연왕은 무공과 무림의 세계에 관심이 많아 자질이 뛰어난 이들을 비밀리에 선발하여 구대문파나 사파에서 무공을 연성하게 하는데, 그 수가 수백에 이른다고 합니다.]

[음…….]

도연랑의 말대로 그가 연왕의 비밀 무사라면 관리가 저렇듯 고개를 숙이는 것도 이상하지는 않다고 생각한 로노와르는 천천히 선실로 들어갔다.

로노와르의 장강 여행은 순탄하게 이루어지고 있었지만 군데군데 들르는 포구마다 만만치 않은 사람들이 배에 오르고 있었던지라 앞으로 더 예상치 못한 일이 벌어질 것임을 알 수 있었다.

이런 시간이 지난 며칠 후 또다시 수적들이 출몰했는데, 이번은 군선을 습격할 때와는 전혀 다른 모습이었다.

"쌍룡비선(雙龍飛船)이 나타났다!!"

"쌍룡비선?!"

사람들은 선원들의 쌍용비선이란 말에 크게 놀라서는 모두 갑판으로 뛰어 올라가기 시작했기에 로노와르는 영문을 알 수 없었는데, 도연랑이 시퍼렇게 변한 표정을 하고는 심각한 어조로 그녀를 보며 말했다.

"큰일 났습니다!"

"쌍용비선이란 것이 무엇이기에 이렇게 호들갑이냐?"

일단 궁금하기는 했지만 여유 부리는 척하는 로노와르였는데, 그럼에도 불구하고 도연랑은 시퍼렇게 변한 안색을 보이며 황급하게 소리칠 뿐이었다.

"쌍용비선은 장강수로십팔채의 총채주인 수상무적 장진천이 타고 있는 배입니다. 관군의 군선도 상대가 안 될 정도인 쌍용비선을 가지고 있는 장진천은 현재 무림 서열 16위의 엄청난 고수인지라 그가 타고 있는 쌍용비선이 나타나면 웬만한 고수를 제외하고는 모두 가지고 있는 표물과 젊은 여인들을 내어놓아야 합니다."

"음……."

무림 서열 16위라면 결코 만만한 고수는 아닐 거라고 생각했지만 일단은 당사자를 만나보아야 한다는 생각에 천천히 갑판으로 걸어 올라갔다.

"우와……!"

갑판에 올라서서 처음 쌍용비선을 본 로노와르는 크게 놀라지 않을 수 없었다. 자신이 타고 있는 배도 보통 배에 비하면 조금 큰 편에 속함에도 불구하고 쌍용비선과 비교한다면 작은 나룻배 같다는 생각이 들 정도였던 것이다.

마치 거대한 산을 보는 듯한 엄청난 크기의 배의 옆면에는 거대한 용이 그려져 있어, 마치 물 위로 두 마리의 용이 날고 있는 듯한 착각을 불러일으켰다.

또한 배의 갑판 곳곳에 작은 배 정도는 단번에 부숴 버릴 정도로 거대한 쇠뇌가 수십 개 장치되어 있었고, 관이 아니면 구할 수 없다는 화포마저 눈에 띄는 것을 볼 수 있었기에 장강에서 대적할 만한 자가 없다는 말의 이유를 알 수 있었다.

쌍용비선은 천천히 로노와르가 타고 있는 배로 흘러오기 시작했는데, 약 20장 정도의 거리까지 다가오자 배의 앞머리에서 한 애꾸눈의 수적이 나와서는 배를 향해 소리치기 시작했다.

"목숨을 건지고 싶거든 표물과 여인들을 내어놓도록 하라!"

그 말과 함께 수십 명의 수적들이 모습을 드러내며 하늘로 갈고리를 집어 던졌다. 순식간에 로노와르가 타고 있는 배는 그들의 갈고리에 걸려서는 쌍용비선 쪽으로 끌려가기 시작했다.

사람들은 할 수 없다는 듯이 배에 타고 있는 여자들을 보며 아쉬운 듯이 입맛을 다시고 있었는데, 독기가 흐르는 여자는 그들의 모습을 보며 잠시 한심하다는 얼굴로 쳐다보고는 천천히 쌍용비선의 앞으로 걸어가기 시작했다.

"무슨 짓을 하려는 게요!"

근처에 있던 무인 한 명이 그녀가 내력을 올리자 놀라서는 어깨를 잡았는데, 놀랍게도 어깨에 손이 닿는 순간 무인은 피부가 시꺼멓게 변하면서 그대로 절명을 하고 말았다.

쌍용비선에 대항하는 배는 결코 단 한 사람도 살아 돌아갈 수 없다는 것을 아는 이들로서는 그녀가 무슨 일을 할지 긴장되지 않을 수 없었다.

물론 이것은 실력도 없이 황제의 표물을 노리고 온 자들의 생각이었을 뿐이지만 말이다. 로노와르가 유의 깊게 주시하고 있는 모든 이들은 쌍용비선에 표물과 여자를 내줄 마음이 없는지 싸움의 준비를 하고 있었던 것이다.

"독연낭자(毒煙娘子) 당삼랑(唐三娘)!!"

여인을 막으려던 무인이 시꺼멓게 변하여 죽은 것을 보자 한 사람이 크게 놀라며 소리쳤고, 그제야 사람들의 안색도 크게 변하기 시작했다.

도연랑이나 다른 여인들도 쌍용비선에 대항하려고 하던 여인이 당삼랑이라는 것을 알자 숨을 멈추고는 뒤로 물러섰다. 그것을 보며 로노와르는 이상하게 생각되지 않을 수 없었다.

"독연낭자 당삼랑이 누구이기에 이렇게 긴장을 하느냐?"

그 말에 그제야 로노와르가 강호의 인물에 대해 무지하다는 것을 생각해 낸 도연랑은 고개를 숙이며 말했다.

"독연낭자 당삼랑은 현재 사천당가의 가주인 만변암수(萬變暗手) 당철(唐鐵)의 셋째 딸입니다. 당가의 여식인만큼 독에 일가견이 있는데, 그중 독연에 관해선 당가의 어느 인물보다 뛰어나다고 알려져 있습니다."

"독연이라면, 독으로 피우는 연기를 말하는 것이냐?"

"예. 당삼랑의 독연에는 무형독연(無形毒煙)이라는 것이 있는데 독의 최고봉이라는 무형독보다는 한 수 아래라고 하지만 한순간에 사파의 고수 삼백 명을 독살시킬 정도의 엄청난 독연이라 들었습니다."

한순간에 삼백 명을 쓰러뜨릴 정도의 독의 고수라면 사람들이 이렇게 피하는 것도 이상하지 않다고 생각되는 로노와르였다.

하지만 독연을 사용하기에는 바람의 상황이 너무 좋지 않았다.

현재 바람은 쌍용비선에서 로노와르가 타고 있는 여객선 쪽으로 불고 있기 때문에 당삼랑이 독연을 썼다가는 도리어 자신들 쪽의 사람들이 전멸당할 위험이 있는 것이다.

하지만 독에 대한 전문가인 사천당가의 당삼랑이 그런 실수를 할 리 없기 때문에 그녀로선 자신의 최대 무기가 사라졌다고 할 수 있었다.

하지만 무슨 생각인지 그녀는 배를 붙잡고 있는 갈고리의 근처로 가더니 살며시 손을 한번 휘저었는데, 그 순간 갈고리의 밧줄이 부식하며 녹색의 연기를 내더니 끊어지기 시작했다.

밧줄이 끊어지기는 했지만 배는 점점 쌍용비선으로 흘러가고 있었기에 얼마 지나지 않아 큰 충돌과 함께 쌍용비선과 부딪치고 말았다.

쿵!!

"으아악!!"

배의 옆부분이 거대한 쌍용비선과 부딪치자 크게 부서져 나갔고, 그 진동에 의해 강으로 떨어진 이들도 있었다.

하지만 무공이 출중한 이들은 그 진동 속에서도 몸을 지탱하고 있었는데, 그때 쌍용비선에서 마치 소낙비가 내리듯이 병장기를 든 사람들이 밧줄을 잡고는 뛰어내리기 시작했다.

"하압!!"

당삼랑은 그것을 기다리고 있었다는 듯이 몸을 하늘로 날려서는 춤을 추듯 회전을 했는데, 그 순간 연녹색의 독연이 그녀의 몸에서 퍼져나가면서 순식간에 뛰어내리던 수적들을 중독시켰다.

"끄으윽!!"

"우어억!"

당삼랑의 독에 중독된 수적들은 뛰어내리던 기세로 그대로 배의 갑판에 처박혀 고통스러운 듯 발버둥치다가 죽어가기 시작했는데, 이 현상은 같은 배에 타고 있던 사람들도 예외는 아니었다.

당삼랑이 공중에서 독연을 뿌렸기에 그 여파가 적기는 했지만 독연 자체가 밀려오지 않는 것은 아닌지라 내공이 약한 몇몇의 사람들은 중독되어 버린 것이다.

사람들이 중독되어 쓰러지는 것을 보며 로노와르는 더 이상을 참지 못하고 마법 주문을 외우기 시작했다.

"컨트롤 웨더!!"

날씨를 조종하는 마법인 컨트롤 웨더를 사용하자 그 순간 바람의 방향은 역으로 바뀌어 쌍용비선을 향해 불기 시작했고, 당삼랑의 독연도 그 방향을 바꾸어 나갔다.

"바람 방향이 바뀌었다!!"

한순간에 바람의 방향이 바뀌자 사람들은 크게 놀라며 소리쳤는데, 이런 놀라움은 쌍용비선이나 당삼랑 역시 마찬가지였다.

하지만 쌍용비선의 크기가 워낙 큰지라 독연은 쌍용비선에 타고 있는 사람에게는 영향을 주지 못하고 있었는데, 그때 쌍용비선에서 청의를 입고 있는 일단의 인물들이 밧줄도 잡지 않은 채 맨몸으로 뛰어내렸다.

상당한 내공을 가지고 있는 이들은 단숨에 경공을 사용해 배로 뛰어내리더니 당삼랑을 협공하기 시작했는데, 바람의 반대 방향에서 공격하고 있는지라 독연이 주무기인 그녀는 수세에 빠질 수밖에 없었다.

많은 수의 암기를 던지며 버티고는 있지만 이대로 가다가는 크게 위험하지 않을 수 없었다. 로노와르는 그것을 보고 옆에 있던 쌍검무랑 당미를 쳐다보며 말했다.

"네가 가서 당삼랑을 도와주도록 하거라."

"예."

당미는 무슨 이유에서인지 당삼랑이 수세에 몰리자 얼굴이 시퍼렇게 변하고 있었는데, 다행히 로노와르가 그녀를 도와주라고 하자 기뻐하며 쌍검을 뽑아 들고는 청의의 인물들을 향해 쇄도해 들어갔다.

"하압!!"

로노와르에게 개정벌모세수대법을 받은 데다가 몇 가지 쌍검술마저 익힌 당미의 공격은 일류 고수의 수준을 넘어서고 있었기에 녹의를 입은 수적들은 크게 당황하기 시작했다.

하지만 그 놀라움의 수준은 당삼랑이 더욱 큰 듯했는데, 평소에는 로노와르와 같이 면사를 쓰고 있는지라 그 면목을 알 수 없었지만 쌍검술을 사용하며 싸움을 하기 시작하자 바람에 날린 면사로 그 얼굴이 드러났기 때문이다.

"고모!!"

당삼람은 당미를 고모라 부르고는 반가운 표정을 지었는데, 그에 반해 당미는 무표정인 채로 차갑게 말했다.

"뭐 하느냐! 이따위 수적들에게 당해서 사천당가의 이름에 먹칠을 할 셈이냐!"

당미의 말에 퍼뜩 정신을 차린 당삼랑은 청의를 입은 수적들을 향해 암기를 뿌려대기 시작했고, 싸움은 이제 두 사람에게 유리하게 흘러가는 듯했다.

일곱 명의 청의를 입은 수적들이 뛰어난 실력을 가지고 있기는 했지만 마치 같이 무공이라도 닦은 것처럼 호흡이 맞는 두 사람의 검과 암기의 공격에 뒤로 물러설 수밖에 없었다. 그 순간 쌍용비선에서 큰 웃음소리가 들리기 시작했다.

"크하하하하! 이거 장강에서 당가의 여걸들을 만나게 될 줄은 몰랐구려!"

그 목소리는 쌍용비선에서 흘러나오고 있었기에 로노와르는 고개를 들어 쌍용비선의 갑판에 있는 사람들을 보았다. 그곳에는 청의를 입은 수십 명의 무사들과 함께 두 마리의 용이 수놓아져 있는 화려한 옷을 입고 있는 사십 대 정도의 무인이 가소로운 듯이 아래를 쳐다보며 크게 웃고 있었다.

"수상무적 장진천이다!!"

그의 얼굴을 알고 있는 무인들이 소리치자 로노와르는 화려한 옷을 입은 자의 정체가 무림 서열 16위의 장진천이란 것을 알 수 있었다.

과연 장강에서 따를 자가 없다는 말을 들을 정도로 그의 몸에서 풍겨 나오는 기운이 예사롭지 않았기에 로노와르는 크게 감탄하지 않을 수 없었다.

"당미! 당삼랑과 함께 뒤로 물러서도록 해라!"

잠시 싸움을 멈추어야겠다고 생각한 로노와르는 당미를 향해 소리쳤고, 그 순간 당미는 빠른 속도로 청의를 입은 수적들을 몰아세운 후 당삼랑의 손을 잡고 뒤로 물러섰다.

청의를 입은 수적들은 두 여인이 물러서자 쫓으려고 했지만 그때 쌍용비선에서 장진천의 우렁찬 목소리가 터져 나왔다.

"멈추어라!!"

장진천의 명령이 떨어지자 청의의 무사들은 급히 뒤로 몸을 날려 시립했고, 잠시 후 쌍용비선에선 수십 명의 사람들이 아래로 뛰어 내려오기 시작했다.

그들은 장진천과 청의를 입고 있는 수적들인데, 배에서 뛰어내린 청의를 입은 자들은 모두 빠른 속도로 뒤로 물러서더니 전에 있던 사람들과 같이 열을 맞추어 시립했다.

장진천은 잠시 로노와르들의 모습을 보고는 입가에 미소를 지으며 말했다.

"음… 이거 예상외의 수확을 얻게 되었군. 여인곡들의 미녀들이라니 말이야. 푸하하하!"

"흥!"

마치 자신들이 이미 그의 것이라도 된 듯한 그의 말에 도연랑은 노기가 치솟아오를 수밖에 없었지만 로노와르의 명령이 없었던지라 콧방귀만을 뀔 수밖에 없었다.

장강수로십팔채와 여인곡과의 사이가 좋지 않다는 것은 강호에도 널리 알려져 있는 사실이었기에 배에 타고 있던 사람들은 조용히 끝나기는 어려울 것이란 생각에 얼굴이 파랗게 질려가고 있었다.

그런 그들의 모습을 잠시 훑어보던 로노와르는 천천히 앞으로 걸어나가서는 말했다.

"당신이 총채주이신 수상무적 장진천 대협이신가요?"

"오오오!"

그는 로노와르의 아름다운 목소리를 듣고는 대답하지 못할 정도로 놀라지 않을 수 없었다. 그동안 아름다운 여인을 많이 만나보았지만 그들은 모두 외모와 목소리, 기예들 중 한두 가지가 특히 뛰어난 여인들이었을 뿐 그 모두가 뛰어난 여인들은 없었다.

하지만 여인곡의 만화전은 어느 곳보다 극상의 기예를 가르쳐 주는 곳일 뿐 아니라 선발된 여인들 모두 외모가 아름다웠다.

장진천은 그녀들의 옷에 수놓아져 있는 홍화를 보며 만화신녀의 무리라는 것을 단번에 알아챌 수 있었는데, 모든 면에서 뛰어난 자들 중 으뜸으로 뽑힌 여인은 얼마나 아름다울까 하는 생각이 들었기 때문에 로노와르의 얼굴을 보고 싶었다.

"만화신녀의 옥안을 한번 보고 싶은데 허락해 주시겠소이까?"

장진천의 요구에 로노와르의 시비들은 크게 놀라며 병장기를 뽑아 들려고 했는데, 로노와르는 가볍게 손을 내저으며 부드러운 목소리로 그에게 말했다.

"장 대협께 과연 그런 자격이 있는지 궁금하군요."

"하하하! 그렇소이까? 도대체 어떤 자격이 있어야 만화신녀의 옥안을 볼 수 있겠소이까?"

그 말에 로노와르는 뒤에 있는 시비인 초희를 보며 말했다.

"초희야, 현목신금(玄木神琴)을 가져오도록 하거라."

"예."

로노와르의 명령을 받은 초희는 고개를 숙이곤 뒤로 사라졌고 얼마 지나지 않아 검은색의 나무로 만든 칠현금을 가져왔다.

현목신금을 받아 든 로노와르는 사뿐히 자리에 앉더니 현금을 올려놓고는 그를 보며 말했다.

"장 대협께서 저의 금음을 끝까지 들으실 수 있다면 저의 얼굴을 보여드릴 뿐만 아니라 몸까지도 드리겠습니다."

그 순간 배 안에 있던 사람들이 크게 놀라지 않을 수 없는 것은 물론

이요, 장진천 역시 크게 놀란 표정을 지었다.

아무리 뛰어난 음공을 가지고 있다 해도 그의 경우 약 5갑자가 넘는 내공을 가지고 있기에 내공을 사용하여 몸을 보호한다면 충분히 견딜 수 있을 것이라 생각되었기 때문이다.

여인곡의 만화신녀라면 강호 제일의 기녀라고 해도 부족할 정도의 인물인지라 그로선 도저히 이번 대결을 거부할 수가 없었다.

"좋소이다! 내 이번에 만화신녀의 금음을 한번 들어보기로 하겠소!"

그 말과 함께 그는 그 자리에 앉아 가부좌를 틀었는데, 문득 무슨 생각이 들었는지 뒤에 있던 부하들을 보며 말했다.

"너희들은 장하파진(長河波陣)을 사용하여 몸을 보호하도록 하거라. 만화신녀의 음공이라면 개개인의 내공으론 절대 견디어내지 못할 테니 말이다."

"예."

장진천의 명령을 받은 수하들은 금세 하나의 진세를 만들고는 경계 태세를 취했는데, 무인들은 그들이 말하는 장하파진에서 보이는 엄청난 기세에 크게 놀라지 않을 수 없었다.

마치 장강의 거센 물결이 밀려오는 듯한 진세가 압박해 들어오자 로노와르는 장진천의 생각에 혀를 내두를 수밖에 없었다.

그는 만약의 상황을 대비하여 장하파진으로 자신의 음공을 밀어낼 준비를 하고 있었기 때문이다.

하지만 그다지 심각하게는 생각하지 않고 있었다. 뭐, 다른 인간이라면 모를까 로노와르는 내공 하나만큼은 어느 누구에게도 뒤지지 않을 정도를 소유하고 있는 다원소 드래곤이었기 때문이다.

"흥!"

역시 수적 아니랄까 봐 미리 비겁한 짓을 준비하고 있는 장진천을 보며 코웃음을 친 로노와르는 천천히 앞에 놓여진 칠현금에 손을 올려놓았다.

"우와……."

소매 속에 감추어진 그녀의 백옥같이 흰 아름다운 손을 본 사람들의 입에선 자신도 모르게 탄성이 터져 나왔는데, 그런 것에 신경 쓰지 않는 듯 천천히 현에 손을 올려놓은 그녀는 드디어 칠현금을 타기 시작했다.

"무공을 익히지 않은 분들은 배의 뒤쪽으로 피해서 귀를 막고 나머지 분들은 내공을 돋우어 몸을 보호하세요!"

도연랑은 첫 번째 칠현금의 음을 듣고 로노와르가 무슨 곡을 타려는지 예측하고는 주변에 있는 사람들에게 소리쳤다.

도연랑의 말에 시비들은 그 자리에서 가부좌를 틀고 앉아서 내공을 돋우어 몸을 보호하기 시작했고, 다른 이들 역시 그녀들의 행동이 예사롭지 않다는 것을 알고는 차례로 가부좌를 틀며 내공을 돋우어 나갔다.

뚱뚜두뚱뚱!

드디어 칠현금의 소리가 장강에 울려 퍼지기 시작했다.

마치 천상의 소리인 것처럼 느껴지는 금의 소리가 은은하게 울리자 사람들은 내공을 돋우며 몸을 보호하던 걸 멈추고는 그 음에 빠져들기 시작했다.

"아!"

"아름다운 금음이다……."

마치 천상의 선녀들이 부르는 노랫소리 같은 금음에 취한 이들은 자신들의 주위에 날아와 손짓하고 있는 선녀들에 이끌리고 있었으니, 환상의 선녀들이 손짓하는 것을 보며 따라간 사람들은 스스로 강물에 몸을 던지기 시작했고, 두 번 다시 물 위로 떠오르지 않게 되었다.

'무서운 음이다!'

도연랑은 사람들이 금음에 취해 물에 빠지는 것을 보며 식은땀을 흘렸다. 이 음은 로노와르가 직접 만든 곡으로 세이렌의 노래라고 했는데, 사람들로 하여금 환상에 빠져 스스로 죽음으로 향하게 하는 무서운 음이었던 것이다.

과거 도연랑은 로노와르가 비파로 켜는 이 음을 들은 적이 있었는데, 잠시의 시간이 지나서 깨보니 스스로 자신의 목에 칼을 가져가고 있었다.

음공에 대한 기초가 서지 않았을 때 로노와르가 대충 서장에서 있는 요물의 음을 흉내내어 만들었다고 하는 이 세이렌의 노래는 음공이라기보다 사공(邪功)이나 마공(魔功)이라 해야 할 정도로 사악한 면이 강했기에 사람들에게 주지시켰던 것이다.

만화전의 당주들은 이 음을 여인곡의 음공 중 이대마음(二大魔音)에 편입시킬 정도였는데, 장진천이란 자가 마음에 들지 않았는지 로노와르가 이 사악한 음공을 켜기 시작한 것이다.

장하파진으로 몸을 보호하고 있는 장진천은 아직 금음의 마력에 넘어가지는 않았지만 진세를 이루고 있던 자들 중 내력이 약한 이들은 벌써 마음이 흔들리는지 경련을 하고 있었고, 이윽고 한 사람이 더 이상을 견디지 못하고 진세를 벗어나기 시작했다.

"으하하하!"

갑자기 무엇이 그리 재밌는지 크게 웃기 시작한 녀석은 공중에서 무엇을 잡으려는 듯 허우적거리더니 허리에 차고 있던 칼을 뽑아서는 그대로 자신의 목을 잘랐다. 그 모습을 본 장진천은 크게 놀라지 않을 수 없었다.

'헉! 심신을 현혹시키는 음공이었군!'

음공에는 여러 가지가 있었는데, 첫 번째는 음 자체로 사람의 내장이나 사물을 공격하여 파괴하는 파쇄음공, 두번째는 현재 로노와르가 사용하는 것과 같은 현혹음공이 있다.

파쇄음공의 경우에는 느껴지는 기운만을 감지하여 피하면 되기 때문에 격공장과 다를 바가 없었지만, 현혹음공의 경우에는 그러한 기운을 감지한다고 해서 피할 수 있는 게 아니다.

소리가 들리지 않는 쪽으로 몸을 피하지 않는 이상 빠져나갈 도리는 없었기에 내공으로 몸을 보호하여 정신을 굳건히 하는 방법밖에 없는 것이다.

현혹음공의 경우에는 고수라 할 수 있는 자가 없었는데, 그만큼 파쇄음공에 비해서 현혹음공이 어렵기 때문이다.

하지만 여인곡에서 나온 로노와르의 경우에는 상당한 수준에 이르렀는지 장하파진을 뚫고는 사람들을 현혹시키기 시작한 것이다.

다행히 로노와르가 내력을 장하파진 쪽으로 보내고 있었기에 보통의 사람들에게 미치는 영향력은 많이 줄어들었지만 그 음공이 강해질수록 장하파진에 반사되어 흘러오는 음공의 영향이 커지기 때문에 이제 위험은 장진천뿐만 아니라 다른 사람들에게도 똑같이 다가오고 있었다.

"……."

도연랑을 비롯한 사람들은 더 이상을 견디지 못하겠다는 듯 신음을 내지르고 있었고 몇몇의 사람들은 참지 못한 채 도망가려고 일어서다음공에 사로잡혀 스스로의 목숨을 끊기 시작했다.

　로노와르의 음공이 계속되자 장하파진을 이루던 장진천의 부하들은 진세가 흐트러진 지 오래였기에 하나둘씩 스스로 목숨을 끊기 시작했다. 그는 더 이상을 참지 못하고는 자리에서 일어나 로노와르를 공격할 수밖에 없었다.

　"강풍파랑(强風波浪)!"

　내공을 돋운 장진천은 그대로 로노와르를 향해 자신의 비전절기 중 하나인 장강십팔장권(長江十八長拳)을 사용하여 그녀를 공격했는데, 자신의 정면으로 격공장이 날아오는 것을 눈치 챈 그녀는 금을 타는 것을 멈추고 가볍게 하늘로 날아올랐다.

　"헉! 능공허도(凌空虛渡)!"

　하늘로 날아오른 로노와르가 그 자세 그대로 하늘에 떠 있는 것을 본 장진천은 크게 놀라지 않을 수 없었다. 능공허도는 경공의 최상의 단계로 근 백 년 간 이 경지에 도달한 이는 없다고 해도 과언이 아니었는데, 여인곡의 계집이 이 경공의 최상의 단계를 연성했다는 것에 어찌 놀라지 않을 수 있겠는가.

　"경공의 대가라는 공공문의 문주조차 못하는 능공허도의 경지를 여인곡의 계집이……."

　도저히 믿어지지 않는 장진천이었지만 눈앞의 일은 현실이었다.

　한편 자신의 음을 방해받은 로노와르는 상당히 기분 나쁘다는 얼굴로 그를 쳐다보며 조용히 말했다.

　"한 소절의 금음도 참지 못하는 자가 감히 만화신녀의 몸을 노리려 했더냐!"

　날카로운 교성과 함께 그녀는 가볍게 칠현금을 퉁겼는데, 그 순간 엄청난 음파가 몰아치며 장진천을 공격해 갔다.

"파쇄음공이다!"

놀란 장진천은 급히 몸을 날려 로노와르의 공격에서 벗어났고, 파쇄음공은 그의 뒤에 있던 쌍용비선의 뱃머리에 충돌해 엄청난 폭음과 함께 터져 나갔다.

쿠구궁!!

"으악!"

단 한 번의 파쇄음공으로 쌍용비선은 뱃머리 앞부분의 삼 장 정도가 크게 파손되었기에 장진천은 정면으로 받지 않았음에 안도의 한숨을 내쉴 수밖에 없었다.

"흥!"

자신의 음이 빗나가자 로노와르는 천천히 하강해서 갑판 위로 내려왔고, 장진천은 식은땀을 흘리며 그녀를 경계하였다.

"초희야."

"예."

로노와르가 부르자 초희는 공손히 앞으로 다가와서 현목신금을 받고 뒤로 물러섰다.

"흥! 무림 서열 16위라는 자가 한낱 금음이 두려워 여인을 공격하다니 우습군요."

"음……."

뭐라고 말하고 싶었지만 일단은 자신이 패배했다고 인정할 수밖에 없기 때문에 장진천은 입술을 깨물며 물러섰다.

"이번엔 이 장 모가 패배를 인정할 수밖에 없구려. 하지만 그대가 장강으로 길을 택한다면 언젠가는 다시 만날 일이 있겠지요."

그렇게 말한 장진천은 몸을 날려 쌍용비선으로 올라갔고, 그의 모습을 보며 부하들도 차례대로 올라가기 시작했다.

"와아!!"

쌍용비선이 사라져 가자 사람들은 승리의 함성을 지르기 시작하며 열광을 하기 시작했다.

지금까지 쌍용비선에게 대항하여 살아 남은 이가 단 한 명도 없다는 것을 감안한다면 그들로선 구사일생이라고 할 수 있었기 때문이다.

하지만 이런 사람들의 환성에도 별로 감흥이 없는 듯 로노와르는 시비들과 함께 여객선의 특실로 자리를 옮겼다. 그녀의 활약에 무인들은 아무 말 없이 포권지례로 감사의 표시를 할 뿐이었다.

한편 예사롭지 않은 그녀의 솜씨를 본 후 차가운 눈매로 뒷모습을 쫓는 이가 있었으니 그는 뱃전에 앉아 쌍용비선이 나타났음에도 한 발자국도 움직이지 않았던 일본도를 지닌 삿갓을 쓴 무인이었다.

'예사롭지 않은 계집이……'

그가 알고 있는 강호의 정보엔 저와 같은 경공과 음공을 가진 여인이 있다는 정보는 없었기에 그는 이상하게 생각되지 않을 수 없었다.

그에게 정보를 주는 집단이 최고는 아니지만 저 수준의 인물을 놓칠 만한 정도는 아니었기 때문이다.

'방해가 될 싹이라면 미리 잘라 버려야겠지. 흐흐흐.'

음침한 웃음을 흘리며 로노와르를 암살할 생각을 한 삿갓의 무인은 다시 눈을 감고는 명상에 잠겼다.

한편 특실로 들어가고 있는 로노와르를 쳐다보며 식은땀을 흘리는 사람이 있었으니, 그는 관선을 도와준 청년 도인이었다.

잠깐 동안 삿갓의 무인이 내뿜은 살기에 크게 몸서리친 그는 또다시 일이 벌어지리라 생각하며 조용히 뱃머리로 걸어갔다.

그의 왼손은 허리에 차고 있는 검을 감싸 쥐고 있었다. 아무 일이 없음에도 왼손에 상당한 내력을 집중시키고 있는 것이 괴이하지 않을 수 없었다.

"현허 도장, 무슨 생각을 그렇게 하십니까?"

"아, 취개 어르신!"

청년 도인은 누군가 자신을 부르자 놀란 얼굴로 고개를 돌렸는데, 그곳에 개방의 장로인 취개가 있자 공손히 인사를 했다.

"어인 일이신지요?"

"허허허허, 이 거지가 잠시 강바람을 맞고 싶어 이렇게 나섰습니다."

"그러시군요."

취개의 말에 현허 도장이라 불린 청년 도인은 아무 일도 없다는 듯 다시 강변으로 시선을 돌렸다.

스치듯 지나가는 강의 저편에선 한 어부가 그물을 던지고 있는 모습이 보이는지라 현허는 과거의 생각이 났는지 입가에 미소가 어리워졌다.

"그러고 보니 현허 도장께선 어부의 아들이라 들었습니다만."

"아! 예, 저희 부친은 동정호에서 고기를 잡는 어부이셨지요."

현허는 취개의 말에 조용히 대답을 하고는 다시 작은 배에 타서는 힘들게 그물을 끌어당기는 어부를 보며 잠시 눈시울이 붉어졌다.

'아버지…….'

그 어부의 모습을 보며 이미 세상에 없는 부친을 생각한 현허 도장의 눈에선 작은 물방울이 떨어지고 있었는데, 그 모습을 본 취개는 아무 말도 없이 천천히 뒤로 물러섰다.

자신이 괜한 말을 하여 마음을 아프게 했다는 생각에 조금 미안한 맘이 있었지만 일단은 가만히 내버려 두는 것이 낫다고 생각했기 때문이다.

발 없는 말이 천 리를 간다는 속담처럼 쌍용비선의 수상무적 장진천이 여인곡의 여인에게 패했다는 소문은 빠른 속도로 강호에 퍼져 가기 시작했고, 이것은 장강의 질서에 큰 영향을 미치게 되었다.

지금까지 장강은 수상무적 장진천에 의해 거의 지배되었다고 해도 과언이 아니었지만, 그가 무너짐에 따라 총채주의 실력을 의심한 열여덟 명의 채주들이 조금씩 장강수로십팔채에서 자신들의 영역을 주장하기 시작한 것이다.

묘한 것은 이러한 상황에도 장진천이 전혀 수로채의 채주들에게 제재를 가하지 않고 있다는 것이었다.

예전대로라면 분명 쌍용비선이 반항하고 있는 수채를 풍비박산 내는 것이 보통인데, 왜 그는 자신에게 반항을 하고 있는 채주들을 가만히 내버려 두는가 하는 것이 강호에선 이슈가 되고 있었다.

이러한 소문이 점차 퍼져 나가면서 지금까지 장진천이 두려워 파사신검을 노리는 일에 참여하지 않은 인물들이 대거 장강으로 모여듦으로써 로노와르에겐 조금 귀찮은 일이 많아질 수밖에 없었다.

이러한 소문을 아는지 모르는지 그녀가 탄 배는 유유히 장강을 따라 내려가고 있었다.

쌍용비선이 물러난 지 3일째, 그녀가 타고 있는 배는 3일이란 짧은 시간에도 불구하고 20여 차례 이상의 작거나 큰 수적들에 의해 공격당했고, 많은 사람들이 쓰러졌기 때문이 포구에 들를 때마다 상당수의 승객이 내렸지만 그만큼 배에 올라타는 사람도 적지 않았다.

"그렇다면 파사신검을 이 배에 타고 있는 사람 중 한 명이 가지고 있다는 말이냐?"

"예, 그렇습니다."

"음……."

도연랑은 포구에 들러 잠시 정보를 입수한 후에야 왜 자신들이 타고 있는 배에 계속적으로 수적들이 습격하고 있는지 그 이유를 알 수 있었다.

관선이 운반하고 있던 파사신검, 그것이 이 배에 있는 승객 중 어느 한 사람이 비밀리에 운반을 하고 있다는 소문이 강호에 널리 퍼져 있었기 때문이다.

그중 가장 유력한 인물로 꼽히는 사람이 바로 로노와르 자신이었는데, 이것은 몇 가지 이유가 있었다.

첫째, 여인곡은 대대로 장강수로십팔채와 사이가 나쁜 것을 알고 있는데 왜 장강을 따라 여행을 하고 있는가였다. 물론 배 타고 유람이라도 할 겸 머무르고 있는 로노와르일 뿐이었다.

둘째, 여인곡에선 장진천과 대적할 만한 인물은 두세 명에 지나지 않는다는 것이다. 무림 서열 16위의 수상무적 장진천은 결코 가벼운 인물이 아니었음에도 불구하고 만화신녀는 그를 쉽게 물리쳤다고 전해지고 있었는데, 그러한 인물이 왜 십여 명도 안 되는 숫자로 비밀리에 장강을 건너고 있는가였다. 이러한 이유로 여인곡에서 모종의 임무가 있는 것이 아니냐는 것이 대두되었고, 이것은 그녀가 파사신검을 가지고 있다는 것으로 오인되어 버린 것이다.

셋째, 장진천이 쉽게 물러났다는 것이다. 수상무적 장진천이라면 장강에서 단 한 번도 노략질에 실패한 적이 없다고 알려져 있는 인물, 그가 단지 여인곡의 여인에게 패했다는 것으로 물러났다는 것은 도무지 이해가 가지 않는 일이었다. 이러한 일로 장진천과 여인곡 사이에 무슨 암거래가 있지 않을 것인가 하는 소문이 대두되고 있는 가운데 장진천이 관에 파사신검 운반의 대가로 상당한 금품을 제공받기로 약속했다는 소문까지 돌았다.

이런 말도 안 되는 소문이 널리 퍼지니 장강은 그야말로 혼란의 소용돌이 중심으로 바뀌어져 가고 있는 것이다.

포구에서 나온 배는 다시 장강을 따라 서서히 흘러가고 있었는데, 그때 한 척의 나룻배가 천천히 그녀가 타고 있는 배로 다가오고 있는 것을 볼 수 있었다.

"우와!"

사람들은 나룻배의 모습을 확인하고는 크게 놀라지 않을 수 없었다. 작은 나룻배에 타고 있는 사람은 단 한 명의 노인이었는데 그가 나룻배를 젓지 않음에도 서서히 강을 거슬러 올라와 배 쪽으로 다가오고 있었기 때문이다.

어느 정도 시간이 지나 나룻배가 여객선과 오 장 정도의 거리에 위치하자 그는 가볍게 발을 굴렀다. 그 순간 엄청난 높이로 치솟아 올라가더니 배의 갑판에 가볍게 착지했다.

"본노는 유홍이라 한다. 이곳에 내 제자를 쓰러뜨린 여아가 있다 들었는데 어디 있느냐?"

노인은 사람들을 보며 아무런 표정의 변화도 없이 중얼거리듯이 말했는데, 그 이름을 듣는 순간 다른 사람들은 모두 크게 놀라지 않을 수 없었다.

"장강어옹(長江魚翁) 유홍이다!"

장강어옹 유홍, 30년 전만 해도 장강을 지배하는 암흑의 지배자라고 알려져 있던 전대의 은거고수로 청죽으로 만든 낚싯대를 그 무기로 사용하는 인물이었다.

수상무적 장진천의 스승이라 알려져 있는 인물이니만큼 장강에서 그의 이름은 큰 비중을 차지하고 있다 할 수 있었는데, 그런 그가 장강의 소용돌이 속으로 뛰어든 것이다.

그때 사람들을 제치며 한 여인이 앞으로 나가서는 공손히 인사를 하며 말했다.

"신녀께서 유 대인님을 만나뵙고자 합니다. 안으로 드시지요."

"흠."

그 말에 잠시 헛기침을 한 유홍은 천천히 여인의 뒤를 따라 배 안의 선실로 들어갔다. 특실의 선실 안에선 한 여인이 면사를 쓰고 조용히 차를 마시고 있었는데, 그는 단번에 그녀가 자신의 제자를 쓰러뜨린 만화신녀라는 것을 알아챌 수 있었다.

"네년이 만화신녀더냐?"

"예."

"흥! 몸매 하나는 죽이는구나. 와서 술이나 한잔 따라라."

유홍은 마치 로노와르의 웃어른이라도 되는 것처럼 이야기하더니 털썩 의자에 주저앉았고, 로노와르는 시비에게 술을 가져오라 지시를 했다.

잠시 후 매화 향이 가득한 매화주와 간단한 안주거리가 준비되자 로노와르는 두 손으로 천천히 유홍의 앞에 있는 잔에 매화주를 따라주었다.

로노와르가 따라준 매화주를 한 번에 들이킨 유홍은 만족한다는 얼굴로 미소를 띠며 말했다.

"크크크, 재밌는 아이로구나. 그래, 잠시 이곳에 머물고 싶은데 괜찮겠느냐?"

"예."

"음… 좋아좋아."

이렇게 해서 장강어옹 유홍은 로노와르 일행과 같이하게 되었다. 하지만 그가 왜 그녀에게 접근했는지는 아무도 알 수 없었고, 로노와르 또한 왜 그에게 이렇게 다소곳하게 대접을 하는가는 의문이지 않을 수 없었다.

현허 도장은 이날도 아무 말 없이 강변을 바라보며 사색에 잠겨 있었는데 그때 한 노인이 천천히 그에게로 걸어오기 시작했다.

"헉!"

그 순간 무엇인가 알 수 없는 강한 기운을 느낀 현허 도장은 급히 몸을 날려 옆으로 피했는데, 그 모습에 노인은 클클거리며 웃음소리를 내더니 말했다.

"아직 멀었구나."

"……."

현허는 그가 나룻배를 타고 배로 올라선 장강어옹이라는 노인인 것을 알고는 가볍게 포권을 하며 말했다.

"선배님께 인사드립니다."

"선배는 무슨 선배."

그의 인사에 말도 안 된다는 듯이 대꾸를 한 유홍은 천천히 뒤로 돌아 걸어가더니 중얼거리듯 내뱉었다.

"태극의 조화를 알지 못하고 양으로만 흐르니 네 앞길은 멀기만 하겠구나."

그 순간 현허는 무슨 충격이라도 받은 듯이 흠칫했지만, 금세 마음의 고요를 찾고는 천천히 고개를 돌려 강변을 바라보며 사색에 잠겼고, 유홍은 미소를 지으며 천천히 물러섰다.

멀리서 이 모습을 보고 있던 취개는 장강어옹이라는 거물이 왜 현허에게 관심을 가지고 있는지 궁금하지 않을 수 없었지만, 지금은 그럴 시간이 아니라는 생각에 고개를 젓고 근처 갑판에 주저앉아서는 술을 마시며 사태의 추이를 지켜보았다.

개방에서 들어온 정보에 따르면 사파의 거두들이 대거 장강으로 모여들고 있는 시점, 그들 중에는 수상무적 장진천과 버금갈 정도의 고수들도 있으니 지금부터가 이 여행의 가장 위험한 시점이라는 것을 알 수 있었다.

목적지까지의 거리가 약 일주일 정도 남자 배 안의 공기는 써늘하게 변해가기 시작했다. 이들 중에는 파사신검을 노리고 숨어든 인물이 있는가 하면, 그 검을 지키기 위해 온 자들도 있었기에 서로 간의 경계가 써늘한 기운을 만들어가고 있었던 것이다.

로노와르로선 자신을 노리지 않는다고 생각하는 인물이 그렇게 많지 않았다.

첫째, 개방의 취개와 나머지 개방의 인물들로 그들은 정파의 인물로서 함부로 자신에게 실수를 가하려 하지 않는 것을 알 수 있었다. 하지만 아직 그들의 속셈이 무엇인지 간파하지 못한 그녀로선 함부로 상대를 믿을 수가 없었다.

둘째, 현허 도장이라는 도인으로 그에겐 사심이란 것이 전혀 보이지 않았고, 거의 매일을 갑판 위에서 강변을 보며 사색에 잠겨 있는 인물인 것을 알기에 그가 파사신검을 노리는 인물이 아니라는 것을 어느 정도 느낄 수 있었다.

셋째, 사천당가의 당삼랑으로 그녀의 고모가 여인곡의 시비로 있는 만큼 아군이라고 볼 수 있었다.

넷째, 장강어옹 유홍, 그는 무슨 연유가 있어 이곳으로 오긴 했지만 파사신검을 노리는 것은 아니었다. 그의 실력이라면 배 위에서만큼은 장진천을 압도한다고 말할 수 있었지만 단 한 번도 로노와르에게 해를 끼치려 하지 않았기 때문이다.

이들을 제외한다면 로노와르에겐 모든 이가 적이라고 해도 과언이 아니었는데, 목적지에 도착해 감에 따라 천천히 그들의 발톱이 드러나기 시작했다.

"차앗!!"

한밤중 로노와르와 여인곡의 여인들이 잠을 청하고 있을 때 어둠 속에서 기합 소리와 함께 날카로운 병장기가 특실의 벽을 부수고는 쇄도해 들어왔다.

다행히 이미 눈치 채고 있던 로노와르는 가볍게 녀석들의 병장기를 피할 수 있었는데, 주변에 모여 있는 숫자들이 상당히 많음에 조금 귀찮아졌음을 알 수 있었다.

그중 가장 거대한 기운은 삿갓을 쓴 일본도를 들고 있는 자였지만,

그는 이들과는 다른 것을 생각하고 있는지 그가 향하고 있는 방향은 로노와르가 있는 곳이 아니었다.

"흥! 이제야 이빨을 드러내는군."

자신들의 방을 습격해 온 자들에게 코웃음을 친 로노와르가 가볍게 허공을 향해 십여 번의 장을 시전했는데, 그 순간 주변에 있던 자들이 큰 충격을 받고는 퉁겨져 날아갔다.

"격공장이다! 공격해라!!"

로노와르의 격공장으로 고수들은 자신들의 병장기를 들고는 공격하기 시작하니, 드디어 무림사에 길이 남을 장강칠일혈로(長江七日血路)의 서막이 올라갔다.

"신녀님을 보호하라!"

로노와르의 시비들은 자신들의 무공을 사용하여 신녀를 공격하는 사람들을 쓰러뜨리니 어둠 속에서 그들이 타고 있는 배는 피로 뒤덮여 갔다.

다행히 아직까지는 그리 강한 인물들이 보이지 않았지만, 그 숫자는 도대체 끊어질 기미를 보이지 않고 있었다.

"난화십팔검무(蘭花十八劍舞)!!"

근처에 있던 검을 주워 든 로노와르는 병장기를 뽑아 들고 있는 자들을 향하여 여인곡의 검술 중 하나인 난화십팔검무를 사용해서 앞으로 쇄도해 들어가기 시작했다.

난화십팔검무는 여인곡의 많은 검술 중 그 초식이 가장 화려하다고 알려진 검법으로 검의 움직임이 마치 난을 보는 듯하다 하여 붙여진 이름이다.

부드러운 호를 그리는 듯한 난의 형태와 같이 사방으로 검의 선이 그러지자 로노와르를 압박하여 들어가던 자들은 모두 혈선을 그리며 나가떨어졌고, 그녀의 검술에 공격하던 자들은 흠칫 놀라며 뒤로 물러서지 않을 수 없었다.

선실 내에서 싸우는 것은 공간이 좁은 관계로 초식을 힘껏 사용하기가 어려웠지만, 그런 것이 많은 이들을 상대로 싸우는 여인곡의 여인들에게 이점으로 작용하고 있었다.

반 시진 정도의 시간이 지나자 선실 내로 급습해 들어왔던 많은 무인들은 모두 명부에 기재되어 버린 신세가 되어 있었고, 로노와르의 시비들은 숨을 헐떡이며 사방을 경계하고 있었다.

"도연랑!"

"예!"

"갑판으로 나가자!"

로노와르의 명령을 받은 도연랑은 여인들에게 지시하여 빠른 속도로 선실을 나서는 로노와르가 불편하지 않도록 갑판에서 기다리고 있는 자들을 청소하기 위해 뛰어나갔다.

아니나 다를까, 선실의 출구에선 수십 명의 사람들이 병장기를 들고 안에 있던 사람이 나오기를 기다리고 있었는데, 그것을 보며 도연랑은 품에 있던 암기를 꺼내어서는 비파의 현을 사용하여 사람들을 향해 뿌렸다.

"비파산화(琵琶散花)!!"

비파를 이용한 암기술인 비파산화가 도연랑의 손에서 펼쳐지자 수십 개의 침이 사방으로 날아갔다.

"끄아악!!"

도연랑의 암기에 당한 사람들은 비명을 지르며 나가떨어지니, 단 한 번의 비파산화에 쓰러진 자의 숫자는 수십을 넘어서고 있었다.

그만큼 갑판에 있던 자들의 숫자는 정원 초과라 할 수 있었으니, 도연랑과 나머지 여인들이 밖으로 나간 후에 끔찍한 모습을 볼 수 있었다.

갑판에는 도저히 할 말이 없을 정도의 많은 사람들의 시체가 쌓여 있는 것은 물론이요, 아직도 작은 나룻배 같은 것으로 많은 사람들이 배로 오르고 있었으니 시체의 무게에 배가 침몰되는 것은 시간문제라 할 수 있었다.

주위를 돌아보니 아직도 많은 사람들이 싸우고 있었는데, 개방의 인물들의 경우에는 거의 대부분이 죽임을 당해 남은 것은 취개 한 사람뿐이었고, 그 외에는 로노와르가 전에 눈여겨보았던 사람들만이 그들과 싸우고 있었다.

도연랑은 고개를 돌려 주위를 살펴보았는데, 그 순간 크게 놀라지 않을 수 없었다.

한쪽에 자신들을 습격해 온 자들의 시체가 산더미처럼 쌓여 있었는데, 그 옆에서 삿갓을 쓴 남자가 여유롭게 술을 마시고 있었기 때문이다.

시체의 무더기 주위로는 아직도 많은 사람들이 서 있었지만, 그들은 그의 신위가 두려운지 함부로 다가서지 못하고 있었다.

"도 언니! 조심하세요!"

그의 정체가 무엇일까 생각하고 있던 도연랑은 갑작스런 초희의 말에 크게 놀라서는 옆을 돌아보았고 그 순간 어깨에 큰 상처를 입고 말았다.

"꺄악!!"

다행히 초희가 소리를 질러 목숨까지 위태롭지는 않았지만, 그녀는 왼쪽 어깨에 큰 상처를 입고 들고 있던 비파를 떨어뜨리고 말았다.

"월광산화각(月光散花脚)!"

어깨를 베인 도연랑은 급히 몸을 눕히고는 그대로 각법을 펼쳐 자신에게 칼을 휘두른 자를 공격하여 강물로 날려 버렸다.

"큭……."

하지만 어깨의 상처가 조금 깊었는지 도연랑은 더 이상 버티지 못하고 주저앉았다. 그런 기회를 포착하자 다섯 명의 사내가 병장기를 휘두르며 쇄도해 들어왔다.

"금린휘하(金鱗輝河)!"

도연랑은 죽겠구나 생각하고는 눈을 감고 말았는데, 그때 우렁찬 한 노인의 목소리가 터져 나오더니 도연랑의 주위에 부드러운 바람을 일으켰다.

"아!"

때가 되어도 아픔이 다가오지 않자 눈을 뜬 도연랑은 주변의 모습에 크게 놀라지 않을 수 없었는데, 자신을 공격하던 자들이 목에 상처를 입고 쓰러져 있었기 때문이다.

"장강어옹 어르신!"

자신을 구해준 사람을 본 도연랑은 그가 장강어옹이란 것을 알고는 소리쳤는데, 그는 시큰둥한 얼굴로 주위를 보며 말했다.

"서장의 계집이 데리고 다니는 아이라 눈여겨보았더니 이런 하찮은 무리들에게 상처나 입고… 쯧쯧, 나중에 이 노부에게 술이나 사도록 해라."

"예, 어르신."

장강어옹의 말에 도연랑은 미소를 지으며 고개를 끄덕였는데, 상처가 심해서인지 피가 끊이질 않고 흘러내리고 있었다.

그것을 본 장강어옹은 탄지신공을 사용하여 피가 더 이상 흐르지 않게 그녀의 혈도를 점한 후 옷을 찢어서는 팔에 묶어주었다.

"여기 앉아서 잠시 운기조식이나 하도록 하여라."

"예… 아!"

도연랑은 그의 말에 고개를 끄덕이고는 운기조식을 하려고 했는데, 그때 달빛에 비추어지는 장강어옹의 모습을 보고 크게 탄성을 내뱉었다.

마치 천신과 같은 그의 모습은 너무나 의젓하여 신장(神將)을 보는 듯했기 때문이다.

"무엇을 그리 멍청히 보는 게냐?"

"아, 아닙니다."

장강어옹의 말에 도연랑은 얼굴을 붉히고는 고개를 내저으며 운기조식에 들어갔는데 가슴이 콩당콩당 뛰는 것이 아무래도 심마가 깃든 듯했다.

'내가 왜 이러지……'

눈을 감으면 떠오르는 멋진 장강어옹의 모습, 그의 나이가 일백이 넘어섰다는 것을 아는 도연랑이었지만 왠지 사랑에 빠진 듯했다.

한편 자신을 제외한 홍련칠화가 갑판으로 나가서는 밖을 어느 정도 정리하자 로노와르는 천천히 발걸음을 옮겨 갑판에 그 모습을 드러냈는데, 사방에 워낙 시체가 많아 걸어다닐 정도의 길을 제외하곤 여기저기 쌓여 있는지라 조금 기분이 나빠질 수밖에 없었다.

"흥!"

시체를 보고 있을 마음이 없는 로노와르는 가볍게 손을 내저었는데, 그 순간 엄청난 강풍이 일면서 갑판의 시체들이 모두 강물로 떨어져 버렸다.

시체들이 강물로 떨어지자 배는 솟구쳐 올라갔다. 그것은 로노와르가 뒤 갑판에 있는 시체들을 모두 던져 버렸기에 앞 갑판에 있는 시체의 무게 때문에 배가 들리고 있는 것이다.

"귀찮아 죽겠구나, 계집아!"

장강어옹은 가만히 놔두면 배가 뒤집힐 것 같자 로노와르에게 호통을 치고는 자신 역시 앞 갑판의 시체 더미를 향해 장풍을 내질렀고 갑판의 시체가 모두 떨구어지자 배는 금세 안정을 되찾았다.

이 두 사람의 장풍으로 인해 살아 있는 사람 역시 많은 수가 장강으로 떨어졌기에 갑판의 싸움은 잠시 동안 소강 상태에 들어갔다.

"도대체 이게 무슨 일이지요?"

사천당가의 당삼랑은 난데없이 벌어진 한밤중의 혈투를 보며 피투성이가 된 몸으로 취개에게 물었다.

취개는 고개를 내저으며 호리병의 술을 들이킨 채 말했다.

"아무래도 대사련(大邪聯)이 파사신검을 노리고 선발대를 보낸 것 같구나!"

"대사련!!"

대사련은 말 그대로 중원의 사파들이 모여 만든 연합체였다. 강호 오대사파 조직이 중심이 되어 만들어졌다. 아홉 개의 당을 제외하고도 그 연합의 문도 수가 십수만을 헤아리고 있었기 때문에 정파의 무림맹에서도 함부로 건드리지 못하는 집단이었다.

로노와르 역시 대사련에 대해선 어느 정도 알고 있는지라 고개를 끄덕였다.

이 밤을 틈타 습격해 온 자들의 숫자는 수백을 헤아렸는데, 그 정도의 사람들이 죽고서도 포기하지 않고 계속 사람들을 보낸다는 것은 수적들에게는 조금 어려운 일이었기 때문이다.

이 소강 상태에서 사람들은 모두 로노와르와 장강어옹의 곁으로 모여들기 시작했는데, 단 한 사람 일본도를 든 삿갓의 고수만은 배 갑판의 오른쪽에서 조용히 술을 마시며 달빛을 구경하고 있었다.

사방에서 모여든 나룻배에서 계속적으로 사람들이 몰려와 올라오고 있었지만, 그가 있는 오른쪽의 갑판에서만큼은 단말마의 비명도 지르지 못한 채 사람들이 쓰러져 가고 있었기에 고요하다고밖에 표현할 수 없었다.

"엄청난 쾌검이로군."

장강어옹은 비명도 못 지르게 목을 따버리는 그의 검술을 보며 감탄하는 듯 말했는데, 그런 와중에 또다시 갑판 위로 수십 명의 사람들이 모습을 드러내며 일행들을 공격하기 시작했다.

"저들이 배를 침몰시키지는 않을까요?"

당삼랑은 그들이 배를 침몰시키지 않을까 걱정했는데, 그 말에 취개는 고개를 저으며 말했다.

"저들이 목적하고 있는 것이 우리에게 있는 한 그런 일은 없을 것이다."

"음……."

아무리 수공에 뛰어나다고 해도 배가 침몰되어 파사신검이 강물로 사라진다면 그들로선 쉽게 찾을 수 없는 일이기 때문이다.

취개의 말을 알아들은 당삼랑은 암기 주머니를 살펴보았는데, 암기는 백여 개 정도밖에 남아 있지 않은지라 나중을 위해 남겨두기로 하고는 근처에서 검 한 자루를 들어서 다가오는 적들을 상대하기 시작했다.

이러한 치열한 혈전은 동이 틀 때까지 이어졌다.

해가 동쪽에서 점차 그 모습을 드러내자 사방에서 푸른색의 불꽃이 솟아 올라왔고, 그것을 보며 수많은 나룻배들이 서서히 로노와르가 타고 있는 배에서 멀어져 가기 시작했다.

"휴!!"

당삼랑은 대사련의 공격이 끝나자 지쳤다는 듯이 자리에 주저앉고는 사방을 둘러보았다.

지금까지 배를 조종하고 있는 수부들은 거의 대부분이 목숨을 잃거나 강으로 달아난 후였기에 배에 타고 있는 자들은 그리 많지 않았다. 해서 현재 배에 수부라고는 단 한 명도 존재하지 않은 채 강으로 흘러가고 있는 상황이었다.

여인곡의 경우 로노와르를 포함한 홍련칠화는 모두 살아 있었지만 가마를 드는 네 명의 여인들 중 두 사람은 절명을 했고 한 사람은 팔이 잘리는 중상을 입었다. 홍련칠화 역시 세 사람이 큰 부상을 입고 있었는데 도연랑의 상처가 가장 크긴 했지만 거동에는 큰 무리가 없는 듯했다.

배에 타고 있던 개방의 인물들은 취개를 제외하고는 모두 죽었고, 정파의 많은 이들도 거의 대부분이 죽임을 당하여 이제 남은 사람은 스무 명 남짓밖에 되지 않았다.

그 피비린내 나는 한밤의 혈투에서 살아남았다는 것만으로도 그들은 상당한 능력을 지닌 고수들임을 말하고 있는 것이다.

"휴……."

목숨을 부지한 것이 다행이란 생각에 당삼랑은 크게 안도의 한숨을 쉬었는데, 그녀의 옆에 홍련칠화의 한 사람이자 그녀의 고모인 당미가 다가와서는 조용히 환단을 하나 내밀었다.

"고모님……."

"이것을 먹고 운기조식을 취하도록 해라."

"예."

역시 한집안 사람이라는 생각에 당삼랑은 고개를 끄덕이고는 환단을 먹고 운기조식을 취했다.

"현허 도장께선 괜찮으십니까?"

"예, 취개 어르신."

현허는 마른 피가 덕지덕지 붙어 있는 검을 기름 먹인 천으로 닦아내고는 천천히 검집에 집어넣었다.

그리고는 천천히 시체들의 곁에 가서 무엇인가를 중얼거리고는 강물로 집어 던져 넣기 시작했다.

"재수없는 녀석, 중도 아닌 것이 염불을 외우기는……."

장강어옹은 그가 중얼거리는 소리를 들었는지 욕을 한마디 해준 뒤 낚싯대를 강에 드리운 채 중얼거렸다.

"장강이 피를 머금으니 살찐 녀석들이 낚이겠구나."

그 말에 선무낭자 소심랑은 비위가 쏠린다는 듯이 잠시 입에 손을 가져가서는 급히 장강어옹의 곁에서 도망치듯 사라졌다.

"빌어먹을 계집년. 시체를 뜯어먹든, 변을 뜯어먹든 장강의 물고기들은 네년의 입으로 들어간다는 것을 왜 모르느냐."

소심랑을 탓하는 듯 말하는 장강어옹의 말에 재밌는 노인을 만났다고 생각한 로노와르는 입가에 미소를 지을 수밖에 없었다.

언제 가져왔는지 모르게 도연랑은 그런 장강어옹의 곁으로 가서는 조용히 술잔에 향기로운 매화주를 따랐는데, 잔을 받아 매화주 한 잔을 마신 그는 좋다는 듯이 크게 웃음을 터뜨렸다.

로노와르는 남아 있는 사람을 보며 잠시 생각에 잠겼다. 강호에 돌고 있는 소문은 자신이 검을 가지고 있다고 알려져 있지만 실제로 그런 검은 구경도 못해봤기 때문이다.

하지만 대사련과 같은 거대 조직이 아무런 근거 없는 소문에 대규모의 사람을 파견할 리는 없기 때문에 그 소문이 전부 진실은 아니지만 어느 정도 타당성은 있을 것이란 생각이 든 것이다.

남아 있는 사람들을 돌아보며 로노와르는 한 명씩 용의자를 추려보기 시작했다.

'장강어옹의 경우에는 검에는 전혀 관심을 가지고 있지 않다. 오히려 나에게 무슨 볼일이 있다고 보는 것이 나은 것 같고. 개방의 취개 역시 검을 가지고 있다고 보긴 어렵다. 그리고 당삼랑의 경우에는 검을 노리고 왔다고 하기엔 무공이 너무 떨어진다. 그렇다면 용의자는 두 사람으로 압축할 수 있겠군.'

로노와르가 생각하는 용의자는 바로 삿갓을 쓰고 있는 의문의 무사와 도인의 복장을 하고 있는 현허 도장이었다.

일본도를 가지고 있는 무사의 경우에는 그 무공이나 행동 모두 어딘가 수상해 보이고 있었고, 현허 도장 역시 이런 피비린내 나는 혈전에 끝까지 남아 있다는 것이 조금 수상해 보였다.

거기다가 검을 보호하기 위해 나서고 있다고 생각되는 취개가 현허 도장에게 상당한 관심을 보이고 있었기에 그를 의심하지 않을 수 없었다.

하지만 두 사람 다 파사신검을 가지고 있는 모습은 볼 수 없었다. 의문의 무사의 경우에는 아무런 짐도 없이 일본도 하나만을 들고 있고, 현허 도장 역시 허리에 차고 있는 검 이외에 다른 병장기는 가지고 있지 않았기 때문이다.

이들 외에 신분을 알 수 없는 몇 명의 남자들이 더 남아 있었지만, 그들이 지금까지 살아남았다는 것을 보면 어느 정도 무공에 일가견이 있기는 하지만 그렇다고 고수라고 보기에는 좀 부족한 면이 있는 사람들이었기에 제외할 수밖에 없었다.

무림 전체가 노리고 있는 검을 실력없는 자에게 운반하게 하지는 않았을 것이란 생각 때문이었다.

강호에서 자산이 파사신검을 가지고 있다고 생각하는 이유도 그 무공 때문이기에 그런 심증은 더욱 굳어졌는데, 옆을 돌아보니 도연랑의 모습이 심상치가 않았다.

'저것이 왜 저러는 거지?'

보통 때 같으면 자신의 곁에서 명령을 기다리고 있을 아이가 장강어옹의 옆에 앉아서 시간을 보내고 있었기 때문이다.

'설마?'

하지만 로노와르는 이내 고개를 젓고 말았다. 도연랑의 현재 나이는 21세, 이에 반해 장강어옹은 백 살이 넘었다고 알려져 있는 인물인데 다섯 배 이상 차이나는 이에게 연정에 빠졌다고는 믿을 수가 없었기 때문이다.

이런 이유로 로노와르는 수상무적 장진천에게 반하여 그의 스승인 장강어옹에게 잘하는 것이리라 생각할 수밖에 없었다.

장진천의 나이가 마흔이 넘었다고는 하지만 고수의 경우에는 노화가 늦기 때문에 얼핏 봐선 삼십 대 정도로밖에 보이지 않기 때문이다.

또 무림인의 경우에는 3, 40살 차이가 나는 일은 정략결혼 등으로 흔히 있어왔던 일이기에 로노와르는 이참에 장강수로십팔채의 총채주인 장진천과 도연랑을 엮어서 양 세력 간에 관계 개선을 해보는 것이 어떨까 하는 생각도 들었다.

하지만 정작 당사자는 다섯 배나 나이 차이가 나는 장강어옹을 사모하고 있었으니 일이 어떻게 풀릴지는 알 수 없는 일이었다.

선원이 모두 죽거나 달아나 버린지라 배에 탄 사람들만으로 배를 조종할 수밖에 없지만 장강에서 뼈가 굵은 장강어옹이 사람들에게 지시하고 있었기에 배는 천천히 장강의 하류를 향해 나아가고 있었다.

저녁이 되어 강 저편으로 보이는 산으로 서서히 태양이 져가며 석양이 지자 드디어 대사련의 배들이 하나둘씩 그 모습을 드러내기 시작했다.

도대체 저 많은 배들은 어디서 구했는지가 의심이 가는 로노와르였다.

"어디 그 작은 나룻배로 얼마나 버티나 구경이나 해볼까."

재밌는 생각이 든 로노와르는 입가에 미소를 짓고 천천히 마법의 주문을 외우기 시작했다.

"컨트롤 웨더!"

로노와르의 주문이 끝나자 저녁의 하늘 위로는 검게 먹구름이 몰려오기 시작했다.

"응? 나도 늙었나 보군."

마법의 힘이라는 것을 모르는 장강어옹은 갑자기 하늘 위로 먹구름이 짙게 깔리기 시작하자 천기(天氣)를 보는 자신의 눈이 조금 떨어졌다고 생각할 수밖에 없었다.

잠시 후 장강은 엄청난 폭우로 인해 큰 파랑이 일어나기 시작하며 일대를 뒤흔들기 시작했다.

이 엄청난 폭우에도 파사신검에 대한 욕심을 버리지 못하는지 많은 수의 배들이 뒤집히는 가운데에서도 사람들은 로노와르가 타고 있는 배로 밀려오고 있었기에 로노와르는 인간의 욕심이라는 것에 혀를 내두를 수밖에 없었다.

"크하하하! 하늘마저 나를 돕는구나!!"

수많은 사람들이 배로 올라오다 지키고 있던 사람들의 검의 먹이가 되어 장강으로 사라져 갈 때 로노와르가 타고 있는 배와 거의 비슷한 크기의 배가 접근하고 있었는데, 배의 앞머리에는 머리를 길게 늘어뜨린 미친 사람 같은 남자가 폭우를 향해 두 손을 들며 앙천대소하고 있었다.

"대사련의 우광자(雨狂者) 요파산이다!"

"우광자?"

사람들의 외침에 그가 비에 미친 자라는 명호를 가졌다는 것을 알게 되자 왜 하늘이 그를 돕는지 이해가 간 로노와르였지만 이 비는 자신이 내린 것이기 때문에 애석하게도 요파산의 하늘은 로노와르가 되는 순간이었다.

요파산은 선원들에게 지시해서는 엄청난 파도가 치는 장강에서 서서히 배를 접근시키기 시작했는데, 장강어옹은 그 모습을 보며 혀를 내두를 수밖에 없었다.

"죽으려고 작정을 했구나. 이런 와중에 배를 붙이려고 하다니 말이야."

높은 파도로 인해 배의 조종조차 어려운 판국에 두 척의 배를 가까이 붙였다간 서로 부딪쳐 침몰할 수도 있었기 때문에 장강어옹은 그가 정말 미쳤다고밖에 생각할 수 없었는데, 애석하게도 요파산이 타고 있는 배의 선원들은 베테랑인지 배를 이 장 정도의 거리까지 붙이는 데 성공했다.

배가 가까이 붙자 갑판으로 수십 명의 사람들이 나타나서는 갈고리를 던져 배를 가까이 끌어당기기 시작했고, 어느새 두 배는 서로 나란히 붙어서 폭우를 따라 장강을 내려가기 시작했다.

심한 폭풍으로 인해 배가 흔들리면서 두 배가 맞닿아 있는 곳은 심하게 파손되어 가고 있었지만 요파산에게 그런 것은 아무런 상관이 없는지, 천천히 경공을 사용해 로노와르가 타고 있는 배로 착지해서는 귀신같이 산발한 머리를 뒤로 넘겨 얼굴을 드러냈다.

날카로운 눈매에 뭉툭한 코, 얼굴 가득한 검상은 폭우 속에 나타난 지옥의 야차가 아닐까 의심이 가게 할 정도의 얼굴이었기에 사람들은 조금 거북할 수밖에 없었지만, 그는 오히려 그런 것이 자랑인지 볼에 있는 상처를 쓰다듬으며 중얼거렸다.

"여인곡 계집들의 피를 마신 지도 상당히 오래된 듯하군… 흐흐흐."

"응? 피를 마셔?"

그의 말에 로노와르는 의문을 표했는데, 어느새 장강어옹의 곁에서 빠져나온 도연랑이 그녀에게 조용히 요파산에 대해서 설명하기 시작했다.

"우광자 요파산은 평상시에는 여느 무인들과 다를 바가 없지만 비가 내리는 날 만큼은 마치 광인처럼 행동한다고 알려져 있습니다. 그런 그의 기행 중 하나는 우중에 살인을 하면 그 피를 빤다고 전해지고 있는데, 과거 여인곡의 감찰전주가 저자의 손에 죽임을 당해 온몸의 피를 빨린 적이 있습니다.”

“홍! 뱀파이어도 아닌 녀석이 맛도 없는 피는 왜 빤데?”

어처구니없는 기행을 저지르고 다니는 요파산을 보며 콧방귀를 뀐 로노와르는 검을 들어서 그를 겨누며 말했다.

“야이 미친놈아! 정신 차리고 집에나 가서 마누라 뒤치다꺼리나 하라고!”

“…….”

“크하하하하!!”

고결하게 보이기까지 하는 로노와르의 입에서 막말이 나오자 좌중은 조용해질 수밖에 없었다.

하지만 요파산은 그녀의 도발에도 아랑곳하지 않고 크게 웃고는 말했다.

“네년같이 당돌한 계집은 처음 보는구나. 어디 그 피 맛 좀 보자!”

말이 끝남과 동시에 그는 빠른 속도로 로노와르에게 쇄도해 들어왔다. 꽤 실력이 있는 인물로 보이는지라 로노와르는 강호의 무공이라는 것을 견식이나 해볼 겸 자신 역시 검을 들고는 그를 향해 쇄도해 들어갔고 두 사람은 접전을 벌이기 시작했다.

우파산의 절기는 비가 오고 있는 곳에서 그 위력이 두 배 이상으로 변한다고 알려져 있는 우살권(雨殺拳)이었다.

그가 한번 권을 내지를 때마다 하늘에서 내려오던 빗방울에 경력이 담겨지며 마치 암기라도 되는 것처럼 로노와르의 각 요혈을 공격해 들어왔는데, 놀랍게도 그 빗방울은 로노와르의 몸에 닿기도 전에 산산이 부서져 버리고 있었다.

"호신강기(護身剛氣)!!"

우파산은 로노와르의 내공이 자연적으로 호신강기를 일으킬 정도라는 것을 깨닫고는 크게 놀라지 않을 수 없었다.

자연적으로 외부의 타격에 호신강기가 발현되려면 적어도 오기조원의 경지를 넘어서야 가능한 단계이기 때문이다.

오기조원의 경지에 도달했다면 결코 얕볼 계집이 아니라고 생각한 우파산은 빗줄기를 이용한 타혈 공격을 멈추고는 자신의 내공을 십성 이상으로 끌어올렸다.

지금 같은 폭우라면 우살권은 평상시보다 세 배 이상 강해졌을 것이 분명했기에 호신강기마저 부술 수 있었다.

우파산이 오른쪽 주먹을 내뻗자 하늘에서 내려오던 비가 그의 주먹으로 빨려 들어가기 시작했는데, 주먹의 주위는 경력으로 회오리바람이 만들어지고 있었기에 놀라지 않을 수 없었다.

"크크크, 네년의 호신강기가 얼마나 버틸 수 있는지 구경이나 해보자꾸나! 우살십팔연권(雨殺十八連拳)!!"

우파산은 로노와르의 이 장 정도 앞에서 드디어 자신의 비전절기를 날리기 시작했다. 평상시에는 권풍조차 일지 않는 우살십팔연권은 비가 오면 그 위력이 달라지는데 그것은 바로 권강이 생성되기 때문이다.

엄청난 회오리와 함께 주먹의 권강이 수십 개로 분화되어 로노와르를 향해 날아갔고, 배는 그의 권강에 의해 산산이 부서져 나가기 시작했다.

다행히 배의 밑 부분까지 파괴된 것은 아니기에 가라앉지는 않았지만 갑판과 돛 같은 것은 권강에 견디지 못하고 부서져 폭우의 돌풍에 장강으로 날아가고 있었다.

"흥!"

이렇게 계속 녀석의 권강을 피하기만 하다가는 배가 침몰될 것이란 생각이 들자 로노와르는 검에 내력을 불어넣기 시작했다.

"한빙신공(寒氷神功)!!"

로노와르의 한빙신공이 검에 주입되자 검의 주위에는 차가운 한기가 몰아치기 시작했고 하늘에서 내려오는 빗줄기는 순식간에 얼음이 되어 갑판에 박히기 시작했다.

"차앗!!"

로노와르는 녀석의 권강을 대항하고자 음공 중의 하나인 한빙신공을 운기하여 자신 역시 검강을 날리니, 두 강기가 서로 맞부딪치자 엄청난 기의 충돌 소리로 일대에 난데없이 큰 눈보라가 몰아치기 시작했다.

비가 내리는 가운데 비를 담고 있는 우파산의 권강이 로노와르의 차가운 검강과 부딪치면서 산산이 부서졌고, 그 차가운 기운은 순식간에 공기 중의 습기를 얼려 눈으로 만들어 버린 것이다.

엄청난 눈의 돌풍이 일대를 휘몰아치고 잠시 시간이 지나자 사람들은 두 사람의 모습을 볼 수 있었다.

"헉!"

"우중무적 우광자 요파산이 패했다!"

로노와르와 강기를 맞닥뜨린 요파산은 권강을 날리는 그 자세로 꽁꽁 얼어버려 죽고 말았으니, 비가 내리는 날에 그 상대가 없다고 알려져 있는 요파산은 그를 돕는 하늘이란 존재인 로노와르에게 죽고 만 것이다.

대사련의 간부급 되는 요파산이 죽임을 당하자 대사련의 무사들은 크게 놀라며 도망가기 시작했다. 오늘 밤 대사련의 총지휘자는 우광자 요파산이었던 것이다.

"이 배는 더 이상 사용할 수 없다. 요파산이 가지고 온 배를 빼앗도록 하자!"

장강어옹은 자신들이 타고 온 배가 요파산의 권강에 의해 크게 파손되어 이 폭우에는 견디기 어려울 것이라 생각하며 요파산의 배로 뛰어들어서는 소리쳤고, 나머지 사람들도 배로 뛰어들며 대사련의 무사들을 베어서는 강으로 떨어뜨려 나갔다.

장강어옹의 외침을 들은 로노와르 역시 경공을 사용하여 배를 바꾸어 타려고 했는데, 그 순간 뒤에서 섬뜩한 느낌이 들기 시작했다.

"끄아악!!!"

"요파산!!"

한빙신공의 음한기공으로 꽁꽁 얼어 죽었으리라 생각한 그는 되살아나서는 그녀를 향해 권강을 날린 것이다.

요파산의 피부는 음한기공에 의해 심한 동상을 입어 흘러내리는 듯 늘어져 있었고, 그 사이로 진한 피가 쉴 새 없이 흘러내리고 있었기에 악귀와 같은 모습을 하고 있었다.

이미 요파산을 쓰러뜨렸다고 생각하고 검을 던져 버린 로노와르는 맨손으로 그를 상대할 수밖에 없었다.

"크아아아!!"

"흥! 일장에 숨을 끊어주마!"

인간의 목소리라고 할 수 없는 괴성을 지르는 요파산을 보며 그녀는 콧방귀를 뀌며 말하고는 빠른 속도로 쇄도해 들어가 장법을 펼치기 시작했다.

하지만 로노와르는 그 순간 자신이 했던 말을 실현하지 못했다. 이미 죽음의 끝의 선까지 갔다 온 요파산은 전에 상대했던 그가 아니었다.

마치 지옥에서 힘이라도 얻어온 것처럼 거의 세 배 이상의 힘을 발휘하는 그를 상대로 로노와르는 당황하지 않을 수 없었던 것이다.

"크아아!!"

"광전사?"

자신이 살던 세계에서 이런 심한 상처를 입고서도 오히려 더 큰 힘을 낼 수 있는 존재인 광전사가 생각난 로노와르는 자신도 모르게 중얼거렸다.

물론 그녀에겐 버서커라 할지라도 상대가 되지 않았지만, 인간의 힘만을 사용하여 상대를 쓰러뜨리려 하는 로노와르로선 조금 힘들 수밖에 없었다.

요파산은 완전하게 광전사가 되어버렸는지 화상이 짓물러 상처의 껍질이 벗겨져 사방을 피로 물들임에도 그 공세를 늦추지 않고 있었다.

"끔찍한 녀석이로군! 항마연환신각(降魔連環神脚)!"

그녀로선 물렁거리는 살에 장을 갖다 대기조차 징그러웠기에 각법을 사용했다. 로노와르의 현란한 각법은 미쳐 날뛰고 있는 요파산의 중요 요혈을 순식간에 강타하고는 그를 장강으로 떨어뜨렸지만, 광전사가 이 정도에 죽지 않을 것이라는 걸 알고 있는 로노와르로선 주의를 기울일 수밖에 없었다.

쿠구궁!!

아니나 다를까, 물속에서 엄청난 기세로 물기둥이 치솟아오르며 그녀가 타고 있는 배의 밑바닥을 파괴하며 그대로 로노와르를 공격해 온 것이다.

"차압!"

급히 뒤로 몸을 날려 물기둥을 피한 그녀는 배의 갑판을 향하여 장풍을 시전하기 시작했다.

"괴물, 죽어라! 십팔로항마장법(十八路降魔掌法)!"

이젠 녀석의 끈질김에 짜증까지 나는 로노와르는 십팔로항마장법을 시전하며 자신 역시 배의 갑판을 뚫고 장풍을 날려 녀석을 공격해 가기 시작했으니, 장강은 두 사람 사이의 결전으로 엄청난 파란에 시달리고 있었다.

"엄청나다……!"

"음……."

요파산이 타고 왔던 배에 이미 갈아타고 있던 사람들은 로노와르와 요파산의 대결에 넋을 놓고 지켜보고 있었다.

장강어옹으로선 로노와르가 자신을 비등하거나 한 수 위의 실력을 가지고 있다는 것을 알고는 있었지만 지금 그녀의 실력을 보니 전혀 상대가 되지 않을 것이란 생각이 들었다.

'저 치열한 격전 속에서도 본신의 힘을 전부 발휘하지 않다니… 무서운 고수가 무림에 나타났군.'

장강어옹은 로노와르가 엄청난 무공을 선보였음에도 숨도 가쁘게 쉬지 않는 것을 보며 아직도 많은 힘을 감추고 있다는 것을 알 수 있었기에 식은땀을 흘릴 수밖에 없었다.

그녀의 십팔로항마장법과 물속에서 요파산이 쏘는 물기둥 공격에 의해 이제 배는 완전히 박살이 났고 폭우가 몰아치는 거센 장강의 파도에는 수많은 배의 파편들이 어지럽게 널려 떠 있었다.

허공답보의 경공은 상당한 내력을 소비하는지라 로노와르는 무섭게 파도가 일고 있는 장강 위에 작은 파편 하나를 밟고 서서는 물 밑에서 숨어 있는 요파산을 찾기 시작했다.

오행 중 수에 해당하는 공력을 익힌 요파산은 마치 수공(水功)이라도 익힌 것처럼 장강의 물밑을 빠른 속도로 헤엄치고 있었기에 로노와르로선 쉽게 공격할 수가 없었다.

물의 저항력으로 자신의 장법이 크게 장애를 받는 이상 치명적인 공격을 가하기 위해선 그를 물 위로 끌어 올릴 수밖에 없다고 생각한 그녀는 용언을 사용하기 시작했다.

[갈라져라!]

그 순간 그녀의 앞에 있던 장강은 반으로 갈라졌다.

"장강이 갈라졌다!"

사람들은 장강이 갈라지자 크게 놀라며 소리쳤고, 장강어옹마저도 이 사태에는 크게 놀라지 않을 수 없었다.

아무리 공력이 뛰어난 이라 해도 거대한 장강을 반으로 가를 정도의 능력을 가진 사람이 있으리라곤 생각지도 못했기 때문이다.

"크아아!!"

장강이 반으로 갈라지자 요파산은 더 이상 물속에 숨어 있지 못하고 모습을 드러내서는 그녀를 향해 장풍을 날리기 시작했고, 수십 개의 물기둥이 로노와르를 향해 작렬해 가기 시작했다.

"흥! 하압!!"

물기둥의 공격을 보며 호신강기를 극성으로 끌어올리자 그녀의 몸에 맞기도 전에 물기둥은 사방으로 흩어져서 파훼가 됐고, 그 순간을 놓치지 않은 채 로노와르는 요파산을 향해 날아갔다.

"크어어!"

"흥! 양광수(陽光手)!!"

빠른 속도로 그의 정면으로 쇄도해 들어간 로노와르는 그의 정수리에 손바닥을 가져갔는데 그 순간 그녀의 손에선 큰 빛이 일렁거리기 시작하더니 엄청난 내가의 공력은 순식간에 손바닥을 빠져나가서는 한순간에 그의 머리를 박살 내버리며 장강이 물줄기를 다시 한 번 갈라 버렸다.

쿠구궁!!

로노와르의 양광수에 머리가 박살난 요파산은 그대로 절명을 하고는 장강의 물속으로 떨어져 죽음을 맞이했다.

아무리 광전사라 해도 머리가 박살이 난 이상 살아날 확률은 전무하다고 할 수 있었기에 이번에는 확실히 녀석을 처리했다고 생각한 로노와르는 몸을 날려 일행들이 타고 있는 배로 착지했다.

로노와르가 십자의 모양으로 갈라 버린 장강은 그녀의 힘이 사라지자 다시 원상태로 복귀했지만, 그 여파로 엄청난 파도가 형성되며 일대를 뒤덮어 버렸다.

[파(破)!]

하지만 그녀가 타고 있는 배는 로노와르의 용언에 의해 보호가 되었으니 지금까지 남아 있던 대사련의 무사들은 거대한 장강의 파도에 휩쓸려 물귀신이 될 수밖에 없었다. 파도는 단 한 척의 배를 제외하고는 장강이 모든 것을 쓸어버렸다.

"아!"

    사람들은 마치 신화 속에서나 있음직한 싸움을 보고는 모두 입을 다물 수가 없었는데, 그때 도연랑이 배로 옮겨온 로노와르에게 찻잔을 가져와서는 말했다.

    "수고하셨습니다."

    "고맙구나."

    도연랑이 가지고 온 용정차를 마시며 숨을 가다듬은 로노와르가 천천히 폭우 속의 장강을 돌아보자, 먹구름이 사라진 장강의 수면 위로 은빛에 달이 그 모습을 드러내기 시작했다.

    "무, 무후(武后)의 환생인가⋯⋯."

    무림 수천 년의 역사에서 여자의 몸으로 천하제일인의 자리에 오른 사람이 있었으니 사람들은 그녀를 무후라 부르며 칭송했다는 전설이 있었다.

    취개는 마치 그 무후가 현세에 되살아났다는 착각을 느끼며 자신도 모르게 그 말을 내뱉었고, 근처에서 듣고 있던 다른 이들 역시 취개의 말에 동감할 수밖에 없었다.

    장강의 모든 여정이 끝나는 순간 이제 여인곡의 만화신녀 로노와르는 강호에 그 이름을 드높이게 되며 무후라는 칭호가 그녀에게 붙여질 것임을 의심하는 이는 단 한 명도 없었다. 거기다 그 말을 뱉은 인물이 강호의 정보통으론 최강이라는 개방의 취개이니 어찌 의심할 수 있겠는가?

    아무튼 무림에 큰 폭풍을 몰아치게 한 새로운 절대고수의 탄생, 바로 무후 로노와르였다.

    로노와르가 대사련과의 싸움에서 진정한 무후로 이름을 드날리려

할 때 루드웨어는 무명의 무사 신분으로 무림맹을 향해 긴 여정을 떠나고 있었다.

태양의 뜨거운 열기로 인해 일대의 논밭은 이제 말라비틀어져 거북이 등 껍질처럼 변해 있다.

작은 마을에선 어디를 가나 하늘을 향해 기우제를 지내지 않는 곳이 없으니, 만약 이런 식으로 가뭄이 계속되다가는 많은 사람들이 아사할 것이란 생각에 진천명은 걱정이 될 수밖에 없었다.

아무리 뛰어난 치정을 한다 해도 백성이 굶는다면 어떠한 것도 소용이 없기 때문이다. 각지에선 가뭄에 지친 농민들이 농기를 집어 던지곤 도적이 되었고, 수많은 사람들이 아이를 팔아 연명을 하고 있으니 이런 식으로 가다간 중원은 큰 혼란에 휩싸일 수밖에 없다고 생각하는 그였다.

루드웨어 역시 그 모습을 보며 생각에 잠기게 되었다.

'초민들에게서 들리는 말에 의하면 이런 가뭄은 수십 년 만에 처음이라고 했는데… 아무래도 내가 이곳으로 오면서 이 세계의 붕괴가 더욱 가속화된 것은 아닐까?

물이 없어 고생하고 있는 그들을 보며 루드웨어로선 컨트롤 웨더를 사용하여 비라도 내려주고 싶었지만 컨트롤 웨더라는 것이 다른 곳의 비구름을 불러오는 마법이지 아무것도 없는 하늘에 비를 내리게 하는 무적의 마법은 아닌지라 고개를 저을 수밖에 없었다.

이곳에 비를 내린다고 해도 그 먹구름이 사라짐으로써 다른 곳에선 가뭄에 시달리게 되기 때문이다.

하지만 루드웨어는 마을을 지날 때마다 보이는 사람들의 피폐한 모습에 안타까움을 금할 수가 없었다.

"이렇게 가다간 많은 사람들이 굶어 죽을 터인데 관에선 구휼미(救恤米)를 생각하지 않는단 말인가?"

"원래 관이란 것이 중앙의 손길이 닿지 않는 이런 시골에선 부패하기 그지없는 것이지요. 아마 농민들이 반 이상 죽지 않는 한 그들은 구휼미를 생각하지 않을 것입니다."

"음……."

이 세계나 자신이 살고 있던 곳이나 권력이 있는 자들은 다 똑같구나란 생각을 한 루드웨어는 더 이상 참을 수가 없었다.

"진천명, 여사랑."

"예."

"자네들, 도둑이 한번 되어볼 생각은 없는가?"

"도둑이요?"

"그렇다네. 초민을 위한 의적 말일세."

그 말에 진천명은 잠깐 어리둥절한 표정을 지었지만 금세 루드웨어가 생각하고 있는 바를 깨닫고는 고개를 끄덕이며 말했다.

"예, 루드웨어님의 생각이 그러하시다면 전 따르도록 하겠습니다."

"여여협은 어떻습니까?"

"두 분의 생각이 그러하시다면 저 역시 따르도록 하지요."

세 사람의 의견이 합쳐지자 루드웨어의 눈에선 밝은 빛이 비추어지는 듯했다.

6장 의적이 된 루드웨어

일대를 휩쓸고 있는 가뭄은 이제 그 한도가 극에 달해 있었다.

이전 몇 년 간의 날씨 역시 홍수와 가뭄 등이 교차적으로 일어나면서 농작물의 수확은 점점 줄어가고 있으니 초민들의 이마에선 주름이 가실 날이 없었다.

이런 가뭄 속에서도 몇몇 인간들은 기회를 틈타 많은 부를 얻고 있었으니, 그들은 바로 부호들과 관리들이었다.

강력한 중앙집권체제를 유지하고 있다 하더라도 중앙의 힘은 지방에 그리 큰 힘을 가지지 못하는 것이 일반적인 것이었다.

썩은 자들의 횡포가 계속됨에 따라 초민들은 하나둘씩 생업에서 멀어져 자신의 농토를 버리고 유민이 되어가고 있으니, 그들이 바라는 것은 부처님의 은총과 함께 영웅의 등장이었다.

루드웨어가 있는 일대의 가장 큰 부호인 시승(施乘)이란 자는 루드웨어의 눈엔 절대 용서할 수 없는 자였다.

시가장이란 거대한 장원을 소유하고 있는 시승은 자신의 호위 무사를 삼백여 명이나 데리고 있을 정도로 거대한 세력을 구축하고 있는 인물이었다.

그가 돈을 버는 방법은 단 하나, 바로 고리대금업이었으니 가뭄으로 배고픔에 찌들어가는 이들에게 달콤한 유혹으로 다가가서는 돈을 빌려주고 원금의 몇 배나 되는 고리를 뜯어냄으로써 초민들의 가슴을 찢어지게 만들고 있었던 것이다.

돈이 없는 초민들의 여아들을 일대의 유곽에 팔아넘기기도 하는 이 자는 벌어들인 돈으로 조금씩 자신의 세력을 늘려 나감으로써 초민들을 도와주는 몇몇 명망있는 지방의 인사들조차 그 힘으로 찍어 누르며 자신의 부를 늘려가고 있었다.

"음… 시승이란 자가 그렇게 악독한 녀석이란 말이지."

"예."

루드웨어는 진천명이 돌아다니며 얻은 정보를 듣고는 시승의 악행을 어느 정도 알 수 있었고, 루드웨어 의적단의 첫 번째 목표로 그를 지목할 수 있었다.

"호위 무사들의 숫자는 어느 정도 되는가?"

"근래에 들어 약 삼십 명 정도의 무사들이 더 들어왔다고 하니 약 삼백 명 정도의 호위 무사가 있으리라 생각됩니다. 하지만 숫자만 많을 뿐이지 이들은 별문제없다고 생각하나 다섯 명만큼은 주의를 기울여야 합니다."

"다섯 명?"

"예. 시승조차 함부로 대하지 못하는 식객들인데 강호에서도 상당히 이름이 알려져 있는 이들입니다.”

진천명이 알려온 다섯 명의 무인들은 강남 일대에서 상당한 악명을 떨치고 있는 인물들이었다.

패도낭인(覇刀浪人) 주정운(周頂暉). 한 자루 패도로 강남에 큰 명성을 가지고 있는 낭인으로서 독문무공으론 흑사도법(黑砂刀法)을 익히고 있다.

흑라철인(黑羅鐵人) 단융(單隆). 철포삼(鐵布衫)을 익혀 몸이 강철과 같고 진천삼권(振天三拳)이라는 권법을 익힌 고수이다.

혈풍조(血風爪) 권형(權瑩). 음풍조(陰風爪)를 익히고 있으며 상당한 경신술을 지니고 있어 섬전조(閃電爪)라는 다른 명호도 가지고 있는 인물로 그의 손톱에 걸린 이치고 죽지 않은 이가 없다고 알려져 있다.

무음검(無音劍) 홍인(洪忍). 이름조차 없는 검법이라고는 하지만 소리없이 가르는 검을 보며 뭇 사람들은 그에게 무음검이란 명호를 붙여주었다. 자신의 검법처럼 말이 없는 것으로 유명한 이다.

귀부(鬼斧) 이립(李立). 한 자루의 도끼를 무기로 사용하는 그는 칠로부법(七路斧法)이라는 독문무공을 지니고 있다. 나무꾼 출신인 그는 한 은거고인에게서 부법을 배운 후 강호로 나와 상당한 명성을 쌓은 인물이다.

이 다섯 사람이 현재 시승의 장원에서 식객으로 머물고 있는 인물들로 다른 이들과 달리 한 달에 상당한 양의 돈을 받고 있다니 보통의 사람들로선 감히 시승의 횡포에 토를 달 수가 없었던 것이다.

“자네와 그자들이 싸우면 어떻게 되리라보는가?”

“음… 과거라면 그들 중 하나와도 힘겨웠겠지만 지금이라면 세 사람까지는 상대할 수 있으리라 봅니다.”

그 말을 들은 루드웨어는 고개를 끄덕이며 말했다.

"그렇다면 별문제가 없겠군. 자, 시작해 볼까?"

"예."

하늘에 떠 있는 달만이 희미한 빛을 내고 있는 어둠의 시간, 일대의 가장 큰 부호라고 알려져 있는 시가장으로 한 사람의 인영이 빠르게 움직이고 있었다.

검은색 옷에 같은 색의 복면을 쓰고 있는 인물은 상당한 수준의 경공술을 익혔는지 빠른 움직임에도 작은 소리조차 나지 않고 있었다.

시가장으로 조용히 잠입하고 있는 인물은 다름 아닌 루드웨어였다.

시승의 장원에서 세 사람이 들고 올 수 있는 재물은 그리 많은 것이 아니기 때문에 최대한 많은 재물을 훔치기 위해, 또 시승이 가지고 있는 초민들의 차용증을 보관해 둔 위치를 정확히 파악하기 위해 사전답사를 나온 것이다.

역시나 장원 여기저기에는 많은 수의 무사들이 경비를 서고 있었지만 이미 무림 최고수의 수준이라 해도 과언이 아닌 루드웨어였기에 하류 무사로는 결코 그의 움직임을 파악할 수 없었다.

장원 저택의 지붕을 통해 빠른 속도로 움직이고 있던 루드웨어는 얼마 지나지 않아 다른 곳보다 경비가 삼엄한 곳을 찾을 수 있었다.

'진천명의 말대로라면 저곳이 시승이 머물고 있는 저택이겠군.'

조심스럽게 지붕에서 내려온 루드웨어는 근처에서 경비를 서고 있는 무사를 보며 조심스럽게 틈을 본 후 그들의 시선이 떠나갔을 때 빠른 속도로 땅을 박차고 뛰어올라 처마 밑의 공간으로 몸을 숨겼다.

천장을 타고 조심스럽게 건물 안으로 숨어 들어가자 또다시 경비병의 모습이 드러났는데, 밖에 서 있는 자보다 몸에서 느껴지는 기운이 높다는 것을 느낀 루드웨어는 그들이 지키고 있는 방이 시승이 머물고 있는 곳이란 것을 알 수 있었다.

예상대로라면 시승은 자신의 여섯 번째 첩의 처소에서 시간을 보내고 있을 것이 분명하기에 청각을 돋우어 방 안에 사람이 있나를 확인한 후 조심스럽게 창문을 열고 안으로 들어갔다.

어두운 방이었지만 내력을 돋우어본다면 이 정도의 어둠은 아무런 문제가 없었다. 그러나 조심스럽게 방 안을 돌아본 루드웨어는 비밀 금고나 또 다른 방을 찾기 위해 이곳저곳을 살펴보았지만 상당히 은밀하게 감추어놓았는지 찾고자 하는 것의 모습은 보이지 않았다.

'음……'

조심스럽게 벽으로 손을 가져가며 벽의 진동 정도를 통해 비밀 금고의 위치를 찾고 있던 그는 얼마 지나지 않아 한곳의 벽이 다른 곳과 진동의 정도가 다르다는 것을 알 수 있었다.

'여기군.'

근처를 뒤져보며 문을 열 수 있는 장치를 찾았고, 잠시 후 황금으로 도금이 된 학을 볼 수 있었다.

조심스럽게 학의 날개를 접자 막혀 있었던 벽의 문이 서서히 열리기 시작했다.

두그그그…….

"헉!! 사일런스!"

벽이 열리는 소리가 들리자 루드웨어는 급히 사일런스를 사용하여 소리를 차단했지만 그 소리는 이미 방을 지키고 있는 이들에게 들린 후였다.

방문 밖에서 소란스러운 소리가 들리자 급히 열려진 통로 안으로 몸을 날린 루드웨어는 곧바로 일루션 마법을 사용하여 방을 원래의 모습으로 보이게 만들었다.

"응? 무슨 소리가 들리지 않았었나?"

"나도 들은 것 같은데… 이상하군."

방 안으로 들어선 두 사람은 소리가 들렸음에도 방 안은 아무런 변화가 없자 고개를 갸우뚱거리며 다시 경비를 서기 위해 밖으로 나갔다. 루드웨어는 이번엔 사일런스 마법으로 소리가 안 들리게 조심스럽게 문을 닫았다.

"라이트!"

벽의 문이 닫히자 루드웨어는 안도의 한숨을 쉬고 라이트 마법을 사용해서 안으로 들어갔다.

시승의 방과 연결되어진 비밀 통로는 장원의 지하로 연결되어 있는 듯했는데 한참을 들어가자 문 하나가 보이기 시작했다.

철로 만들어진 문에는 악마의 형상과 비슷한 문양이 양각으로 그려져 있었기에 루드웨어는 좀 이상하게 생각할 수밖에 없었다.

"음… 보통 이 지방의 부호들은 창고 문을 이렇게 만드나 보지?"

뭐, 지방의 주술적 의미로 방문에 여러 가지 부적을 붙이는 곳이 없지는 않았기에 대충 넘어가기로 한 루드웨어는 손을 들어 천천히 쇠문을 밀어젖히기 시작했다.

드드득…….

그 순간 루드웨어의 귀에선 무엇인가 나무가 마찰하는 소리가 들렸다.

"쳇!"

그것이 기관 장치의 작동음이라는 것을 알아챈 루드웨어는 급하게 몸을 뒤로 날렸는데, 그 순간 수십 개의 화살이 그가 있었던 곳으로 작렬해 들어왔다.

조금이라도 늦었다면 고슴도치가 되는 것을 면하지 못할 상황이었기에 안도의 한숨을 쉬는 루드웨어였다.

"이 세계에선 불사도 아닌데 목숨을 소중히 여겨야겠지?"

주변을 돌아보면서 철문 여는 장치를 찾고 있던 루드웨어였지만 좀처럼 그런 장치는 보이지 않았는데, 다시 한 번 철문의 형상을 쳐다보니 악마의 눈이 조금 이상하다는 것을 깨달을 수 있었다.

"쳇, 애꾸눈 악마잖아?"

돈이 아까워서 문에 새겨진 악마의 형상을 이상하게 꾸몄을 리는 없었기에 자세하게 쳐다본 루드웨어는 그곳에 이상한 열쇠 구멍 같은 것이 있는 것을 볼 수 있었다.

"음… 열쇠가 필요하단 말인가?"

마법이나 본신의 무공으로 이 정도의 철문이야 쉽게 뚫을 수 있었지만 일단은 조용히 일을 처리해야 되기 때문에 그 생각을 거둘 수밖에 없었다.

시승 정도의 인물이라면 자신이 의적으로 이곳의 보물을 훔쳐가 처리하는 것을 충분히 막을 수 있으리라는 생각이 들었기 때문이다.

그런고로 시승이 알아채지 못하게 보물을 훔친 후 적어도 며칠은 그가 자신의 보물을 도둑맞았다는 걸 모르게 해야 했기 때문이다.

확실한 장물아비가 없는 이상은 조심스럽게 처리해야 하는 것이 도둑의 사명이라며 눈물을 흘리는 루드웨어였다.

일단은 열쇠를 찾기로 결심한 루드웨어는 화살이 꽂힌 곳으로 가 바닥을 깨끗이 정리한 후 조심스럽게 되돌아갔다.

다시 한 번 진입해 보물을 가져오기 위해선 시승이 가지고 있을 열쇠를 가져올 필요가 있다고 생각한 루드웨어는 조심스럽게 시승이 머물고 있을 여섯 번째 첩의 방을 찾아 경공술을 발휘하며 뛰어갔다.

장원의 안으로 깊숙이 들어가자 또다시 경계가 삼엄한 곳이 눈에 띄었다. 루드웨어는 그곳이 여섯 번째 첩이 머물고 있는 곳이란 것을 쉽게 눈치 챌 수 있었다.

조심스럽게 접근해 들어간 그가 전각 안의 방으로 들어섰을 때 그곳에서 야하게 옷을 차려입은 한 여인의 얼굴을 볼 수 있었다.

긴 머리를 올린 그녀의 도톰한 입술은 키스라도 한번 해보고 싶은 모습이었기에 잠시 침을 흘리고 있던 루드웨어였지만, 이내 로노와르를 생각하며 제정신을 차린 그는 조심스럽게 안으로 들어가서 마법의 주문을 외웠다.

"슬립."

"음……."

잠이 오게 하는 주문에 걸린 여인은 그대로 자리에서 쓰러졌으니 루드웨어의 눈에선 음침한 눈빛이 흘러나오고 있었다.

"흐흐흐흐……."

물론 그가 노리는 것은 그녀가 아니었기에 간단하게 그녀를 들어 방깊숙한 곳에 숨겨둔 후 루드웨어는 주위에 있는 마나의 기운을 느끼며 시승이 있는 곳을 파악했다.

첨벙. 첨벙.

"음……."

시승이 목욕하고 있다는 것을 안 루드웨어는 한참을 고민할 수밖에 없었다. 과연 자신이 생각한 대로 일을 처리해야 될 것인가 말 것인가에 대한 고민…… 하지만 일단은 열쇠를 얻는 것이 중요하다는 생각에 눈물을 흘리며 다시 주문을 외우니, 그것은 바로 폴리모프 셀프의 주문이었던 것이다.

아름다운 긴 흑발을 늘어뜨리며 투명한 망사 사이로 몸매가 드러나보이는 여인의 모습으로 바꾸니 영락없는 시승의 여섯 번째 첩이 되어버린 루드웨어였다.

"흑흑흑… 대마도사 루드웨어가 여성으로 폴리모프를 하게 될 줄은… 흑흑흑……"

10서클을 넘는 루드웨어에겐 다른 마법사들은 꿈도 못 꿀 성별 전환의 폴리모프까지 가능했으니 여자를 좋아하는 어엿한 젊은이 하나가 트랜스젠더가 되는 순간이었다.

"후후후."

하지만 이내 자신의 몸에 상당한 만족감을 보이며 음흉한 웃음을 지으니, 그의 부인인 로노와르가 불쌍해지는 순간이었다.

"허허허허……"

자신의 몸 여기저기를 살펴보며 여체의 신비를 관찰하던 루드웨어의 귀로 낮은 저음의 목소리가 들려왔다. 루드웨어는 그 주인공이 시승이라는 것을 알아차리고는 간드러진 교소를 터뜨리며 시승의 옆구리에 붙어 서서 말했다.

"이제야 오시면 어떡해요~"

"허허허, 많이 기다렸나 보구나, 귀여운 것."

기분이 더러웠다. 시승의 널찍한 손이 자신의 몸을 만지작거리는데 남자인 그가 어찌 기분이 좋을 수 있겠는가. 한바탕 구토라도 하고 싶은 루드웨어였지만 대의를 위해 참을 수밖에 없었으니, 이것이 바로 의로운 자의 슬픔인 것이다.

아무튼 목욕을 끝내고 뽀송뽀송한 피부를 자랑하며 욕심이란 욕심은 다 들어 있을 법한 배를 두드리곤 침상으로 루드웨어를 안고 가는 시승이었다.

시승의 목에 하나의 목걸이가 걸려 있는 것을 본 루드웨어는 그것이 비밀 금고의 열쇠라는 것을 느끼고는 안도의 한숨을 내쉬었다.

만약 눈에 보이지 않는 곳에 있었다면 시승의 욕망의 재물이 될 뻔했으니 어찌 안도의 한숨을 내쉬지 않을 수 있겠는가?

"호호호호."

시승에 품에 안겨 침상으로 떨어진 루드웨어는 간드러진 교소를 터뜨리며 시승의 정신을 흐트러뜨리니, 그것은 바로 음공(淫功) 중 하나인 환영희락소(幻影嬉樂笑)였다.

환영희락소에 걸린 상대는 마치 욕망의 한순간을 보내는 것과 같은 환상을 겪게 되니 자기 혼자 열심히 밤일(?)을 즐기게 되는 무서운 마공이었다.

삼백 년 전 청상과부가 만들었다고 전해지는 환영희락소는 욕망이 강한 이들에게 상당한 효과를 거두게 되니 시승은 이제 정신이 하나도 없을 지경이었다.

"흐히히히, 이 귀여운 것… 흐히히히."

침상에서 혼자 뒹구는 시승을 보며 잠시 고개를 내저은 루드웨어는 정신없을 그의 목에 걸려 있는 목걸이를 빼고는 구석에 숨겨둔 진짜 첩을 안아서 그에게 던져 주었다.

"이 정도면 만족하겠지?"

대충 일을 정리했다고 생각한 그는 또다시 폴리모프 셀프를 사용하여 모습을 바꾸고 맨 처음 왔던 비밀 창고가 있는 곳으로 몸을 옮겼다. 그 두 사람은 새벽이 지날 때까지 정신을 차리지 못할 것이다.

조심스럽게 악마의 형상이 만들어진 문에 도착한 루드웨어는 시승의 목에 걸려 있던 열쇠 목걸이를 들어서 눈에 끼워 돌렸다.

구구구궁······.

그 순간 천천히 철문이 열리기 시작하니 루드웨어는 그 속에서 환상적인 빛을 내뿜고 있는 재보를 보며 크게 놀라지 않을 수 없었다.

"우와아아아~ 끝내주게 끌어 모았군."

거대한 창고의 천장에는 비싸다고 소문이 난 야명주가 더덕더덕 붙어 있었고, 그 밑으로는 꿈도 못 꿀 정도의 엄청난 재보가 쌓여 있었다.

이 정도의 재물이라면 중원에서 열 손가락 안에 드는 부호라고 할 수 있을 정도였기에 도대체 시승이란 자가 얼마나 많은 재물을 끌어 모았는지 상상도 되지 않았다.

사방을 두리번거리던 루드웨어는 드디어 문제의 것을 찾아내고 마니, 그것은 오색으로 빛나는 하나의 금고였다.

"윈드커터."

마법을 사용하여 금고의 한 면을 잘라낸 루드웨어는 안에 있는 내용물을 살펴보았는데, 아니나 다를까, 그곳에는 수천 장에 달하는 차용증서가 빼곡이 쌓여 있었다.

"이름별로 나열되어 있네?"

다행히 꼼꼼한 시승이 이름 순서대로 정리를 잘해놓은 덕에 루드웨어로선 찾아보는 것에 별로 신경을 쓰지 않아도 되었다.

하지만 문제는 이것을 어떻게 처리할 것인가였다.

시승 정도의 사람이라면 이런 차용증서를 태워 버린다고 해도 다시 만들어내는 것은 식은 죽 먹기보다 쉬운 일이었기에 단순히 태워 버려서는 해결되지가 않는 일이었다.

"뭔가 좋은 방법이 있을 텐데… 음……."

한참을 생각에 잠겨 있던 루드웨어는 조건 마법을 사용하기로 결심했다. 조건 마법은 하나의 조건이 실행되면 마법이 시동되게 하는 일종의 계약 마법으로 이 차용증서를 통해 그 이름이 불리게 되면 자동적으로 차용증서가 소멸되게 하는 마법이었다.

상당한 마나가 소비되는 마법인 탓에 어렵게 일을 처리한 루드웨어는 자리에서 일어나서 잠시 허리를 몇 번 꺾는 준비 운동을 한 후 드디어 산더미처럼 쌓여 있는 보물들을 보며 미소 지었다.

"자, 그럼 루덴스의 보물 창고에서처럼 힘 좀 써볼까? 텔레포테이션 게이트!!"

그 순간 푸른빛을 띠는 빛의 입구가 형성되었고, 루드웨어는 만족스런 미소를 짓고는 창고 안의 보물들을 무작위로 쓸어 담아서 빛의 입구에 집어넣기 시작했다. 단 몇 시간 만에 수억 골드의 재물을 마령의 보물 창고에서 강탈한 그의 실력이 나오기 시작한 것이다.

너무 많은 재물을 옮긴다면 그 처리가 어렵기 때문에 간단하게 딱 반만을 처리한 루드웨어는 자신이 옮긴 창고 뒤편을 향해 훔치기 전의 모습으로 일루션을 걸어놓았다. 시승이 발견한다고 해도 앞쪽의 재물만을 생각한다면 근시일 안에는 눈치 채지 못하리라.

만족스러운 얼굴을 하며 돌아가려고 한 루드웨어는 문득 이상한 느낌을 받게 되었다.

"응?"

지금까지 단 한 번도 느껴본 적 없는 느낌이기에 그는 조심스럽게 기운이 일고 있는 방향으로 걸어갔는데 그곳은 아무것도 없는 벽면에 지나지 않았다.

"무엇인가가 이 뒤편에 존재한다는 것인가?"

느껴지는 기운을 보아 벽 뒤에 무엇인가가 있다는 것을 안 루드웨어는 여기저기 비밀 장치를 찾아보니 한 식경 정도 후에야 간신히 장치를 찾아내고 벽을 열 수 있었다.

두두둑…….

기관 장치가 돌아가는 소리와 함께 서서히 기운의 정체가 모습을 드러내며 밀폐된 공간에서 한꺼번에 엄청난 기운이 소용돌이가 되어 밀려오자 루드웨어는 급히 두 팔로 몸을 가리고는 호신강기를 뿌려 그 기운을 막을 수 있었다.

다행히 그리 위험한 기운은 아니었는지 호신강기에 아무런 영향을 미치지 않아 천천히 팔을 치우며 그 물건을 쳐다보았는데, 그 순간 그는 크게 놀라지 않을 수 없었다.

"엄청난 마나력이다!!"

도저히 상상하지도 못한 마나를 가진 쇳덩이가 자신의 눈앞에 그 모습을 드러내고 있었기 때문이다.

"도대체 무슨 금속이지?"

자신의 세계에서 오리하르콘이나 미스릴 같은 강하고 귀한 금속을 많이 접해봤던 루드웨어에게 모르는 금속이라고는 거의 존재하지 않다고 해도 과언이 아니었는데, 눈앞에 있는 금속은 그가 처음 보는 금속이었다.

천천히 손을 들어 금속에 갖다 대자 엄청난 마나력이 일어나 크게 놀라지 않을 수 없었다.

금속 안에 저장되어 있는 마나, 즉 내공의 양은 적어도 100갑자 이상 되는 엄청난 양이었기 때문이다.

물론 현재의 방 안에서 그것을 사용할 수 있는 방법은 없었지만 단위 면적당 마나의 양은 드래곤하트보다 더 높은 엄청난 귀금속이었던 것이다.

"우와아아아~."

도저히 이런 금속을 두고 갈 수가 없다고 생각한 루드웨어는 마법을 사용해서 옮기기 시작했다.

조심스럽게 금속을 텔레포테이션 게이트로 집어넣은 그는 다시 벽을 원상태로 해놓고 게이트를 닫은 후 목걸이를 들고 다시 시승이 있는 전각으로 향했다.

아니나 다를까, 아직도 환상에 사로잡혀 숨을 헐떡이고 있는 시승이었으니 땀을 뻘뻘 흘리고 있는 그의 목에 목걸이를 다시 걸어준 루드웨어는 올 때와는 달리 텔레포트 주문을 사용하여 쉽게 진천명과 여사랑이 있는 곳에 도착할 수 있었다.

루드웨어의 의적질은 아무 문제 없이 다 해결된 것 같았지만 애석하게도 보물이 아닌 다른 것을 훔친 탓에 생각했던 것보다 시승의 보물창고가 털린 것은 일찍 발견되었다.

어두운 지하의 계단을 통해 시승은 떨리는 몸을 가누며 간신히 앞장서고 있었다. 그의 뒤에는 정수리에서 턱까지 일자로 길게 검상이 나 있는 한 무인이 흐느적거리며 걷고 있었으니 누가 본다면 마귀가 아닐까 하고 의심할 정도였다.

무릎 아래까지 내려가는 긴 손, 얼굴의 반을 갈라 버리는 검상, 축

처진 눈. 언제 죽을지 모를 정도로 탁한 기운을 내고 있는 그에게 유일하게 생기가 보이는 곳이 있다고 하면 그것은 바로 손톱이었다.

날카롭게 손질되어 있는 긴 손톱에는 시뻘건 피가 뚝뚝 떨어지고 있는 것처럼 보이는 붉은 물을 물들이고 있었는데 색깔을 보아하니 꽤 괜찮게 들여진 봉선화 물이었다.

그도 그 손톱이 꽤 마음에 드는지 흐느적거리는 손으로 연신 양손의 손톱을 마주치며 날이 서게 갈고 있었다.

"여긴가……?"

"헉!"

축 가라앉은 목소리에 시승은 깜짝 놀라며 헛바람 소리를 냈지만 이내 정신을 가다듬고는 비굴한 웃음을 흘리며 공손히 말했다.

"헤헤… 예, 그렇습니다요."

정말 이자가 민초의 피를 빨아먹는 악덕 지주인 시승이 맞을까 의심이 가는 순간이었다.

시승은 목에 걸려 있는 열쇠를 뽑아서는 문에 양각이 되어져 있는 악마 형상의 오른쪽 눈에 열쇠를 넣고 돌렸는데, 그 순간 기관 장치 돌아가는 소리와 함께 서서히 문이 열리기 시작했다.

"음……."

문이 열리자마자 강렬하게 일대를 잠식해 버리는 보물들의 빛에 시승은 잠시 만족감의 신음을 흘리고는 천천히 자신의 목적이 있는 곳으로 갔다.

시승이 천천히 기관 장치를 잡고서 비밀의 문을 열었는데, 문이 열린 순간 시승은 놀란 얼굴로 뒤로 넘어질 수밖에 없었다.

"헉!"

그가 찾는 물건, 반드시 전해주어야 하는 물건이 감쪽같이 사라진 것이다.

"이럴 수가……."

시승은 당황스러운 표정으로 자리에서 일어나려고 했는데, 그 순간 자신의 손이 사라진 것을 알 수 있었다.

"헉!"

손이 보물에게 먹혀 버린 시승은 크게 놀라며 손을 들어 올렸는데 지금은 멀쩡한 손이었다. 이상하다고 생각한 시승은 자신의 손을 잡아먹은 보물 쪽으로 다시 한 번 내밀었는데, 보물은 마치 허상인 것처럼 변하니 시승으로선 환장할 노릇이었다.

"도대체 이것이……?!"

"비켜봐라."

그것을 보고 있던 반 가른 얼굴의 사나이는 천천히 손에 내공을 돋우기 시작했다.

"탈명마조(奪命魔爪)!!"

그의 손톱에선 날카로운 기류를 가진 열 줄기의 바람이 일더니 일대를 순식간에 찢어버렸는데, 놀랍게도 수많은 보물들은 삽시간에 모습을 감추었다.

"헉! 보물들이……?!"

자신의 보물들이 사라진 것을 보며 시승은 크게 놀라지 않을 수 없었는데, 조공을 사용한 사나이는 곰곰이 근처를 돌아보더니 말했다.

"아무래도 보물을 감추기 위해 진법을 사용한 것 같은데… 진법에 사용되는 매개체가 아무것도 없다니… 술법의 일종인가?"

보물이 사라진 것보다는 자신을 속인 진법에 더 관심이 많은 사나이였다.

"아구, 령주님… 제 보물을 찾아주십시오."

"흥!"

시승이 진드기처럼 붙자 령주라 불린 사나이는 그를 발로 차버리며 말했다.

"교의 보물을 제대로 지키지도 못한 녀석이 자신의 보물만 걱정하다 니… 니 목숨이나 걱정하도록 해라."

"헉!"

그제야 욕심으로 가득 찬 눈을 지워 버린 시승은 자신의 목숨이 위태롭다는 것을 느끼고 말았으니, 그의 바지에는 누런 물이 들어가기 시작했다.

"천마신철에 어느 정도의 표식은 해놓았겠지?"

"예… 천리향을 뿌려두었습니다만……."

"다만……?"

"이곳에 전혀 천리향의 잔향이 흐르지 않고 있습니다."

"응? 그건 또 무슨 소린가?"

"녀석들이 천리향을 눈치 채고 제거하는 약품을 사용했다고밖에……."

"멍청한 녀석."

시승의 말에 사나이는 인상을 찡그리더니 가볍게 오른손의 검지손가락을 까딱거렸는데, 그 순간 강한 기풍이 형성되어서는 시승의 얼굴에 작렬했다.

"끄아악!!"

얼굴에 긴 손톱 자국이 난 시승은 시뻘건 피를 흘리며 비명을 질렀다. 괴로워하는 그를 보며 다시 한 번 녀석을 발로 차버린 령주는 협박하는 목소리로 말했다.

"네 녀석에게 한 번의 기회를 더 주겠다. 본 교에서 보낸 다섯 당주와 함께 당장 천마신철을 찾도록 해라!"

"크으윽… 예."

"기한은 한 달. 그 안에 천마신철을 찾지 못한다면 네 녀석을 비롯하여 시가장의 모든 식솔들은 죽음을 면치 못할 것이다."

"흑… 예……."

그의 말에 시승은 피를 뚝뚝 흘리면서도 머리를 땅에 박으며 말했고, 령주라 불린 사나이는 천천히 계단을 올라가기 시작했다.

'술법이라면… 혈교의 놈들인가… 음…….'

하지만 이러한 술법은 혈교의 술법이라고 보기에도 어려웠다. 혈교의 술법이라 해도 분명 매개체가 존재해야 하지만 그가 찾아본 곳에는 전혀 매개체가 보이지 않았기 때문이다. 마치 허공에 그림이라도 그린 것 같은 술법.

만약 그런 것이 혈교의 술법이라면 자신이 머물고 있는 집단보다 한 단계 위의 술법을 혈교가 만들어낸 것이고, 그렇지 않다면 새로운 자들이 나타났다는 뜻이었다.

시승의 저택에서 텔레포테이션 게이트로 보물을 퍼낸 루드웨어는 일행들과 함께 마차를 몰고는 빠른 속도로 그곳을 빠져나가기 시작했다.

자신이 눈을 가리기 위해 일루션 마법을 걸어놓았다고는 하지만 얼마나 오래 갈지는 단정 지을 수 없기 때문에 서두르고 있었던 것이다.

진천명은 급히 말을 몰아 시승이 관장하고 있는 지역에서 빨리 벗어나려 하고 있었고, 루드웨어는 잠시 휴식을, 여사랑은 보물에 묻혀 행복에 잠겨 있었다.

"호호호호."

"거 귀신같은 웃음 좀 그만 할 수 없겠습니까?"

"미안해요……."

조금이라도 제대로 휴식을 취하려고만 하면 여사랑의 간드러진 웃음소리가 휴식을 방해하니 그전에 한 말을 후회할 수밖에 없었다.

보물을 보고 크게 놀라는 여사랑을 보며 진천명과 여사랑, 두 사람에게 몇 개 정도는 가져도 된다고 말을 했었다.

이 말에 욕심이 없는 진천명은 별로 재물에 탐하지 않고 작은 칼 하나만을 가졌지만 여사랑의 경우에는 다섯 시진이 지난 지금까지도 쇼핑을 마치지 못하고 저렇게 기분이 들떠 귀신같은 웃음소리를 내고 있는 것이었다.

벌써 그녀의 주머니에 들어간 보석만 해도 수십 개가 넘는데, 아직도 더 고르고 있는 것을 보며 루드웨어는 한숨을 내쉴 수밖에 없었다. 그때 진천명이 급하게 말을 세우기 시작했다.

"무슨 일인가?"

"별것 아닙니다. 근처의 산적 같군요."

"산적?"

산적이란 말에 마차의 창으로 고개를 내민 루드웨어는 앞을 쳐다보았는데, 아니나 다를까, 수척하게 말라 비틀어진 장정 다섯 사람이 병기가 아닌 농기구를 들고는 마차를 막아서고 있는 것이 보였다.

"근처에 사는 농민들인가 본데 금원보 몇 개를 건네주고 가도록 해라."

"예."

루드웨어의 말에 진천명은 마차에서 금원보를 몇 개 꺼내고는 산적들의 앞에 던져 주었는데, 금원보에 약간의 내력을 담았는지라 땅바닥에 떨어지자마자 단단한 땅을 파고들어 갔다.

"통행세다. 비켜라."

"헉! 예."

그제야 산적질을 하고 있는 농민들은 마차에 있는 일행들이 자신들이 상대할 수 없는 무인이라는 것을 알고 재빨리 옆으로 비켜섰고, 진천명은 또다시 말을 몰아 전력으로 달리기 시작했다.

"그나저나 하오문이라면 충분히 이 정도의 재물을 처리할 수 있단 말인가?"

"예. 무림의 하류 집단이기는 하지만 어둠에서 흘러 다니는 수많은 돈은 자금성을 사고도 남을 정도로 엄청난 액수이기 때문에 그 정도 돈의 유통을 관리하는 하오문이라면 충분히 이 보물을 처리할 수 있는 자를 소개해 줄 것입니다."

"음······."

하지만 진천명의 말대로라면 전문적인 사기꾼 집단이라는 소리도 되었기 때문에 조금 걱정이 되지 않을 수 없었다.

"그나저나 산적들 꽤나 많네?"

"음······."

또다시 일행들의 앞으로 초췌한 모습의 산적들이 나타났으니 일대의 초민들의 사정을 알 만도 했다.

하지만 이런 식으로 늦어지다간 추적자들한테 잡힐 수도 있다고 생각한 루드웨어가 진천명에게 명령을 하고는 멈출 필요 없이 마구잡이로 앞으로 돌진해 나가니 뒤에 있던 여사랑은 금원보를 뿌리며 마음껏 재력을 자랑했다.

한편 령주란 자에 의해 보물을 훔진 자를 추적하게 된 시승과 다섯 명의 고수들은 근처에서 천리향의 냄새를 맡을 수 있었다.

"음… 이곳이 시작이로군."

한 자루의 거대한 도를 어깨에 메고 있는 장신의 무사의 말에 날카로운 손톱을 세우고 있는 청년이 고개를 끄덕이며 말했다.

"마치 이곳으로 바로 옮겨온 것 같은데… 잔향이 많이 배어 있어. 혈교의 술법인가?"

"그럴 수도……."

"그나저나 우리 형 엄청 화났다고. 어이, 시승, 말은 준비됐겠지?"

"예."

혈풍조란 무명을 가지고 있는 청년 무인의 말에 시승은 고개를 연신 숙이며 뒤에 있던 부하들을 향해 손짓을 했고, 얼마 지나지 않아 다섯 마리의 대완구(大宛駒)를 끌고 사람들이 다가왔다.

"꽤 좋은 말이네."

"흥, 지 목숨이 달려 있으니 돈 좀 썼나 보지."

혈풍조는 패도낭인의 말에 콧방귀를 뀌며 말했는데, 시승으로선 조금 화가 날 법도 한 말이었지만 감히 그들에게 숨소리조차 크게 내지 못하고 있었다.

그만큼 시승은 자신의 앞에 있는 자들을 두려워하고 있었던 것이다.

"어쨌든 령주님의 말도 있고 하니 녀석들을 뒤쫓도록 하자."

"응."

다섯 사람은 시승이 가져온 말에 올라타서 천리향을 따라 빠른 속도로 몰아갔다. 그들의 모습이 완전히 사라지자 시승은 얼굴에 감싸고 있는 붕대로 식은땀이 흠뻑 젖어 있는 자신을 발견하고는 안도의 한숨을 쉴 수밖에 없었다.

만약 저들마저 실패한다면 자신과 식솔들은 죽음을 면치 못하리라는 것을 알고 있었지만, 도둑놈들을 쫓아간 다섯 사람들의 실력을 아는지라 안심할 수 있었다.

보물을 운송하고 있던 루드웨어 일행들은 저녁 무렵 한림객잔(翰林客棧)이란 곳에 도착할 수 있었다.

"한림객잔?"

"이름은 좋네."

멋드러지게 쓰여져 있는 글자를 보며 감탄을 하는 루드웨어였다.

문을 열고 천천히 객잔 안으로 들어서자 진하게 풍기는 먹 냄새에 당황하지 않을 수 없었는데, 놀랍게도 손님들의 대부분이 유림의 선비들이었기 때문이다.

"뭐야… 이 어쭙잖은 분위기는?"

보통 객잔이라 함은 여행자들이 쉬어가는 쉼터와 같은 곳으로 고된 여행을 맛있는 음식과 소홍주 한잔으로 여독을 씻어내는 곳을 말한다(물론 이것은 루드웨어의 관점일 뿐이다).

하지만 한림객잔 전체에서 풍겨져 나오는 이 진한 먹 냄새는 지친 이들로 하여금 더욱 고단한 하루를 유도할 뿐만 아니라 군데군데 걸려져 있는 한시들은 무식한 이들로 하여금 소외감을 이끌기에 충분했다.

"휴……."

편하게 쉬기는 틀렸다고 생각한 루드웨어는 일행들과 함께 천천히 근처에 비어 있는 자리에 앉았는데, 이놈의 객잔은 물은 가져다 줄 생각은 하지 않고 냅다 지필묵을 앞으로 내미니 루드웨어의 눈엔 당황하는 빛이 역력할 수밖에 없었다.

"이건… 뭡니까……?"

"한림객잔의 전통입니다. 이곳으로 온 손님들은 먼저 지필묵을 들고 자신이 가장 감명 깊게 외운 시를 한 수 적는 것으로 등급을 매기게 되지요."

"등급……?"

"예. 시 한 수 못 외우며 글씨 또한 악필일 때는 하급, 시는 외웠으나 글씨가 악필이면 중급을, 시를 외우고 글씨가 어느 정도 수준에 이를 경우에는 상급의 대우를 하게 되지요."

점원의 말에 진천명은 황당하다는 얼굴을 하며 물었다.

"그럼 상급과 하급의 차이는 무엇입니까?"

"하급의 경우에는 무엇을 주문한다 해도 가져오는 것은 국수 한 그릇과 백건아 한 잔 외에는 더 이상을 내주지 않지만, 중급일 경우에는 오리구이와 소홍주까지 주문이 가능하고 상급의 경우에는 한림객잔의 명물인 용봉쌍비라는 최고급 요리까지 주문이 가능합니다."

"젠장할, 이거 완전히 선비 전용 식당이잖아?"

"한림객잔은 선비전용 식당이 맞습니다만……."

점원의 당연하다는 말에 루드웨어는 잘못 걸렸다는 생각밖에 들지 않았다. 하지만 어떡하랴, 로마에 왔으니 로마법을 따르는 것이 순리이거늘…….

"근데 특급은 없는가?"

"예, 특급도 있습니다. 하지만 그 경우에는 이곳에 있는 선비들에게 만장일치로 천하의 명필이라는 인정을 받아야 하며 특급의 대우로는 일주일 간 객잔 무료 이용권과 함께 은자 백 냥의 상금이 주어집니다. 물론 이런 돈을 빙자로 수십 명의 선비들을 데리고 와 사기를 치는 분들도 없지는 않지만, 저의 단골 중에는 유림에서 한곳발 하시는 분들이 많기 때문에 그런 사기는 절대 통하지 않는다고 할 수 있지요.”

만장일치라면 충분히 사기라고 할 수도 있을 것이다. 하지만 객잔의 모습으로 보아 유림의 선비들의 아지트와 같은 곳으로 변모를 하여 특정 계층의 손님들을 단골로 만드니 이 객잔의 주인의 수완은 상당히 뛰어나다고 할 수 있었다.

또 메뉴의 경우에는 일정한 등급을 매기고 있으니 상급의 실력이 있다 해도 돈이 없어 국수를 먹는다면, 수준이 떨어지는 선비로 놀림을 받을 수 있어 울며 겨자 먹기로 상급의 음식을 시킬 수밖에 없으니, 이것 또한 수완의 하나라고 할 수 있는 것이다.

“그렇다면 제가 먼저 하도록 하지요.”

진천명은 정파의 오룡의 일 인이나 학식이 높지는 않지만 알고 있는 시는 몇 수 있었기에 붓을 들어서 종이에 시를 적어 나갔다.

귀원전거(歸園田居) 기삼(其三) 도연명(陶淵明)
종두남산하(種豆南山下) 남산 기슭에 콩을 심었는데
초성두묘희(草盛豆苗稀) 풀만 우거지고 콩싹은 드물구나.
신흥이황예(晨興理荒穢) 새벽에 일어나 잡초를 뽑고
대월하서귀(帶月荷鋤歸) 달과 함께 호미 메고 돌아온다.
도협초목장(道狹草木長) 길은 좁고 초목이 우거져
석로점아의(夕露霑我衣) 저녁 이슬이 내 옷을 흠뻑 적신다.

의점부족석(衣霑不足惜) 옷이야 젖어도 아쉬울 것 없으니
단사원무위(但使願無違) 다만 콩싹이나 제대로 자랐으면.

도연명의 속세를 벗어나 이상적인 세계를 꿈꾸는 도교적 시를 적은 진천명은 천천히 자신이 적은 것을 점원에게 내밀었다. 그는 그것을 들고는 주인으로 보이는 사람에게 찾아갔는데, 글씨를 보자마자 주인은 고개를 내젓더니 붓으로 글자를 써놓고는 점원에게 건네주었다.

"저희 주인님의 말로는 손님께선 중급이시라 합니다."

"중급……."

루드웨어는 그 순간 크게 당황하지 않을 수 없었는데, 어느 정도 쓴 진천명의 글씨를 악필이라 평가하니 단순한 장사 수완이 아니라는 것을 알 수 있었기 때문이다.

주위를 돌아보니 몇몇 선비들이 오리고기와 소흥주 먹는 것을 보니 그들도 중급에 속한다는 것을 알 수 있었다.

당사자인 진천명도 자신이 명필은 아니라고 생각하지만 그렇다고 악필 정도는 아니었기에 이러한 평을 받자 조금 노기가 솟을 수밖에 없었다. 그것을 보던 여사랑이 붓을 들고는 말했다.

"그럼 이번에는 제가 한번 써보지요."

다소곳하게 붓을 든 여사랑은 그 얼굴과는 달리 일필휘지로 종이에 시를 써 내려가니 침착하고 천천히 써내려는 진천명에 비해 그녀의 성격이 드러나는 순간이었다.

산중문답(山中問答) 이태백(李太白)
문여하사서벽산(問余何事棲碧山) 왜 푸른 산중에 사느냐고 물어봐도

소이부답심자한(笑而不答心自閑) 대답없이 빙그레 웃으니 마음이 한가롭다.
도화유수묘연거(桃花流水杳然去) 복숭아꽃 흐르는 물따라 묘연히 떠나가니
별유천지비인간(別有天地非人間) 인간 세상이 아닌 별천지에 있다네.

여사랑이 멋들어지게 이태백의 시를 써놓았는데, 진천명의 경우에 자신보다 그 필체가 어수룩하다 여겨 그녀 역시 중급을 면하지 못하리라 생각했다.

하지만 결과는 영 딴판이었으니 놀랍게도 여사랑은 주인장에게 상급이란 평을 받게 된 것이다.

"말도 안 돼!"

도저히 이 결과를 믿지 못하게 된 진천명은 주인장을 보며 따지러 가려고 했는데, 그때 점원이 손을 들어서는 말했다.

"이 결과를 가져가면 손님께서 항의를 하실 것이라 하여 주인님이 전하라는 말씀이 있었습니다."

"무엇인가?!"

화를 가누지 못한 진천명은 점원의 말에 노기를 띠며 말했는데, 그것을 본 점원은 미소를 지으며 말했다.

"필(筆)이라 함은 심(心)을 담는 그릇이지, 교(巧)를 담는 그릇이 아니라 하였습니다."

"무슨 소리지?"

"손님의 글씨엔 기교는 있으나 사람의 마음이 없지만, 이분 여협의 글씨는 교는 없으나 글자에 사람의 마음이 있으니 어찌 상급이라 하지 않을 수 있겠느냐라고 말씀하시더군요."

그 말을 들은 진천명은 어느 정도 깨달은 바가 있었다.

무공에서도 단순히 기교만을 중시하고 그 초식 하나하나에 정신을 일치하지 않는다면 그것은 껍데기에 지나지 않지만, 초식 하나하나에 정신을 일치한다면 진정한 초식의 뜻을 보일 수 있기 때문이다.

무공도 이러한데 글씨 또한 그런 이치가 없겠는가.

진천명은 그러한 것을 알고는 포권지례를 하며 점원에게 사죄를 청하고는 말했다.

"저의 성급함이 큰 결례를 할 뻔했습니다. 주인장님께 좋은 말씀 감사하다 전해주십시오."

"네, 그러도록 하지요."

점원 또한 진천명의 사람됨에 감탄을 하고는 천천히 주인장에게 가서 말했고, 주인 또한 점원의 말을 듣고는 고개를 끄덕이면서 한 병의 술을 건네주었다.

점원은 진천명에게 술을 건네주고 미소를 지으며 말하니, 그 말에 그는 또 한 번 감탄하지 않을 수 없었다.

"주인님께서 손님은 드디어 뜻을 깨우쳤으니 축하한다며 손님께 축하주를 선물하고 싶다고 하셨습니다."

"오! 강호 말학 진천명, 주인장의 뜻을 감사히 받는다 전해주십시오."

"예."

일이 이렇게 되고 보니 이 한림객잔의 주인장은 결코 만만치 않은 인물이라는 것이 훤히 드러났고, 루드웨어는 이젠 한숨밖에 나오지 않았다.

그가 이 세계에 오기 전에 어느 정도 수업을 받았다고는 하지만, 이러한 세세한 분야에 대해서는 겉 핥기 식으로만 익혔을 뿐이다.

중점적으로 익힌 것은 무공이었으니 명필이고 악필이고를 떠나 그런 글자를 구분할 능력조차 없는 것이 현재의 루드웨어였기 때문이다.

'젠장, 어떻게 하지…….'

아는 시야 몇 개 있기는 하지만 그것을 글자로 써서 성적을 매긴다는 것은 정말 고통스러운 일이 아닐 수 없었다.

'한껏 진천명에게 폼 잡았는데… 흑흑흑…….'

이젠 자신의 위엄도 사라질 수밖에 없구나 생각한 루드웨어는 천천히 붓을 잡고는 패망의 나락으로 떨어지려고 했는데, 그 순간 재밌는 생각이 들어 벼루에 붓을 내려놓고는 점원을 보며 말했다.

"주인장에게 본인은 붓을 잡지 않겠다고 전해주시오."

"예?"

뭐, 가끔씩 한림객잔에 찾아온 무인들이 시를 한 수 적으라는 말에 얼굴을 붉히며 난동을 부린 적이 없지는 않았지만, 점원의 눈에 보이는 자는 난동을 부리는 것이 아닌 오히려 인자한 미소를 지으며 말하고 있으니 당황하지 않을 수 없었다.

"하지만… 그러시다면 저희 객잔에선 음식을 내어드릴 수가……."

그 순간 루드웨어는 허리에 차고 있던 검을 뽑아 들었고, 점원은 크게 놀라 뒤로 넘어지고 말았는데, 그 모습에 정중하게 포권지례를 한 루드웨어는 진청명에게 눈짓을 했다.

진천명은 그제야 루드웨어가 하려는 일을 알고는 미소를 지으며 천천히 앞으로 나가서는 손님들에게 양해를 구하기 시작하니, 진천명의 말을 들은 선비들은 영문을 모르기는 하였지만 재밌는 일이 벌어질 것이라 생각하며 탁자를 치우고 객잔 안에 어느 정도의 공간을 만들어주었다.

"여러 유림의 선비 분들께 죄송스럽지만 본인은 강호에서 밥을 빌어먹고 사는 자로 적은 획 수보다 휘두른 검의 초식의 숫자가 더 많은 것이 사실입니다. 이런 제가 여러 선비님들과 겨루어 필을 가늠한다는 것은 분수에 맞지 않은 일인지라 이렇게 앞으로 나서게 되었으니 사죄를 드리겠습니다."

그렇게 말한 루드웨어는 앞으로 나가서 검을 들어 기수식을 취하니, 그 자세에서 뿜어 나오는 모습은 실로 마치 고요한 달밤의 모습과 다를 바가 없었다.

"합!"

드디어 기수식을 벗어나 루드웨어가 초식을 시작하니 그것을 보고 있던 객잔의 주인은 크게 놀라며 자리에서 일어서서 소리쳤다.

"청야음(淸夜吟)?"

놀랍게도 루드웨어의 검끝에서 흐르는 초식은 한자의 초서의 필체를 따르니, 그 글자가 바로 청야음이란 글자였다.

월도천심처(月到天心處) 달이 중천에 이르고
풍래수면시(風來水面時) 바람이 수면에 닿을 때
일반청의미(一般淸意味) 이처럼 청량한 멋을
요득소인지(料得少人知) 아는 이 있으랴.

루드웨어가 검으로 보여준 초식은 청야음이라는 오언시의 시구에 해당하는 초서의 획이니 그 아름다운 검의 곡선에 보고 있는 선비들 중 감탄하지 않는 이가 없었다.

한 수의 시를 모두 끝낸 루드웨어는 가볍게 검을 거둔 후 뭇 선비들을 보며 포권지례를 했는데, 그 순간 주인장이 크게 웃은 채 박수를 치며 말했다.

"하하하하하! 좋아, 좋구나!"

객잔에 있는 사람들은 주인이 이렇듯 크게 박수를 치며 소리치는 이유를 알고 있었기에 크게 놀라지 않을 수 없었으나, 자신들 역시 주인의 생각과 크게 다르지 않은지라 모든 사람이 박수를 치며 주인장과 같은 말을 내뱉으니 루드웨어는 미소만 지을 뿐이었다.

"과연 우리의 식견이 너무 좁아 헤아리지 못한 것을 본 기분이외다. 아삼아, 무엇 하느냐."

"예, 이분들께 특급에 해당하는 요리를 올리도록 하겠습니다."

"우와아!!"

선비들은 그 말에 크게 놀라며 좋아했는데, 이 객잔이 세워진 이래 선비들 중 특급에 해당하는 대우를 받은 이는 오 년에 한 명도 많다고 할 수 있었으니 루드웨어는 대시에 급제한 정도의 평가를 받은 셈이었다.

자신의 연출이 크게 성공하자 루드웨어는 흡족하지 않을 수 없었고, 진천명과 여사랑 또한 그가 자리에 앉자 감탄의 말을 잊지 않았다.

"과연 루드웨어님입니다."

"굉장해요!"

"하하하, 별말씀을 다하십니다."

루드웨어의 검술로 인하여 최고의 대접을 받고 있을 때 한림객잔엔 냄새를 맡고 달려온 다섯 사람의 불청객들이 도착하고 있었다.

"워……."

객잔의 모습을 확인한 그들은 말을 멈춰 세우고는 천리향의 냄새에 따라 말을 몰아갔는데 그곳에서 하나의 마차를 확인할 수 있었다.

"아무래도 이곳에 있는 것 같은데?"

"그렇군."

천리향의 냄새가 강하게 풍겨 나오자 자신들이 찾고 있는 것이 마차 안에 있다는 것을 확인할 수 있었지만 그들은 아무 일도 없다는 듯이 말에서 내려서는 천천히 객잔 안으로 들어갔다.

이미 물건의 소재를 확인한 이상 조직의 물건을 강탈한 간 큰 도둑 놈들을 살려둘 생각이 없었기 때문이다.

끼이익.

낡은 나무문이 열리면서 등장한 악당 다섯은 루드웨어의 공연으로 신이 난 객잔 안의 공기를 흩뜨리기에 충분했으니, 그들의 몸에선 누구나 다 알 수 있는 살기가 흘러넘치고 있었기 때문이다.

"헉……."

진천명은 그들 중 한 사람의 얼굴을 확인하고는 고개를 돌려 루드웨어를 향해 전음을 날렸다.

[루드웨어님, 시가장에 있다는 다섯 식객들입니다.]

[응?]

그제야 공짜로 나온 술을 마시던 것을 멈춘 루드웨어는 고개를 돌려 객잔 안으로 들어선 다섯 사람을 쳐다보았는데 아니나 다를까, 그들의 몸에서 느껴지는 기운은 상당한 수준의 것이었다.

물론 자신의 곁에 있는 진천명과 여사랑의 기운보다 약하기는 하지만, 그들 다섯 사람의 기운은 상당한 것이었다.

시가장에서 물건을 훔쳐 간 녀석들이 근처에 있을 것이라는 것을 알고 있는 혈풍조 권형은 한림객잔에 있는 손님들을 둘러보기 시작했는데, 거의 모든 사람들이 유림의 선비들인 데 반해 한 부류의 인간들만은 무인의 모습을 하고 있었다. 그들이 자신들이 노리고 있는 자들이라는 것을 어렵지 않게 알 수 있었다.

"저 녀석들인가 보군."

권형의 말에 루드웨어의 일행을 쳐다본 그들은 미소를 지으며 말했다.

"어디서 많이 봤다고 했더니 강호오룡의 일 인인 진천명이란 녀석이로군."

"진천명?"

"후후… 정파의 나부랭이 중에서 조금 실력있는 후기지수라 할 수 있지."

주정운은 가소롭다는 듯이 진천명을 보며 웃고는 천천히 비어 있는 자리에 앉았고, 얼마 지나지 않아 점원이 그들의 앞으로 지필묵을 가지고 왔다.

"응?"

분명 객잔이라고 생각했는데 난데없이 점원이 지필묵을 가지고 오자 그들은 조금 당황하지 않을 수 없었다.

"뭐야, 이건?"

"저희 가게에선 시 한 수를 직접 쓰시면 그것을 가지고 등급을 매겨 대우를 해드리지요."

"……."

점원의 말에 그들로선 황당한 객잔에 들어섰다고밖에 생각할 수 없었다. 세상 어느 천지에 이런 객잔이 있을 수 있겠는가?

"젠장! 닥치고 군 돼지 한 마리하고 죽엽청 열 병이나 가지고 오라고!"

거대한 몸집의 흑락철인 단융은 애석하게도 까막눈의 인물이었다. 이런 이유로 먹물 좀 든 선비들만 보면 배알이 꼴리는 그였으니, 어찌 이런 것에 성질을 내지 않겠는가. 험악한 인상을 쓰며 점원에게 소리친 단융은 당장 음식을 가지고 오지 않는다면 주먹을 내지를 기세를 보였는데, 그 순간 객잔의 분위기가 싸늘하게 변해가기 시작했다.

"저희 객잔의 전통에 따르시지 않는다면 저희로선 음식을 가져다 드릴 수가 없군요."

"뭐야! 이 자식이!"

점원의 당당한 말에 단융은 더 이상 참지 못한 채 그의 멱살을 잡고 들어 올렸는데, 험악한 분위기를 맞이하고 있음에도 점원은 허공에 매달린 채 미소를 짓고 있었다.

"뭐야, 이 자식……."

단융으로선 그의 미소 짓는 얼굴에 조금 당황하지 않을 수 없었다. 보통의 녀석이라면 이런 상황에서 저런 미소를 지을 순 없기 때문이다.

"다시 한 번 말씀드리지만, 저희 객잔의 전통을 따르시지 않는다면 음식을 가져다 드릴 수 없습니다."

"이 자식이!"

참다 못한 단융이 점원의 얼굴을 향해 일권을 질렀으니 얼굴만한 주먹에 강타당한 점원은 충격에 날아가서는 객잔의 벽을 뚫고 밖으로 나가떨어지고 말았다.

"단융!!"

이립은 단융이 먹물 든 녀석을 싫어한다는 것은 알았지만 설마 점원을 죽일지는 몰랐기 때문에 놀라서 일어났는데, 그는 아무것도 아니라는 듯이 손을 털고 의자에 앉으며 말했다.

"쳇! 저런 먹물 든 점원 녀석 죽였다고 무슨 일이 나진 않아."

자신이 한 행동에 전혀 잘못이 없다고 생각한 단융은 뻔뻔하게 자리에 앉고는 다른 점원을 향해 소릴 질렀다.

"네 녀석들도 방금 그놈 꼴 나고 싶지 않다면 당장 내가 시킨 것을 가져오는 게 좋을 게다!"

단융은 인상을 일그러뜨리며 소리쳤는데, 이상하게도 객잔의 점원은 단 한 사람도 그의 말을 들을 생각을 하지 않고 있었다.

오히려 살기 가득한 눈을 하고는 단융을 노려보고 있었으니 패도낭인 주정운은 무엇인가 일이 잘못 돌아가고 있다는 생각이 들 수밖에 없었다.

'지필묵을 가져다 주는 객잔이라… 어디서 들어본 기억이 있던 것 같은데…….'

수십 년을 낭인으로 살아온 주정운은 이런 객잔을 어디서 들어본 적이 있다는 생각을 했는데, 그때 객잔에 있던 선비들 사이에서 무엇인가에 놀라는 탄성 소리가 들리기 시작했다.

"뭐야?"

단융은 객잔의 반응에 고개를 돌렸는데, 그 순간 자신의 옆에 있는 자의 얼굴을 확인하고는 크게 놀라지 않을 수 없었다.

"죄송하지만 손님들은 저희 객잔에서 받아들일 수가 없군요. 나가주시겠습니까?"

"헉!"

놀랍게도 그의 옆에 나타난 점원은 그가 주먹으로 날려 버린 그 점원이었던 것이다.

얼굴에 피를 줄줄 흘리며 나타난 그의 입가에는 손님을 대하는 미소가 걸려 있었으니, 그런 자를 본 적 없는 단융으로선 섬뜩함을 느낄 수밖에 없었던 것이다.

하지만 그대로 녀석에게 눌리는 것은 자존심이 상하는지라 단융은 자리에서 일어나 다시 주먹을 휘둘러 점원의 관자놀이를 후려쳤고, 또다시 주먹에 의해 점원은 큰 충격과 함께 퉁겨져 떨어졌다.

"흥!"

인체의 급소 중의 하나인 태양혈을 내공을 돋우어 후려쳤기에 점원이 죽을 것임을 전혀 의심치 않은 단융은 점원을 향해 콧방귀를 뀌었는데, 놀랍게도 자빠진 점원은 천천히 일어서서는 또다시 미소를 지으며 천천히 단융을 향해 걸어오기 시작했다.

"헉……."

일이 이렇게 되자 단융을 비롯한 나머지 네 사람도 크게 놀라지 않을 수 없었다. 흑라철인 단융의 일권은 곰이라도 한 방에 즉사시킬 정도의 위력이 있었는데, 그런 것을 일개 점원이 두 방이나 허용하고도 미소를 지으며 걸어오고 있었기 때문이다.

하지만 점원도 상당한 충격을 받았는지 미소를 지으며 다가오다 그 자리에서 쓰러지고 말았다.

"아!"

선비들은 그 모습에 크게 놀라며 탄성을 지르고는 매서운 눈빛으로 단융을 쳐다보기 시작했다.

"뭐야, 이 자식들아! 죽고 싶으냐!"

선비들의 눈초리에 단융은 섬뜩한 감은 들었지만 노기를 터뜨리며 소리쳤는데, 그 순간 주정운은 무슨 생각이 들었는지 자신도 모르게 손바닥을 치고는 소리쳤다.

"아! 흑유림(黑儒林)!!"

"흑유림!!"

주정운의 외침에 다른 이들도 모두 크게 놀라지 않을 수 없었다.

흑유림, 그것은 크게 알려지지는 않았지만 어느 정도 강호의 견식이 있는 사람이라면 모두가 알고 있는 집단이었다.

철저하게 선비로 구성된 흑유림은 학문에만 정진하는 보통의 선비들과는 다른 부류들이 모여 있는 곳이었다.

바로 무공을 익힌 선비들의 집단, 그것이 바로 흑유림이었던 것이다.

흑유림이 처음 강호에 그 이름을 날린 것은 정사대전 때로 정과 사 문파의 치열한 전쟁에서 힘없는 선비들이 아무 죄도 없이 죽임을 당하자 그 모습을 드러낸 집단이다.

정과 사의 어느 문파에도 속하지 않는 무공을 익힌 흑유림은 놀라운 무공으로 정사대전에 휘말린 선비들을 구하며 선비들을 죽인 정과 사의 무사들에게 철저한 복수를 한 집단이었다.

이런 이유로 정과 사의 수뇌부들은 전쟁 중에도 절대 선비들에게 해를 끼쳐서는 안 된다는 법까지 만들 정도였는데, 그런 흑유림이 주정운의 입에서 터져 나왔던 것이다.

'…젠장! 강호에 흑유림의 선비들이 모여 있는 곳이 있다는 소문은 얼핏 들었는데, 그곳이 바로 한림객잔이라니…….'

주정운으로선 빨리 이 사실을 알아채지 못한 자신을 욕할 수밖에 없었다.

하지만 이렇게 욕만 할 시기가 아니었다.

흑유림의 사람을 건드린 이상 이제 철저한 그들의 복수가 기다리고 있다는 것을 알고 있기 때문이다.

하지만 이런 주정운의 생각과는 달리 다른 선비들이나 점원들은 아무도 움직일 생각을 하지 않고 있었다.

두 번의 내공이 섞인 주먹에 큰 내상을 입은 점원이 쓰러지는 것을 보고 진천명은 노기를 터뜨리며 자리에서 일어서려고 했는데, 루드웨어가 자신의 손을 잡고는 말리는 듯이 손을 내저으며 말했다.

"우린 이곳에선 외인이다. 나서려 하지 말아라."

"하지만… 저자들이……."

하지만 진천명의 생각과는 달리 놀라운 일이 벌어졌는데, 쓰러졌던 점원이 다시 일어나서는 미소를 지으며 단융을 향하여 다시 걸어가기 시작한 것이다.

"헉… 7성의 공력이 담겨져 있는 진천신권을 맞고도 일어서다니……."

단융으로선 자신의 주먹을 맞고 다시 일어서 다가오는 점원을 보며 크게 당황하지 않을 수 없었는데, 그때 자리에 가만히 앉아 있던 무음검 홍인이 자리에 일어나서 단융의 앞으로 걸어가더니 차가운 목소리로 점원을 향해 말했다.

"거기까지… 한 발자국만 더 움직였다간 나의 검이 뽑힐 게다."

"……."

그 순간 강한 살기가 홍인의 몸에서 일어나며 자신을 밀어붙이고 있었기에 점원은 걸어가던 것을 멈출 수밖에 없었다.

단융에게 당했을 때와는 다른 식은땀이 그의 이마에서 흘러내리고 있는 것을 보며 주정운은 할 수 없다는 듯이 손을 내저으며 말했다.

"여기서 끝내는 것이 어떻겠습니까? 본 교로서도 흑유림과 정면으로 상대하고 싶은 마음은 없으니까요."

주정운의 말에 점원은 마른침을 넘기고 있었는데, 그때 근처에 앉아 있던 선비가 들고 있던 섭선을 펴자 놀랍게도 홍인의 몸에서 뻗어 나오던 살기는 무엇인가 강한 파장에 휩싸인 듯 깨져 나가 버렸다.

"헉!!"

살기가 깨지자 홍인은 숨넘어가는 소리와 함께 뒤로 한 발자국 물러선 모습을 취했는데, 상당한 타격이 있었는 듯 그의 입에선 한줄기의 피가 흘러내리고 있었다.

"홍인!"

놀란 귀부 이립은 자리에서 일어나 허리 뒤쪽에 차고 있던 귀부를 뽑아 들었다.

"흑유림은 받은 대로 되돌려 준다."

선비는 주정운의 말에 반박을 하듯 중얼거리면서 천천히 자리에서 일어섰고, 그와 함께 다른 선비들도 자리에서 일어나서는 천천히 시승의 다섯 무사들의 주위를 감싸기 시작했다.

"젠장!"

이젠 돌이킬 수 없다고 생각한 주정운은 병장기를 뽑아 들며 자신들의 주위를 둘러싸고 있는 자들을 베어버릴 기세로 공력을 끌어올리기 시작했다.

일촉즉발의 위기. 무엇이라도 기폭제가 되는 일이 생긴다면 두 집단은 상대의 목숨을 빼앗을 듯한 기세로 대립하고 있었는데, 그때 하나의 물체가 날아와서는 다섯 무사들이 앉아 있는 탁자에 꽂혔다.

"림주?"

선비들이 그들의 사이로 날아온 물건이 하나의 젓가락이라는 것을 알고는 고개를 돌렸는데, 그곳에는 객잔의 주인이 얼굴을 일그러뜨리며 쳐다보고 있는 모습이 보였다.

선비들의 그 모습을 보고 놀라는 얼굴로 소리쳤고, 주정운은 그제야 이 객잔의 주인이 림주라는 것을 알 수 있었다.

"귀한 손님이 온 자리에 무슨 소란이냐."

"하지만……."

"만종이 단 한 번의 반격도 하지 않은 것을 보면 모르겠느냐!"

주인의 말에 선비들은 만종이란 이름을 가진 점원을 쳐다보았다.

단웅의 주먹에 두 번이나 강타당한 만종이란 점원은 아무 일도 없다는 듯이 주인장에게 고개를 숙이며 인사를 하고는 천천히 무사들에게 다가가서 말했다.

"저희 객잔에선 손님들을 받아들일 수 없습니다. 나가주십시오."

세 번째 축객령. 하지만 두 번의 상황과는 달리 단웅으로선 또다시 그에게 주먹을 날릴 수 없었다. 이번에 다시 주먹을 날린다면 이제 객잔의 선비들과 어느 한쪽이 죽을 때까지 싸워야 된다는 것을 알고 있었기 때문이다.

"가자……."

주정운 역시 이들과 싸운다면 자신들 중 어느 한 사람도 살아 돌아가지 못한다는 것을 알고 있었고, 자신들이 노리는 것은 흑유림이 아니라 교의 물건을 강탈한 자들이었기에 물러설 수밖에 없었다.

무사들이 자리에서 일어나자 흑유림의 선비들은 천천히 자신의 자리로 돌아가서는 전과 같은 모습을 취했고, 무사들은 이를 갈며 객잔을 빠져나갈 수밖에 없었다.

"만종."

"예, 림주."

"저들이 노리는 것은 손님들이 타고 계신 마차의 물건인 듯하구나."

"알겠습니다."

만종이란 점원은 림주의 말을 알아듣고 근처에 있는 세 명의 점원들에게 손짓을 했고, 그들은 만종을 따라 객잔의 문을 통해 밖으로 나갔다.

주정운으로선 뒤에서 점원들이 쫓아오는 것을 보며 도적들이 빼앗아간 물건을 찾기 어렵다는 것을 알고는 인상을 일그러뜨리며 말을 타고 물러섰다.

무사들이 완전히 사라지자 객잔은 다시 원상태로 돌아가며 선비들의 학문 이야기가 떠들썩하게 울리기 시작했고, 진천명은 그 모습에 안도의 한숨을 내쉴 수 있었다.

"휴… 다행이군요."

"하지만 이곳이 흑유림의 본거지였다니… 정말 놀라워요."

여사랑은 자신들이 들어온 객잔이 소문으로만 듣던 유림의 비밀 결사대인 흑유림의 본거지란 것을 알곤 놀라며 말했고, 진천명 역시 그녀의 기분과 마찬가지였기에 고개를 끄덕였다.

"그나저나 루드웨어님은 이곳이 흑유림의 본거지란 것을 알고 계셨습니까?"

"응? 설마. 흑유림이 뭔지도 모르는데 어떻게 알았겠는가."

"그럼?"

"이곳에 있는 선비들이나 점원들 거의 대부분이 상당한 기를 갈무리하고 있다는 것을 느끼고 있었기에 이곳이 용담호혈이라는 것을 알 수 있었지. 그렇기 때문에 문필을 보자고 했을 때 검술로 대신한 것이 아니겠는가."

"아……."

진천명으로선 크게 실력이 상승한 자신조차 느끼지 못한 이곳 사람들의 갈무리한 기를 느낀 루드웨어를 보며 진정한 실력이 어느 정도나 될까 궁금하지 않을 수 없었다.

세 사람이 이런저런 이야기를 나누고 있을 때 그들의 탁자로 한 남자가 걸어왔는데, 그는 이곳 선비들에게 림주라고 불린 객잔의 주인이었다.

"이곳 객잔의 주인인 사도천이라고 합니다."

"아! 서장 쪽에서 약간의 무공을 익힌 사람으로 루드웨어라고 합니다."

주인이 직접 자신의 탁자로 찾아오자 루드웨어는 자리에서 일어서 정중하게 포권지례로 인사를 하고는 그에게 자리를 내어주었다.

"그나저나 저희가 잠시 소란을 일으켜서 죄송할 따름입니다."

"무슨 말씀이신지요. 이 소란은 저희가 원흉이니 크게 죄송스러울 따름입니다."

주인의 말에 루드웨어는 손을 내저으며 말하고는 잔을 건네며 주인에게 술을 따라주었다.

'음……'

주인은 어렴풋이 루드웨어가 엄청난 무공의 소유자라는 것을 알고 있었지만 직접 대면을 하고 나니 자신조차 느낄 수 없을 정도로 뛰어난 자인지라 속으로 크게 놀라지 않을 수 없었다.

서장 쪽의 무림이 중원과 다르다는 것은 알고 있었지만 설마 이렇듯 뛰어난 자가 있을지는 상상도 못한 사도천이었다.

"서장이라면… 현재 대뇌음사와 소뇌음사의 세력으로 양분되어 있어 소란스럽다고 들었는데, 어떻습니까?"

"글쎄요. 저희 파의 경우에는 두 사찰의 세력 다툼에는 전혀 끼지 않고 있는지라 자세한 것은 알지 못하지만 소뇌음사가 천랑십이적(天狼十二賊)을 끌어들인 뒤 그 숫자 면에선 대뇌음사의 두 배에 이르렀다고 들었습니다."

"음… 천랑십이적."

천랑십이적은 서장의 사막에서 가장 악명이 높은 도적이다.

열두 명의 천랑십이왕이란 자를 중심으로 약 팔천 명이라는 엄청난 숫자로 이루어진 천랑십이적은 서장 일대에선 대항할 세력이 없다고 알려져 있는 도적인데, 그 엄청난 이들을 소뇌음사가 끌어들였다고 하니 서장 무림의 판도가 어떻게 변해가고 있는지 알 수 있었다.

대뇌음사가 아닌 소뇌음사가 서장의 패권을 거머쥔다면 분명 중원 무림으로 진출을 꾀할 것이 분명할 터였기에 사도천으로선 이 사실을 무림인들에게 알려야 한다는 생각이 들었다.

"음… 그렇군요. 손님들께선 어디로 가는 길이신지요?"

"예, 일단은 근처에 있는 하오문의 지부에서 물건을 조금 처분한 뒤에 하남으로 갈 예정입니다."

"아! 하남이라면 제가 데리고 있는 아이들 중 하나의 고향인데 동행을 부탁해도 되겠습니까?"

"동행이요?"

루드웨어는 그의 의도가 조금 수상하기는 했지만 그리 나쁘지는 않다고 생각했다.

"좋습니다."

한림객잔에서 하룻밤을 보낸 루드웨어 일행은 하오문의 지부로 마차를 몰아갔는데, 그들의 일행에는 한 사람의 인물이 추가되었다.

한림객잔에서 일행들과 함께 여행을 하게 된 사람은 다름 아닌 만종이란 점원이었다. 단웅의 거대한 주먹을 두 번이나 강타당하고도 멀쩡한 이 대단한 점원과 함께한다는 생각에 진천명은 조금 긴장이 될 수밖에 없었지만 생각 외로 만종은 꽤 괜찮은 녀석이었다.

만종의 나이는 올해로 스물다섯 살로 아직 장가를 들지 못한 노총각신세였다. 점원이라고는 하지만 흑유림에서 상당한 무공을 익히고 있는지라 현재 내공만 해도 약 2갑자에 달했고 학식 또한 뛰어난 흑유림의 막내 제자로 상당한 신임을 받고 있는 인물이었다.

이번에 그가 하남으로 가는 이유는 무림맹에 서장 무림의 현 상황을 보고하기 위한 것으로 흑유림과 무림맹 사이에는 중원의 어느 누구도 알지 못하는 끈이 있었던 것이다.

한편 한림객잔에서 쫓겨난 주정운들은 녀석들이 나오기만을 기다리고 있었는데, 아니나 다를까, 다음날 마차를 몰고 녀석들이 나가는 모습이 보이자 그들의 뒤를 쫓기 시작했다.

이런 무사들이 자신들의 뒤를 쫓고 있다는 것을 루드웨어는 이미 느끼고 있었지만 애써 녀석들을 맞이하지 않아도 알아서 올 것이라는 생각에 편안한 마차 여행을 즐기고 있었다.

[루드웨어님, 시승의 다섯 무사들이 쫓아오고 있습니다.]

한참 후에야 간신히 눈치 챈 진천명은 화급하게 루드웨어를 향해 전음을 날렸고, 루드웨어는 아무것도 아니라는 듯이 손을 내저으며 말했다.

"가만히 냅둬도 알아서 올 녀석들이니 길이나 재촉하도록 하게나."

"예."

루드웨어의 말에 무슨 생각이 있을 것이란 생각을 하며 진천명은 계속 말을 몰아갔다.

"패도낭인, 이쯤에서 녀석들을 처리하는 것이 좋지 않을까?"

"음… 이 정도라면 한림객잔의 녀석들도 눈치 채지 못하겠지. 좋다."

주정운의 지시가 이어지자 나머지 네 사람은 급히 말을 몰아서는 일행들의 마차를 향해 쇄도해 들어가기 시작했다.

녀석들이 말을 몰아오자 진천명은 놀라며 거세게 채찍질을 하고는 속도를 올리려고 했는데 그때 루드웨어가 손을 내저으며 말했다.

"진 소협, 마차를 멈추도록 하게."

"…예……."

자신들의 존재를 파악하고 빠른 속도로 몰아가던 마차가 갑자기 속력을 늦추자 당황한 것은 그들이었다.

"함정?"

"말도 안 되는 소리! 우린 지금까지 단 한 번도 녀석들을 놓친 적이 없는데 어떻게 함정을 판다는 거냐!"

권형의 말에 주정운은 고개를 저으며 천천히 말을 몰아갔다.

무슨 이유에서인지 모르지만 함정이 아니라면 자신들과 맞서도 전혀 문제가 없다는 뜻이었기에 식은땀이 흐를 수밖에 없었다.

'흑유림과도 관계가 있는 인물들이다.'

무림은 정과 사로 나누어져 있다는 통념을 완전히 깨고 두 부류에게 공포를 준 집단인 흑유림. 알 수 없는 긴장감이 몸을 감싸기 시작했다.

마차가 완전히 서자 주정운의 일행들 역시 말에서 내려 천천히 마차로 다가섰는데, 그때 마부석에 있던 한 남자가 천천히 내려서는 그들을 향해 고개를 돌리는 것이 보였다.

"진천명……."

주정운은 강호오룡의 일 인인 진천명이 자신들을 향해 걸어오는 것을 보며 천천히 패도에 손을 가져갔는데, 그때 그의 옆에 있던 단융이 어깨에 손을 얹고는 말했다.

"저 녀석은 내가 처리하도록 하지."

"할 수 있겠나?"

"물론. 진천신권 외에 교에서 얻은 무공도 있으니까."

"알았다."

흑라철인 단융이 고수의 반열에 끼어 있다고는 하지만 과거라면 강호오룡과의 싸움은 호각세를 유지할 정도였다. 하지만 자신을 비롯한 다섯 명 모두가 교에서 한 가지의 무공을 얻은 지금 그들은 상대가 되지 않으리라 믿었다.

하지만 자신들이 알고 있던 진천명과는 조금 다른 기운을 가지고 있었기에 주정운은 불안하지 않을 수 없었다.

"네 녀석이 허명만 가득한 강호오룡의 한 사람인 진천명이란 놈이냐?"

"……."

진천명은 자신을 도발해 오는 단융을 보며 한참을 침묵으로 일관하더니 천천히 손을 들어서는 그의 정면으로 내밀며 말했다.

"너 같은 녀석에겐 검을 뽑을 가치조차 없을 것 같군."

"이 자식이!!"

자신을 우습게 보는 진천명의 말에 노기를 터뜨린 단융은 크게 고함을 지르며 두 개의 주먹을 동시에 날려 그의 안면을 향해 교차적으로 내질렀는데, 놀랍게도 단융의 거대한 주먹을 놓치지 않고 관찰한 그는 미끄러지듯이 움직여 들어갔다.

　"헉!"

　단 한 순간의 틈, 진천명은 그것을 놓치지 않고 들어갔고, 어느새 단융의 주먹을 피해 그의 정면으로 쇄도해 들어갔다.

　"찻!!"

　기합 소리와 함께 터진 일권은 정확히 단융의 명치를 가격했다.

　"크큭!"

　진천명의 일권에 명치를 강타당한 단융이 그 거대한 덩치가 퉁겨져 날아가 뒤로 자빠져 버렸으니 그 타격이 얼마나 큰 것인가를 알게 해 주었다.

　"단융!"

　이립은 단융이 단 일 권에 날아가 버리자 크게 놀라며 소리쳤는데, 이 장이나 퉁겨져 날아간 단융은 아무렇지도 않다는 듯이 자신의 이름을 소리친 이립을 보며 손을 내젓고는 자리에서 일어났다.

　"…소문과는 완전히 다르군."

　예상 이상이었다. 그가 알고 있는 진천명은 자신이 펼친 진천신권의 쌍두룡아(雙頭龍牙)의 초식을 파훼하고 앞으로 쇄도해 들어올 정도의 실력이 없다고 생각했는데 놀랍게도 아주 손쉽게 자신의 영역으로 들어와서는 명치에 일권을 날렸던 것이었다.

　다행히 철포삼 덕에 그리 큰 충격을 받지 않은 것 같았기에 아무렇지도 않은 듯이 자리에서 일어나 천천히 상대를 향해 걸어갔는데, 첫 번째 발을 내딛는 순간 그는 숨이 콱 막혀오는 충격과 함께 자리에서 쓰러지고 말았다.

"크윽……."

쓰러진 단용의 입에선 시뻘건 피가 줄줄 흘러나오고 있었기에 네 명의 동료들은 크게 놀랐다.

철포삼을 익힌 단용이 단 일 권에 내장을 크게 다치는 중상을 당했기 때문이다.

"단용!!"

놀란 이립은 단용에게 뛰어가서는 그의 상세를 살펴봤는데, 역시나 일권에 당한 내상에 의해 장기가 크게 손상되어 움직이는 것이 불가능할 정도였다.

"저 녀석이 진천명이란 말인가."

단 일 권에 단용을 쓰러뜨린 그를 보며 일행들은 크게 놀라지 않을 수 없었다.

단용은 외공과 권각술을 익힌 인물이었기에 그런 그의 공격을 피해 접근한다는 것은 보통의 실력이 없으면 불가능한 일이었기 때문이다.

소문보다 더 뛰어난 솜씨를 가지고 있는 진천명을 보며 혈풍조 권형은 손톱을 세우더니 그의 앞으로 걸어가서는 눈을 부라리며 소리쳤다.

"진천명! 이 권형이 혈풍조의 맛을 보여주마!"

"흥!"

권형의 말에 진천명은 콧방귀를 뀌고는 허리에 차고 있던 검을 뽑아들었고, 권형은 섬풍(閃風)이라는 또 다른 별명답게 엄청난 스피드로 그를 향해 쇄도해 들어갔다.

"낙하포조(落下捕爪)!"

권형은 빠른 속도로 몸을 움직이며 낙하포조의 초식을 사용하여 공중에서 진천명의 정수리를 향해 빠른 속도로 쇄도해 들어갔는데, 진천명은 공격을 미리 간파해 빠른 속도로 검을 들어 올려 일검을 내질렀다.

아무런 초식도 아닌 단순히 검을 하늘로 들어 올리는 것에 지나지 않은 동작이었음에도 권형은 자신의 온몸을 꿰뚫을 듯한 그의 검세에 크게 놀라 몸을 돌려 간신히 검격에서 몸을 피할 수 있었다.

"권형!"

"헉… 헉……."

주정운은 권형마저 진천명의 간단한 동작에 기선을 제압당하자 크게 놀라지 않을 수 없었다. 분명 과거에도 자신들은 강호오룡에 비해 무공이 낮았던 것이 사실이지만, 그간 교에서 얻어온 무공을 익혀 과거의 두 배 이상의 진전을 보았는데 그럼에도 불구하고 진천명의 간단한 일격에 두 사람이나 큰 낭패를 보았기 때문이다.

자신들이 교의 무공을 얻어 정진하고 있을 때 진천명이란 녀석도 한발 앞으로 나갔다고 생각할 수밖에 없었다.

'흑유림의 무공일까?'

하지만 이내 고개를 젓고 말았는데 정파의 대문파의 제자인 진천명이 흑유림의 무공을 익힐 리가 없기 때문이었다.

권형이 몸을 피해 떨어져 내렸을 때 빠른 속도로 한 남자가 진천명을 향해 쇄도해 들어와 일검을 날리자, 놀란 그는 뒤로 물러서며 검을 내밀어 막았다.

"무음검 홍인!"

자신을 공격한 인물이 홍인이란 것을 안 진천명은 흥미가 돌기 시작했다.

무음검 홍인은 내공에 그리 뛰어나지 않지만 그 검법만큼은 강호에서 크게 인정을 받고 있었다.

물론 검법의 이름조차 알려져 있지 않은 무명검법이기는 하지만 그와 검을 겨룬 이들은 죽은 자를 제외하곤 모두 그의 검법을 크게 극찬하고 있었다.

소리없이 파고드는 홍인의 검은 그 빠르기 또한 엄청났기에 사방에서 검형이 빠른 속도로 밀려왔지만, 태극검무를 익힌 진천명은 당황하지 않고 쇄도해 들어오는 검의 방향을 다른 곳으로 향하게 했다.

"응?"

홍인은 갑자기 자신의 검로가 크게 뒤틀리기 시작하자 당황했다. 진천명의 검과 부딪칠 때마다 흩뜨러지는 검로 때문에 무음검법의 초식마저 이어지지 않았고, 초식이 이어지지 않자 내공이 흩어지며 검의 위력 또한 현저히 줄어들고 있었기 때문이다.

"차압!"

홍인이 위험에 처하게 되자 귀부 이립이 도끼를 뽑아 들어서는 진천명을 향해 몸을 날렸고, 그의 뒤를 이어 권형 역시 빠른 속도로 쇄도해 들어가니 진천명은 세 명의 고수들을 상대로 검을 겨루는 상황에 직면하게 되었다.

하지만 강호에서 이름을 떨치고 있는 세 명의 고수들을 상대로 싸움에도 진천명은 크게 위험한 모습을 보이지 않았다.

오히려 그들을 공격하던 세 사람의 모습이 불안해지고 있었는데, 세 사람의 합공이 이루어지지 않은 채 서로 간의 초식의 길이 흩뜨러지며 상대를 공격하고 있었기 때문이다.

"협공이……."

주정운을 비롯한 네 사람은 만약의 경우 강한 적을 상대하는 데 대비하여 각자의 기술을 이용한 협공을 연습해 두고 있었다.

하지만 그러한 그들의 협공이 진천명을 상대로 크게 흩뜨러지는 모습을 보이자 주정운은 크게 당황할 수밖에 없었다.

세 사람의 협공이라면 적어도 개인일 때보다 대여섯 배의 힘을 낼 것이 분명할 터. 진천명은 그러한 공격을 손쉽게 막는 것은 물론이요, 협공마저 깨뜨리려 하고 있었기 때문이다.

"차압!"

계속되는 진천명의 농간에 검로가 크게 흩어진 홍인의 검은 옆에 있는 권형의 어깨를 그어버리고 말았기에 세 사람은 어쩔 수 없이 일시적으로 몸을 날려 후퇴할 수밖에 없었다.

"헉헉……."

진천명의 경우에는 잠시 몸을 푼 것처럼 보일 정도로 땀 한 방울 나지 않는 데 비해 세 사람은 옷이 흠뻑 젖을 정도로 땀을 흘리고 있는 것으로 보아 상당한 무공의 차이를 보이고 있었다.

"물러서라. 내가 상대하도록 하지."

주정운은 지쳐 숨을 헐떡이고 있는 세 사람을 보며 말하고는 천천히 진천명의 앞으로 걸어가서 말했다.

"과거의 자네가 아니로군."

그 말과 함께 패도를 꺼내 든 주정운은 강한 기세로 그를 향하여 도를 내려쳤다.

다른 이들과는 달리 엄청난 기세로 밀려오는 도풍에 크게 당황한 진천명은 왼발을 축으로 몸을 돌려서는 예리한 도풍을 피한 후 검을 돌려 그를 공격하기 시작했다.

"혼원세무(混員世無)!"

지금까지 상대해 온 자들과는 다르다고 생각한 진천명은 태극검무의 혼원세무의 초식을 사용하여 강하게 밀려오는 도기의 방향을 바꾸어 검무와 함께 자신의 주위로 흡수해 가기 시작했고, 주정운은 내공이 크게 빨리는 듯한 느낌이 들자 크게 당황하며 소리쳤다.

"흡성대법?"

"그런 사도의 무학으로 치부하지 마라!"

흡성대법이라는 말에 크게 소리치며 진천명이 검을 내미니 주정운이 시전한 패도의 강한 도기가 역풍이라도 밀려온 듯 되돌아오더니 공격해 들어왔고, 크게 놀란 주정운은 경공을 사용하여 위로 뛰어올라 간신히 도기를 피할 수 있었다.

"이화접목(移花接木)!"

이화접목, 상대방의 공격을 고스란히 되돌려주는 수법으로 강호에서도 그것을 사용할 수 있는 인물은 그리 많지 않을 만큼의 상승 무공 중 하나였다.

설마 진천명이 이화접목의 수법까지 익힐 정도의 고수라고는 생각하지 못한 주정운은 조심스럽게 싸움을 진행할 수밖에 없었다.

"허명만 무성한 것이 강호오룡이라고 생각했는데 예상외로군."

천천히 패도를 내린 주정운은 진천명을 노려보며 계속 말을 이었다.

"이것까지는 사용하고 싶지 않았지만… 고맙게 생각해라, 널 인정한다는 뜻이니."

"……"

진천명은 갑자기 주정운이 도를 천천히 내리고 순식간에 요동 치던 투기를 가라앉히자 놀라지 않을 수 없었다.

태산이라도 가를 것 같았던 패기가 사라지고 바람 한 점 없는 듯한 고요한 대지의 느낌이 들고 있었기 때문이다.

'패도의 느낌이 전혀 들지 않는다.'

이화접목은 강한 기를 가진 사람에게 고스란히 그 힘을 되돌려주는 상승무공이었기에 그 힘이 클수록 이화접목의 수법도 더욱 강해진다고 볼 수 있었다.

이화접목의 수법이 상대하기 가장 까다로운 것은 정적인 공격. 그러한 공격은 그 시작의 시기를 눈치 챌 수 없기 때문에 상대의 기를 파악해야 하는 이화접목으로선 그만큼 순간적인 공략점을 찾기가 어려운 것이다.

자신을 보며 패도를 내리고 천천히 걸어오는 주정운을 상대로 진천명은 검을 들고 자세를 취했는데, 그 순간 무엇인가가 빠른 속도로 자신의 턱을 향해 찔러오는 것을 알 수 있었다.

"헉!"

빠른 속도로 몸을 눕혀 간신히 피하기는 했지만, 그것이 주정운의 패도라는 것을 알고는 크게 놀랐다.

"쾌도……."

하지만 단순히 빠르기만 한 쾌도가 아니었다.

검의 공격 시점을 전혀 눈치 채지 못할 정도로 예측 불허의 공격을 하는 쾌도였다.

정적인 움직임에서 한순간 빠른 속도로 찔러오는 패도의 공격에 진천명은 당황스럽지 않을 수 없었다.

"부동격도법(不動擊刀法). 지금까지 이 수법을 사용한 이가 딱 두 명밖에 없다는 사실을 감안한다면 진천명, 너는 선택받은 이라 할 수 있지."

그런 선택이라면 거절하고 싶은 진천명이었지만 애석하게도 선택하는 이는 자신이 아닌 주정운이었기에 싸울 도리밖에 없었다.

"태극원무(太極圓舞)!"

쾌도의 움직임을 파악할 수 없다고 생각한 진천명은 태극검무의 방어 초식 중 하나인 태극원무를 사용하여 일단은 녀석의 움직임을 파악하기로 결심했다.

태극원무는 원래 쌍검으로 양과 음을 만들어 태극의 방어진을 구사하는 수법이지만, 진천명은 일단 양의 검만으로 녀석의 검을 파악하기로 결심했다.

주정운 정도의 무사를 상대로 양의 검 하나만으로 막지 못한다면 앞으로 닥쳐올 자들을 상대하는 것은 불가능하다고 판단했기 때문이다.

태극원무로 양의 검의 원을 만들어가는 진천명은 천천히 그의 앞으로 걸음을 옮기기 시작했다.

주정운은 그가 사용하고 있는 검술이 방어 위주의 초식이라는 것을 깨닫기는 했지만 자신있게 앞으로 나섰는데, 그것은 그만큼 자신의 부동격도법에 자신을 가지고 있었기 때문이다.

"십팔방무영도격(十八方無影刀擊)!"

진천명이 어느 정도 자신의 범위에까지 들어오자 주정운은 부동격도법의 십팔방무영도격을 사용하여 녀석을 공격했다.

그 순간 열여덟 개의 보이지 않는 도격이 한꺼번에 그에게 밀려가니 태극원무의 방어진을 구사하고 있던 진천명은 크게 놀라지 않을 수 없었다.

채재쟁!

"큭!"

거의 대부분의 도격은 막을 수가 있었지만 그중 두세 개의 도격이 빠져나가니 아무것도 보이지 않는 상태에서 진천명의 허벅지와 어깨에서 피가 튀기며 상처가 생겼다.

다행히 태극원무로 요혈은 모두 방어할 수 있었지만 그 범위의 한계 때문인지 허벅지와 어깨 부분을 막지 못했던 것이다.

'방어만으로는 녀석의 공격을 막을 순 없단 말인가……'

진천명은 태극원무로는 요혈은 방어할 수 있겠지만 이렇게 가다간 피를 너무 많이 흘려 쓰러질 수 있다고 판단한 후 천천히 공격 초식으로 변화시켜 가기 시작했다.

"이제야 싸울 맛이 생겼나?"

진천명의 기세가 변화해 가자 주정운은 천천히 그의 앞으로 몸을 옮겨갔는데, 그 순간 하나의 검이 그에게 빠른 속도로 밀려오기 시작했다.

"헉!"

급히 쾌도를 위로 올려 쳐 그 공격을 막아내기는 했지만 약간이라도 늦었다면 정수리에 구멍이 뚫렸을 정도였다.

"양의일선무(陽義一線無)!"

하지만 진천명의 공격은 시작에 불과했다. 한번 공격으로 방향을 선회한 그의 공격은 매섭게 이어지기 시작했고, 주정운은 쾌도로 그의 공격을 쳐내고는 있었지만 공격할 틈이 생기지 않았다.

진천명과 주정운과의 거리는 약 삼 장, 그 거리에서 공격해 오고 있었기 때문에 그로선 자신의 공격 초식을 내뻗을 수가 없었던 것이다.

"양의곡선무(陽義曲線武)."

일직선으로 이어져 오던 공격은 그 초식이 변화하자 갑자기 검기가 곡선의 방향으로 꺾이며 공격해 왔다.

주정운은 크게 놀라지 않을 수 없었다. 날아오는 검기를 변화시킨다는 것은 멀리 날리는 것보다 훨씬 더 힘든 일이었기 때문이다.

"칫!"

하지만 아직 그 정도의 공격을 피할 수 없는 것은 아니었기에 주정운은 빠른 속도로 정면으로 쇄도해 들어가며 간격을 줄이기 시작했는데, 그것을 기다리고 있었다는 듯이 진천명은 준비해 두던 초식을 시전했다.

"양의선무(兩意線無) 혼천세(混天勢)!"

그 순간 수십 개의 검기가 사방에서 작렬하여 주정운을 향해 밀려 들어가기 시작했고, 일대는 거대한 기류에 의해 돌풍이 형성되어 자욱한 모래바람을 형성시켜 가기 시작했다.

"부동천격(不動天擊)!!"

자신을 향해 날아오는 검기를 파악한 주정운은 피하기 어렵다고 생각한 후 자신이 할 수 있는 최고의 초식을 사용하여 사방에 도기를 뿌리기 시작했다.

쿠구구궁!

두 사람의 엄청난 내력이 공중에서 부딪치자 엄청난 굉음이 울려 퍼지며 일대의 대기를 휩쓸어 버리니, 생성되었던 돌풍은 순식간에 사방으로 흩어져서는 사방에 빨려 들어갔던 대지의 파편들을 뿌렸다.

돌풍에 의한 먼지가 사라지기도 전에 두 사람은 또다시 빠른 속도로 상대방을 향해 쇄도해 들어가며 검을 날렸고, 사방에는 검과 도의 기가 난무하며 순식간에 큰 소란을 일으켰다.

　두 사람 모두 서로 간의 파괴적인 초식을 사용하여 일격에 끝낼 생각을 한 것이다.

　하지만 애석하게도 공청석유로 밥을 지어 먹었던 진천명의 내공은 추측 불가였기에 주정운으로선 한 시진이 지난 후 자신의 패배를 시인할 수밖에 없었다.

　"헉헉… 엄청난 내공……."

　자신은 모든 내공을 소비했음에도 불구하고 진천명은 방금 시작한 것과 같은 상큼한 모습으로 검을 들고 서 있으니 격세지감을 느끼는 주정운은 자신의 패배를 인정하고 눈물을 흘릴 수밖에 없었다.

　"주 대협… 흑흑흑."

　"흑흑흑……."

　자신들의 패배를 인정한 다섯 명의 무사들은 서로를 끌어안고 눈물을 흘리니 정말 감동 깊은 모습이라 할 수 있었다.

　"……."

　물론 그들 나름대로의 생각이지, 보고 있는 진천명의 생각은 아니었다. 일단 녀석들을 처리한 그는 마차에 올라 다시 여정을 떠나려고 하는데, 애석하게도 모든 것이 끝난 것은 아니었다.

　"잠깐!"

　"뭐야?"

　"네가 우리 한 사람 한 사람보다는 강하다고 할 수 있지만 우리의 합공을 이기진 못할 것이다."

　패배를 인정하지 않는 다섯 바보들에게 진천명이 다시 화를 터뜨리려는 순간, 다섯 개의 장풍이 마차를 향해 밀려오기 시작했다.

"헉!"

그 기세로 보아 마차가 파괴될 것은 당연한 일이었기에 크게 놀라지 않을 수 없었는데, 다행히 마차 안에서 루드웨어의 목소리가 들리더니 마차 주위에 투명한 강기의 막이 형성되었다.

쿠구궁!!

장풍은 큰 폭발음과 함께 터져 나갔지만, 다행히 강기의 막으로 인하여 마차는 안전할 수 있었다.

하지만 그들이 루드웨어의 실력에 크게 놀랄 수밖에 없었던 것이, 단순한 호신강기를 크게 확장하여 마차를 장풍에서 보호했기 때문이다.

"헉……!"

장풍을 쏜 주정운들도 크게 놀라고 말았다. 지금까지 진천명이 마부석에 앉아 있는 것이 조금 이상하기는 했지만 신경 쓰지 않았는데, 마차 안에는 자신들을 쓰러뜨린 그보다 더한 고수가 있었기 때문이다.

호신강기로 인한 장풍의 폭발로 일어난 먼지가 가라앉을 때쯤 마차 안에서 한 명의 남자가 천천히 걸어나왔는데, 그 사람은 바로 루드웨어였다.

"네 녀석들이 마차에 장풍을 쏘았느냐?"

"헉!"

소름이 끼칠 듯한 저음의 목소리에 주정운은 식은땀이 흘러내리지 않을 수 없었다. 살기 가득한 그의 음성에서 만약 자신이 장풍이라도 쏘았다고 말한다면 생각할 시간도 없이 죽일 것이라는 협박의 메시지가 담겨 있었기 때문이다.

"본좌는 서장의 패주 녹발대제(綠髮大帝)라 한다. 네 녀석이 속해 있는 무리가 무슨 일로 본좌에게 위해를 가하는지는 모르겠지만, 나 녹발대제는 받은 만큼 돌려준다는 것을 명심하여라!"

그렇게 말한 루드웨어가 가볍게 손을 휘두르니 엄청난 강기가 형성되면서 주정운들이 있는 곳의 대지를 폭파시키니 그는 크게 놀라지 않을 수 없었다.

마음속으로는 네 녀석이 본 교의 물건을 훔치지 않았느냐고 소리치고 싶었지만 목구멍에 걸려 나오지를 않았다.

"가자."

"예."

녹발대제의 명령을 받은 진천명이 고개를 숙이며 인사를 하고는 마부석에 오르니, 주정운은 예상치 못한 엄청난 자가 나타났다고 생각할 수밖에 없었다.

진천명의 실력으로 보아 녹발대제라는 자에게 한 수의 재간을 배웠음은 분명할 터, 이제부터의 상황은 자신들이 나서기에는 역부족이란 것을 깨달았다.

제7권 끝